美读

TAROT FEMALE DETECTIVE

Cocoon Town romance

塔罗女神探之茧镇奇缘

暗地妖娆◎著

海豚出版社
CIPG DOLPHIN BOOKS

图书在版编目（CIP）数据

塔罗女神探之茧镇奇缘 / 暗地妖娆著 . — 北京：海豚出版社，2017.4

ISBN 978-7-5110-3550-9

I. ① 塔… II. ① 暗… III. ① 长篇小说—中国—当代 IV. ① I247.5

中国版本图书馆 CIP 数据核字（2017）第 005020 号

书　　名：塔罗女神探之茧镇奇缘

作　　者：暗地妖娆

总发行人：俞晓群

责任编辑：慕君黎　张运玲

封面设计：仙境设计

责任印制：蔡　丽

出　　版：海豚出版社

网　　址：http://www.dolphin-books.com.cn

地　　址：北京市百万庄大街 24 号

邮　　编：100037

电　　话：010-68997480（销售）

　　　　　010-68326332（编辑室）

印　　刷：环球东方（北京）印务有限公司

经　　销：新华书店及网络书店

开　　本：32 开（880 毫米 ×1230 毫米）

印　　张：8

字　　数：215 千字

版　　次：2017 年 4 月第 1 版　2017 年 4 月第 1 次印刷

标准书号：ISBN 978-7-5110-3550-9

定　　价：35.00 元

CONTENTS | 目录

第三章 __ 皇后疑云 P131

“你的意思是，她的死与简政良的死果然是有联系的？”

“没联系可就怪了！经过前边那一桩事，

任谁都想得到他们之间有联系。”

杜春晓翻开最末一张牌——正位的皇后，

心里便“咯噔”一下，暗自惊疑，

“怎么跟给黄莫如算的未来牌是同一张？”

第四章 __ 最后审判 P189

这正是在刻意提醒他冷静，

要念及他好不容易留下的亲骨肉，

暗示他为了保住孩子，最好是将所有罪状一并承担下来。

可是这个道理？

正因为你肚里有了他的种，才成为主宰他命运的“皇后”！

楔　子

“要算什么？”

“嗯……婚姻。”

那妇人拽紧手里的蜜色帕子，一动不动盯着桌面上的牌，半袖短褂上绣满金绿荷花图案，两只胳膊都垂着，要她洗牌的时候才勉强伸出来。

杜春晓草草将牌摞成三叠，再合到一起，把面上的四张拼组成菱形，心里头却已经在笑：“别怪我讲出不好听的来。”

第一张翻启，逆位的太阳牌，开端倒也有些意思。

“恭喜恭喜，嫁的可是好男人哪！想来当年老的们都赞成这桩婚事吧？”杜春晓刻意不看那妇人的穿戴——翡翠吊坠耳环、珍珠发网、洗到发白的绯红长裙，系五年前时兴的装扮，可见当初确是幸福过的。

妇人也果然勾一勾头，面上泛起一层纤薄的红晕。

杜春晓又翻开中间两张牌，逆位的皇帝与逆位的倒吊人，前者系男权象征，后者可解作明月照沟渠的无奈处境。

她沉默良久，叹道：“今时不同往日了，在家挨丈夫打骂是常有的事儿吧？你性子又弱，不敢说话，终究是忍气吞声的命。只不过……”

“不过什么？”

“不过男人不懂怜香惜玉也就罢了，还把自己的亲骨肉给打没了，实在有些过分。”杜春晓用指尖轻轻抵住“倒吊人”。

“这是怎么看出来的？”妇人不由瞪大一双枯淡的眼眸，欲从杜春晓懒洋洋的表情里探究占卜的秘密。

杜春晓悄悄抹掉嘴角的讥笑，哄说是从牌里看出来的。她又怎能告诉客人，从她跨入荒唐书铺的姿势中便已猜到她近来身子受过重创。更不能告诉她，她一坐下来，不算财运，不算健康，竟头一个问及婚姻，也只能说明婚姻出了问题。尤其洗牌时不小心暴露的胳膊内侧那几道暗灰疤痕，虽不触目，却教人无法忽视，可见受虐不是一两天的事了，偏偏憋到现在才来问卜命运，倘若不是被家里的男人逼到绝境，那可就奇了。杜春晓最不能告诉她的是，上个月在河塘边洗衣服的时候已见过对方大腹便便的模样了……占卜就是这样，把玄机都藏得牢牢的，一切归功于牌理，那才是标准神棍的姿态。

翻开最后一张牌，逆位的审判。

看来一切已无法挽回……杜春晓兴奋得双腿打战，她最喜预测客人的未来，里头包含的期待、惶恐，乃至恼恨，都令她甘之如饴。所以，杜春晓清了一下喉咙，开始对那彷徨的妇人“施咒”。

“哎呀！看来这桩婚事也差不多到尽头了。”她搓了搓手，将审判牌拿起来轻扫自己的下巴，“审判牌嘛，客人也该做出决定了，否则呀，再这样下去，还会更惨。不过……”

妇人没再追问“不过什么”，竟盯着那张皇帝牌不放。

杜春晓见关子卖不下去了，只得自己接话道：“不过呀，您看这张皇帝牌，逆位的，说明有个男人可主宰客人的命运。虽然目前他还见不得光，至于往后能不能见光，可就看客人您自己的选择了。”

这猜测极为大胆，不过杜春晓也不怕砸了招牌，是人命里三分像，每个人的经历多多少少都会有些重合，更何况眼前的女子面容清丽，双颊扫了淡淡的胭脂，是极易让男人心动的皮囊，就算现今没有情夫，暧昧的、示爱的，想必也是有的，这大抵亦是她被怒火中烧的夫君打骂的主因。

客人整了整脑后的珍珠发网，将散落的几缕碎发一根根挽回网中，这才露出脖颈下一块蹊跷的红斑。

果然有这回事！杜春晓双眼放光，开始进一步刺探。她将头颅贴近那妇人耳边，好将那吻痕看得更清楚一些，然后压低声音道："但凡到我这里来算命的，到头来都会骂我算得不准，因我讲未来的事儿总也讲不准，所以这位客人还得招子放亮，自断自决。对了，切莫做出凶险之事，把男人倒吊起来的原因太多，疾病、横祸，乃至杀人，都是有的。客人一定要沉得住气，水到渠成的事体，不要后来搞得两败俱伤，到时又怨我没算准。"

那妇人急忙点头，桃红腮边两只长吊坠一晃一晃的。

送走客人，杜春晓忙将未翻过的那叠牌拿起来查看，心中暗骂："娘的！果然刚刚洗牌的时候没收拾妥当，整副牌都是逆向的！"

十天以后，青云镇张银匠的老婆田氏与教书先生双双失踪。张银匠捶胸顿足，花钱请人把镇子翻过来找，可传说这两人是私奔去了外省。

唯有杜春晓知道，田氏和教书先生的尸骨怕是早已沉在贯穿青云镇的那条河塘底下了，因为无论皇帝还是倒吊人，都是男人与男人之间的对决。

第一章　逆位之塔

未来牌，逆位之塔。
房内连呼吸声都已消除干净，
黄梦清、黄慕云均在等那关键的谜底……
“秘密就是黄家那几宗命案与白小姐有密不可分的关系，
您是不瞒也不是，瞒着又觉得良心上过不去，
终日惶惶的，也不知晚上可有睡好过……”

-1-

对偌大一个青云镇来讲，荒唐书铺真是小到不能再小，地方又偏，租在冯姑婆家老宅旁边那条小巷子里，一旁是烧饼摊，另一旁卖香烛冥纸，倒也神秘。铺面大小只三十余尺，贴墙摆了三个旧书架，歪七扭八排放的几百册书已脏得看不出原色，靠柜台后头竖着根油漆斑驳的廊柱，上头打一枚粗钉，挂着钟锤生锈的西洋时钟，终日嘀嘀嗒嗒走个不停，玻璃罩面上褐污点点。这样的铺子，大抵除铺主之外，再有人光顾可能也算奇迹。

王二狗的烧饼摊摆得很早，又收得比较晚，可每每他刚开始把甜酱罐子封上盖的时候，书铺的门板便“哗啦”一声裂开，从门板缝里走出一个脸青唇白，明显睡眠不足的女人，扎了一根粗辫子，穿灰蓝色旗袍，一只手夹着半截点燃的香烟，另一只手则握着一把牙刷。

王二狗听到那门板的动静，便拿起放在烘坑上的烧饼，往里边填三块臭豆腐，浇上辣酱，包上黄纸，给那女人送上。女人便把半支烟丢在脚下，用布鞋踩熄，指节被烟垢熏黄的手径直接过烧饼啃起来。

十年来，从王二狗开始在书铺门前摆摊开始，他便天天要如此招呼一位邋遢古怪的书铺女老板。他不清楚此人来历，只知她叫杜春晓，似乎有晚起晚睡的习惯，所以皮肤白得有些不正常。说她不会做生意，勿如讲她不在乎生意。反正这么偏僻的地方，每日来来去去都不见得有三十个人，能进她铺子里买书的就更少。不过这不是王二狗担心的问题，反正只要那三文烧饼钱不少，管她的收入能不能维持生计呢。

“老板，你这烧饼越做越小了嘛。”杜春晓见谁都叫“老板”，哪怕去菜场买颗蛋，都管蹲在竹篮边的老婆婆叫“老板”。

“哪里是饼做得小？是杜小姐你食量大咯！”王二狗笑嘻嘻地把盖了布的面团和香葱盆子往板车上放。讲实话，他实在无从辨别杜春晓生得好不好看，只觉她五官是端正的，可惜常被那龇牙咧嘴的表情给败坏了；身材瘦得像个丝瓜精，但宽松的布袍子却包不住她的前凸后翘，倘若穿点儿好的，搽上口红，保不齐还是个美人儿。可想归想，王二狗面对这么随意潦倒的女子，嘴上却怎么都花不起来，尤其杜春晓现在一张口，臭豆腐味儿和香烟味儿便冲他的脑门儿翻滚而来，令他恨不能即刻逃走。

杜春晓也不理会王二狗的奚落，只靠在门板上将早点与午饭的“混合餐”吃完，往地上吐了一口痰，拿着那支没沾过嘴的牙刷进铺子里去了。

荒唐书铺还是一如既往的灰尘满满，手指头往哪里捻一下都会变黑，唯有杜春晓坐着收钱的那只梨花木柜台油光水亮——是被她自己的袖子擦干净的，只因那地方除了做卖书的交易，还要派点儿别的用场。

手里那副塔罗牌又硬又大，四角镶了铂金的边儿，所幸杜春晓的手掌也厚实庞大，能把牌抓得很稳。随意抽一张出来，笑了，星星牌，看来今天能碰上有趣的客人，再抽一张，死神。

整个下午，荒唐书铺只卖出一本《三侠五义》，其余时间杜春晓都只怔怔看着窗台上滑落的几寸阳光，暖融融照得人想睡。到黄昏时分，她已是饿得前胸贴后背，想去对街的老汤楼叫碗面，又舍不得跑开，怕错过那位命中注定的“贵客”。后来实在饿得受不住，只得跑去隔壁香烛店，找到正打瞌睡的伙计，只说：“姑娘我饿得受不了，劳烦替我去对过儿叫碗面来。”

那面送到荒唐书铺的时候，已经变成面糊了，她也不计较，大口吸食起来，待把汤头喝尽，胃里的馋虫才勉强平息下去，嘴还没擦，客人竟到了。

十七八岁的少女，素面朝天地走进来，穿一身洁白短褂、素花纹长裙，双眸如浸入清泉的墨玉，黛眉樱唇，美得竟有些惊天动地。杜春晓自己是女人，亦忍不住发呆，只觉这客人不像活在凡间的，而是从天上走下来的。她暗自纳闷儿，这么美的姑娘在青云镇上居然没传出名气，难不成真是藏在哪个金窝里的？

可那少女一落座，杜春晓便恍然大悟。哦，原来已不是黄花闺女了，屁股挨住凳板的仪态浮起些许少妇风情，低眉顺眼的神情里隐约透露艳光，被性事浇灌之后蜜桃初熟的甜蜜气息在书铺中缓缓弥漫。

“要看些什么书？”杜春晓强压激动的情绪，迎上来问她。不知为什么，她能嗅出客人身上甜蜜以外的血腥味儿来，这味道令她多少还原了一些“兽性”。杜春晓一直认为，人与兽的区别并没有太大，尤其在对欲望与未知事物的追求上头，甚至还远远盖过那些无知的畜生。

少女摇了摇头，拿眼睛盯住桌上翻开的那张死神牌，笑道：“想请杜小姐给算一算。”

“价钱你知道的？”杜春晓目前最关心的还是这个，连续十天都用阳春面打发肚皮的日子她实在是受够了。

“知道，您就帮我算一算吧。”她果真是懂规矩的，当即从怀里掏出裹帕，解开，数了十个银洋给杜春晓。

“要算什么？”杜春晓终于眉开眼笑，叮叮咣咣地把银洋撸进抽屉内，“不过先说好了，算不准不退钱的，我时常算不准的，没砸了招牌那是运气。待会儿讲与你听的话，可别太当真。”

杜春晓喜欢在开工之前摸摸客人的底细，倘若把丑话讲在前头了，对方还乐意挨宰的话，其焦虑和迷茫的程度可见一斑。眼前这位绝世美人儿便是典型，尽管心里惶惶不安，却极度扭捏，压抑得很。

“没关系的。”美人轻声道，“知道您的本事才来的，再说大小姐……”

“要算些什么？说些细的。”她只当没听见“大小姐”三个字，一副只顾做生意的样子。

“算姻缘。”

这个话从美人儿口里讲出来，实是有些奇怪的。依她的生相，只要头脑稍清醒一点儿，便能找到好婆家，享一世富贵，哪里还需到这里来问神灵，所以杜春晓只能叹红颜易“蠢”。于是她让美人儿洗了牌，摆起阵来。

过去牌：正位的恋人。

杜春晓脱口而出的一番说辞，是美人进门时便想好的：“看起来，姑娘也是痴情种，裙下之臣无数，然而姑娘却把一腔热情赋予一人身上，不知是哪家的公子这么有福。”

这是废话，天底下哪个美人不是享有这样的权力？看她清清爽爽的额角与几近透明的眼波，便知其单纯执着。

现状牌：逆位的教皇与逆位的正义。

“哎呀呀……”杜春晓装腔作势地尖叫一声，美人儿神色即刻紧张起来，“姑娘如今这段姻缘太过凶险，您瞧啊，教皇逆位，可以说您是离经叛道，走了一条歧路；正义逆位，这感情就更见不得光了，非正常，更非正义呀。”

“接下来呢？”美人竭力控制住神色，显得从容镇定，甚至笑了一下，以暗示杜春晓算得不准。

未来牌：正位的恶魔。

杜春晓突然逼近美人，将掺有烟味的呼吸贴近她的耳垂，说道：“苦海无涯，回头是岸。姑娘的梦再不醒，恐怕事情就得到不可收场的地步。原本已是寄人篱下的身份，何必再让自己多受一层苦呢？”

“你怎知我就是寄人篱下的命？”

杜春晓笑而不答，这还看不出来吗？眼前的客人虽是水葱般细嫩的长相，十个手指甲却剪得光秃秃的，一看便是要做事的。何况挑的时辰也巧，多半是大户人家的主人刚洗漱过后睡下的当口儿，下人可以趁机偷闲一刻半刻的。

美人终于寒下脸来，一声不响地起身，走出铺子，那丰腴妙曼的背影渐渐被暮色吸入。

杜春晓收好牌，点一支烟，深深吸进肺腑，袅袅烟雾，熏染了红木架子上泛黄的书页……

“不祥啊，还真是不祥……”她看着猩红的烟头，喃喃自语。

-2-

夏冰最厌倦夏季，他是正月里生的人，抗寒怯热，但不是胖子，身材细得像竹竿，戴一副黑圆框眼镜儿，头发梳成时髦的中分，一派文弱书生的气势，讲自己是警察都无人肯信，所以从小就被人取笑说和杜春晓是天造地设的一对。一语成真，只要杜晓春不嫁，夏冰便至今也没有娶妻，爹娘跟他吵过不知多少回。有一回去相亲，他当面便回绝了人家，夏母为此绝食了整三日。事后他也没有怎样，依旧每天乐呵呵地去保警队报到。

被叫去天韵绸庄办案那天，正落雷阵雨，夏冰两只脚都被水捂着，走起来扑哧作响。赶到绸庄的时候，脸上糊满雨珠，已睁不开眼。只依稀听得队长李常登的大嗓门儿叫得震天响，竟盖过那巨大的雨声了。

“小夏，赶紧过来，把死人抬里边儿去！”

李队长指的死人，正挨着天韵绸庄后庭院里的井沿儿上坐着，因全身被粗井绳拴绑，副队长与两名警察已在那里费力解了半日。夏冰前脚刚踏进案发现场，他们后脚便要抬尸。

“看着点儿鞋！”副队长身上的雨衣早已不顶用，眯着眼冲夏冰大吼。

夏冰急忙撸一把打在眼睛上的水，再看看脚底，发现自己竟站在一汪血红里。那血分明是从尸首的腰腹部流出来的，分不清性别的死人中间被挖开了一个洞，大概肠子都被雨冲出来了，流得满地都是。他不由退后了一步，看到一位穿着考究的中年男子执着把油纸伞站在不远处看着，面部僵硬，像是灵魂早已出窍。李队长此时又催促起来，夏冰只得咬牙切齿地跑到井边，帮副队长乔越龙抬起那死人，那血洞因受外力拉扯，变得愈发地大，几块大小不一的碎肉落到地上，又与雨水汇成血流，在众人脚边蔓延。

尸首被抬进庭院旁边的一间柴房，平放在木床板上之后，夏冰方看清死者是个女人。稀湿的头发胡乱散在脑后，一张素白面孔上，那对大如深渊的眼睛还是半睁着的，似乎恨不能爬起来与保警队一道去寻找真凶。

夏冰拼命忍着吐，看李队长在那里翻查尸首。小镇上案子少，队里自然也没几个人，所以李队长还要兼任仵作。那执油纸伞的中年男人不知何时也已站在柴房内，冷眼旁观他们的举动。

“虽然肚子上被挖了洞，可死因却是勒毙啊。”李队长解开死者的衣领扣子，脖颈处果真有一圈乌青血痕，“可认得她是谁？”

中年男子知李队长是在问他，便语气平板地答道：“好像是大小姐房里的丫头，叫雪儿，前年刚送进来的。”

“您又是哪位？”乔副队长脾气有些火爆，与李队长稳重内敛的做派对比鲜明，因此两人出来办案审犯人，都是前者唱红脸，后者唱白脸，双剑合璧，天下无敌。

“杜亮，这儿的管家。”

这名字一下勾起夏冰的回忆，早前听杜春晓讲过自己有个叔叔在有钱人家当大总管，威风得不得了，具体那“有钱人家”姓甚名谁，她却含含糊糊不讲出来。算来算去，青云镇也只有经营绸缎生意的黄家算得上不折不扣的金玉满堂。青云镇原本是个民风懒散的荒镇，谁知竟出了黄天鸣这么号人物，头脑聪明，精于算计，眼光与胆识亦较常人要卓越许多，一下便看中小镇边郊那几百亩桑树田，种桑必定养蚕，养蚕便可织绸。他不像那些鼠目寸光的养蚕户，把茧子低价卖给外省来的纺织厂，而是和外省人公然叫板，开出双倍价格抢回蚕茧，并招了一批镇上的闲散人来做工，因此那年春茧上市之后，很快便发了笔横财。

黄家大宅院与天韵绸庄连在一道，建于镇东最繁华的鱼塘街。虽是车水马龙、热闹非凡的地界，黄家人除了必要的应酬外，却鲜少出门。从老爷到下人，行事都低调得很，与他们在青云镇的显赫地位极不相称。乔副队长的老婆是按摩师傅，因被请去给黄家大太太松过几次筋骨，所以多少还有些了解里头的情况，乔副队长用四字形容过黄家的人：高贵冷血。夏冰至今不明白“高贵”与“冷血”两个词如何能拼凑到一起，根本是完全不搭调的嘛！所幸这回借处理命案的时机，总算可以堂堂正正进这大户人家“参观”，可惜出来接待的竟只有一个大管家。

“我们能见见黄老爷吗？”

李队长提出的要求很合理，府上死了人，自然要跟主人家了解情况，谁知杜亮的回复出乎意料，只说：“老爷最近身体抱恙，不便见客。”

“我们不是客人，是来查案的，查府上有人被杀的案！”乔副队长即刻像被点燃的爆竹。

杜亮只是弓着身子，讪笑道：“老爷吩咐过啦，几位爷有什么需要尽管提，我们能帮则帮。雪儿这丫头来的时间短，老爷哪里能对她有印象，所以就不必打扰了。几位爷若想知道些什么，直接问我就是了。我是在下人房里待惯了的，他们的事儿多半还知道一些。能在咱们几个中间解决的事儿，就不必劳烦老爷太太们了吧。”

言下之意，死的只是个下人，在黄家人眼里算不得什么，只要尽快把尸首抬出去，解决她的身后事儿，抓不抓得到真凶都不重要。夏冰终于见识到富贵人家的冷漠与傲慢，死个丫鬟好比死了条狗，只需安排另一条“狗”去应付便够了。

“杜大管家这话讲得可就不对了。不管怎么说，府上出了命案，说明这里不安全，今天死的是个下人，明儿可不保证黄家老爷太太们不受牵连啊！你现在这么阻着拦着，到时候出大事儿了，你可担当得起？”

杜亮沉默片刻，眼角竟挤出一丝冷笑：“自然担当得起。若不敢担当，在下也就不站在这儿招呼各位了。”

这一句倒让夏冰对杜亮刮目相看，不禁感慨此人与杜春晓果然是有血脉渊源的，连那股吃软不吃硬的倔强都一模一样。

“死者是大小姐房里的丫头吧，我们能见见大小姐吗？她可能是雪儿遭遇凶手之前看到的最后一个人。”

夏冰的提议有些冒失，却不无道理，杜亮没有拒绝的理由。

见到黄梦清的时候，她正坐在一架钢琴旁边忘情弹奏，琴架上摆着的一只圆口高脚杯里装了浅浅一汪红酒。夏冰平素也喜欢收集西洋乐唱片，所以尚辨别得出大小姐拙劣的技巧，只好皱着眉，也不敢打断，忍受着毫无生气的音符。音符与嘈杂的雨声混杂起来，折磨他的耳膜。而且这位大小姐也并不怎么漂亮，细眉细眼的，一束烫卷发用手绢扎住，穿硬绸背心配长裤，白衬衫领口与袖子上的花边倒是很别致。

“雪儿真的死了？”

一曲演毕，黄梦清拿起架上的红酒啜了一口，发出享受的叹息，瞬间暴露某种奢华娇媚的气质，系受过高等教育的贵族才具备的。那份难得的雍容，竟弥补了她外貌的缺陷，将她调整成一位极富魅力的千金小姐。

“是。”杜亮答得简单干脆。

“尸体在哪儿？我去看看。”

“大小姐，那丫头的死状有些……还是别去了，到时吓着您了，我可不好向老爷交代。”

杜亮的顾虑是对的，应该没有哪个女人看到如此血腥的尸首还能保持镇定的。

黄梦清亦不再坚持，将杯中红酒一饮而尽，站起身来，对着窗外渐止的雨滴深深吸一口气，仿佛要从空气里嗅出那丫鬟惨烈的死状。

“大小姐，我们是来向您了解情况的。”李队长秉性直率，平素最烦附庸风雅，所以对黄梦清弹钢琴的架势反感透顶。他只想快点儿了解一些情况，然后回家把身上的湿衣服烘干，舒舒服服睡觉。

“你又是谁？”黄梦清的个性果然与她的琴艺一样臭。

“这位是我们镇上保警队的李大队长，负责调查这起命案。”夏冰唯恐气氛僵住，忙抢过话头，“想问问黄小姐，您最后见到雪儿是什么时候？”

黄梦清刚要开口，门外却传来一阵乱响，只见一个腰圆体阔的胖丫头咚咚咚跑进来，喘气道：“小姐，大太太来了！”

话音未落，一位穿黑旗袍的中年妇人已抬头挺胸入室，跟在她后边的丫头浑身湿透，正忙着收起刚刚替主人遮雨的湖绿色绲金边绸伞。

那妇人虽看上去已过不惑之年，却保养得极好，皮肤比黄梦清还白皙些，亦是窄额凤目，唇角生一颗细痣；脑后梳起硕大的发髻，斜插一支金贵的红玛瑙簪子。看神情像是很不高兴，气焰也嚣张。

“梦清，刚刚听老杜说你房里的人出事儿了？”她显然眼里没保警队的那些人，一双眼只看着自己的女儿。

大太太孟卓瑶系黄天鸣的原配夫人，据说是与丈夫共过患难的，吃得起苦，手段又强悍，系惹不起的胭脂虎。

“娘，我没事的。”

“吓着没？”孟卓瑶一把抓起黄梦清的手，拉到自己胸前，脸色瞬间柔和了许多，“我早说那丫头一脸狐媚相，早晚要出事儿的，当初就该狠下心把她撵出去。”

黄梦清竟向母亲嫣然一笑：“人都死了，还说这些做什么？”

“自然是要说的！”孟卓瑶嗓门不禁高了，“就说咱们不该太菩萨心肠，惹得这一身臊。过几天就要祭祖了，你看多不吉利！”

“娘，您安心先回去，我跟保警队的人谈谈，死人的事儿总不能当没发生。你早些歇息，明儿我过来跟您详说祭祖的事儿。”黄梦清半哄半劝的，将母亲扶至门口。丫头站在门槛儿外头候着，忙将伞撑起来。此时黄、孟两人细长的单眼皮挨得极近，果然是对儿气韵相似、外貌无比贴合的母女，虽然傲慢得有些让人生气。

孟卓瑶走后，夏冰依然想继续刚才的问题：“黄小姐，请问您最后见到死者是什么时候？”

黄梦清折回钢琴旁，坐下，在琴键上滑了几下，指尖流出刺耳的碎音，随后抬头笑道：“两个钟头之前吧。”

“当时是什么情况？”

“当时……”她刻意顿了一下，回道，“她靠着庭院里的老井坐着，肚子像被掏空了，流了很多血。”

夏冰惊道：“那么说，是您第一个发现尸体的？！”

黄梦清点头的姿态极为优雅，屋外突然电闪雷鸣，将她那张平庸的面孔照得雪亮。

夏冰脑中浮现出乔副队长评价黄家人的四个字：高贵冷血。

-3-

杜春晓这几日开心得梦里都会笑醒，因生意太好。自打那绝世美人儿光顾之后，又来了三个姑娘，姿色虽都不如头一位，却也是出手阔绰，也是问些姻缘、财运之类的东西。虽说算的平常，杜春晓还是乐开了花儿，起码下半个月都可以去鲜香楼吃好的，免得被阳春面“缠身”了。据杜春晓的推断，这三位姑娘均系“心比天高，命比纸薄”，脸上都扑了厚厚的香粉，梳着与那美人儿一样的发辫，甚至连耳边那只银发夹子的款式也是一样。尤其最后来的那位，生得五大三粗，胳膊足抵得过杜春晓的小腿肚子，还满面红云地询问几时能找到好婆家，令她不由心生恶毒。明明未来牌翻了张光明向上的正位命运之轮，按原意该解作客人有命中注定的好姻缘，却告知对方：“不太妙，恐这一世是难有花好月圆的辰光了。你看这命运之轮，分明是讲你还得投胎到下辈子才轮得到。”一番话，硬生生把那胖姑娘给吓哭了。

关于杜春晓的说坏不说好的毛病，夏冰已不知批斗了她几回，叫她占卜也得留几分余地，否则真让人钻进死胡同，搞出事情来就不好了。杜春晓是不理的，自顾自下咒一般给来客“指点迷津”，她的想法是探索人性迷失之极限，钱与口碑都是次要的。于是二人少不了吵架，都是自恃清高的主，互相都不肯认错。不过无论言语冲突有多激烈，最先闭口休战的那一位总是夏冰。

“像你这样的书呆子，去做警察已是老天爷瞎眼，还来这儿跟我念‘道德经’呢？趁早歇菜，去黄家绸庄里做绣娘还适合些。”这回杜春晓奚落夏冰的时候，他正握着一个鸡毛掸子清理书架，另一只手还捂着口鼻，以免被灰尘呛住。

“杜神婆！”想是杜春晓的话太过难听，他到底熬不住了，将鸡毛掸子往胳肢窝里一夹，推了推眼镜说道，“我告诉你，你甭在这儿给我得意，小爷我这几天烦着呢！知道黄家出了命案没？”

杜春晓也不搭理，只趴在桌子上玩弄自己的头发。

“没想到青云镇这么太平的地方，还会出凶案呢。李队长说他在保警队干了三十年了，也是头一回碰上。”

听夏冰那一番天真话，杜春晓不禁哑然失笑，这笨蛋哪里知道镇河里已填了多少冤魂呢！正想借机刺他几声，却被书铺外一记粗鲁的吆喝震断。

“小子，快出来！”

“做什么？”夏冰把鸡毛掸子敲在柜台上，羽毛上的灰尘喷了杜春晓一脸。

“赶紧跟我去黄家，又出人命了！”乔副队长说话又急又快。

夏冰也不回应，赶快跟着乔副队长直奔鱼塘街。

杜春晓有气无力地整理被鸡毛掸子打乱的塔罗牌，见一张背着面落在砖地上。捡起来一看，是战车，心里不由“咯噔”一下，脑中浮现那美艳得过于悚人的问卜客。

“真奇怪啊……”她笑着将散牌合到一起，书铺内回荡着西洋钟单调刻板的走音。

黄梦清已整一个月没踏出家门，不仅是她，母亲、二姨娘和三姨娘，乃至弟弟妹妹们，亦都闷在屋里动弹不得。每饮一次老妈子泡的白片，黄梦清便想念起雪儿来。那丫头不算勤快，顶嘴的次数也多，然而笑靥鲜甜如蜜，无论男女都要被她迷醉，所以母亲讨厌这样天仙般的人物，亦不是没有道理——三姨娘张艳萍便是仗着一副美貌，从端茶递水的下人摇身一变成了主子。

黄家的人被老爷勒令不准出门，梦清也不敢有异议。算上胖丫头慧敏，这里已死了四个人了，均是直接伺候主子的大丫鬟。

想到这一层，她便不由得又置身于那个燥热不安的午夜。因皮肤蒸得油汗淋淋，她只套了件薄如蝉翼的小衣，赤足踏在后院潮湿的青苔上，偶尔几丝微风由耳畔扫过，携一缕金银花的芬芳。气温高得不可思议，头顶一轮圆月边缘竟泛起红光，于是她疾步走向井边，思慕井水沁入脚心的清凉。可井边已坐着一个人，鲜热的腥气由那人身上散出，正浓浓向她扑来。她只当是哪个丫头在这里等着和野男人鬼混，就偏要走过去拆穿。还未挨近，脚底便打了滑，一个踉跄摔倒在地，待撑坐起来，裤脚管和手心板都是红的。雪儿半睁着眼，正冷冷盯着自己的主子，那死气沉沉的目光化作泪珠，打在黄梦清的面颊上，随一声雷鸣，雨点劈头盖脸打下来，把她浇透……

七日后，二姨娘苏巧梅房里翠枝的尸首躺在一簇殷艳的夹竹桃下，肚子也被切去一大块，露出空荡荡的腹腔，身下一片乱红，分不清是血是花。服侍三姨娘的碧仙死得最蹊跷，竟是被吊在院中最大的月桂树上，被掏空的腹部拉得扭曲变长，搞得入殓师都不知怎么把尸首还原，以便入棺。慧敏傻人傻福，总算是死在床上，她平素霸道惯了，一人占一间睡房，这才让杀手有机可乘，尸体被发现的时候身上沾满了糕饼屑，腹部也难以幸免地被毁烂了。

四件血案接连发生，闹得人心惶惶，大家都讲黄府被妖邪入侵，劫数不断。老爷只得命人把井封了，月桂也砍得只剩浅浅露出泥地的一片树桩。苏巧梅更是出格，听信一个道士的蛊惑，竟在院中开坛作法，搞了整整一十四天。炎夏的热气加上香烛烟熏火燎，空气里的臭味让人受不了，到前头的客厅里吃饭都得绕开这院子走。

黄梦清自然吃不消这样风声鹤唳的境况，何况长久禁足，心头早已生出荒草来了，和几个弟妹嬉闹打牌已觉无聊，便找在这里追寻线索的夏冰说话。

“这么多天了，死了一个又一个，你们警察到底是抓不抓得到人呢？”

夏冰擦了一下鼻尖的浮油，正色道：“这案子很严重，已惊动县里的人了。不过李队长说了，咱们得自己寻找线索破案，不能输给外头的人！”

“这案子要破啊，恐怕你们还得找一个人来。”黄梦清也是怯热的人，将手中的檀香扇摇得飞快。

“找谁？可别再请和尚道士了，只会吓唬人，如今要讲科学。”夏冰撇着嘴指指庭院里未打扫干净的纸钱烛油，他的“单纯病”一犯，脸上就会浮起两块红晕。

黄梦清也不争辩，只拿出一件东西放进夏冰手里，皮笑肉不笑地说道：“去把那书铺的懒惰老板娘找来，就说是替黄家的人算算吉凶。她若不肯，把这个给她。”

夏冰愣了一下神，低头看贴在手掌上的东西，系塔罗中的隐士牌。

-4-

入住黄家大宅，杜春晓一点儿行李没带，夏冰旁敲侧击地提醒，她半眯着双眼答说：“用黄大小姐的不就得了？”于是她怀里只揣着一副塔罗牌，便进了天韵绸庄。刚踏入黄府，便看见杜亮一脸严肃地站在门口迎着。杜春晓抓了抓头皮，大摇大摆地从叔叔跟前过，才要踏过门槛儿，就被杜亮抓住。

“春晓，到这儿可别顽皮，否则我告诉你爹。”

杜春晓仰面挺胸，将一对儿丰乳抬得高如山峰，笑道：“我可是大小姐请的人，来这儿占这宅子的凶吉，谁敢说我？！”

“哟！”孰料杜亮不吃这一套，往她脑门子上狠狠弹了一记，“敢跟你叔顶嘴！”

她瞬间没了威风，捂着额头往里走，夏冰忍着笑跟在后边。

黄梦清见到杜春晓，也是冷冰冰的态度，只伸出手道：“还我。”

“什么？”杜春晓在大小姐房里乱转，抚摸架子上那些精美的瓷器，还把梳妆台上一个音乐盒摆弄得叮咚响。

“牌呀！”

杜春晓笑嘻嘻地从袋里拿出隐士牌，还给黄梦清，然后神色惊恐地指着钢琴叫道：“妈呀！你都回自己家了还不忘残害生灵呀？！”

夏冰在一旁暗自称快，到底是从小一起长大的伙伴，他不敢说的话，杜春晓总是适时替他讲出来。只是她与这黄家大小姐究竟有怎样的渊源，他依旧一头雾水，怕追问下去让杜春晓得意，便憋着不开口。

“你这张嘴，还是这么毒！”黄梦清居然一点儿没有计较，反而拿起一碟芙蓉糕递给杜春晓，随即两人一道吃起点心来了。看这熟稔程度，像是多年来一道扑蝶谈心的金兰之交。

这二人虽亲昵得有些过分，然而一谈及府内的命案，杜春晓便冷下脸来，嘴角的碎酥片头皮屑一般纷纷落下：“这桩案子已听夏冰讲过了，大致情形也是清楚的，不过你们家人都跟坟里的鬼一样不出面算什么。这样，今儿你们黄府就摆一桌，请我这个大神婆吃饭，顺带让我见见黄家几位大能人儿，你看如何？”

黄梦清当下点头，完全不拿杜春晓当外人看，只夏冰在一旁目瞪口呆。

黄府的人吃饭是有规矩的，不但用餐的器具要分，连桌子都是摆开的，只让邀请者相陪。所以虽在一个屋子里吃饭，却是两个台面，黄梦清与杜春晓坐在一道。黄天鸣虽六十有二，却满头乌发，浓眉大眼，皮肤黝黑，眉心连成“一”字，有些不怒自威的意思，依其高大健硕的个头儿，竟不像南方人。旁边坐着的孟卓瑶，胸口挂一圈鸽子蛋大小的玉石项链，皱眉端着饭碗，吃不了几口便放下，望望对桌的女儿，一脸不痛快。

“慕云呢？”黄天鸣问道，声音不响，却足够让所有人停筷。

“在屋里看书看得乏了，说是不想吃。”

坐得离老爷最远的妇人虽穿得端庄规矩，周身却散发一股妖魅气——额角低平，嘴唇丰艳，一对儿杏眼，看人时眼皮都往下拉，显得迷迷蒙蒙。尽管韶华已逝，神情却留有青春时代的清纯痕迹，让人望之心碎。这样的三姨太在场，姿色自然要高过台面上其他几位如花女眷许多倍去，杜春晓不由得要拿她来和那问卜的丫头来比较，遂感慨原来青云镇竟有这样的仙气儿，能育出极品的美人儿来。只可惜那丫头如今已带着被掏空的腹腔入土，依夏冰的形容，是“满脸怨恨”。

“嗯。”黄老爷点点头，转头对杜春晓那一桌笑道，“让杜小姐见笑了，犬子身体欠佳，没能出来招待。巧梅，等一歇叫人买些上等水果，送去梦清房里，今夜她们必有说不尽的话。”

二姨太点点头，也朝杜春晓微笑，笑容里尽是冷淡的客气。这苏巧梅剪齐耳短发，末梢烫满细碎的卷子，面色红润，细纹都长在不容易让人发现的地方，周身上下只戴了一只蓝宝石戒指与一对儿金莲花耳坠，品位与气韵倒也与众不同。

“梦清、菲菲，想吃些什么？”

黄梦清不紧不慢地喝了一口汤，笑道：“二娘买什么我们就吃什么，只不要西瓜，肚子胀。”

“快别提那些水果了，前儿杜管家从乡下带了一堆蜜瓜过来，我吃了一个，到现在胃里还流着一股气呢。娘啊，还是莲心银耳粥顶用。”

说话的系苏巧梅的女儿黄菲菲，正值发育的年龄，额上长了几颗红疙瘩，一双骨骼玲珑的玉手与丰腴的体态极不相称，然而五官生得异常端正，眉宇间也藏不住富家千金特有的骄纵。可能是家教的缘故，看得出她已竭力收敛自己的脾性，讲话拿捏住了分寸，既要表达不屑，又顾及娘的脸面。坐于她身边默默吃饭的黄莫如，与菲菲系同胞兄妹，果然也是精雕细琢的面孔，只是眼圈发黑，一脸疲惫相，不似胞妹那样活泼傲慢。

“就你话多，人家老杜也是一片好心，送蜜瓜给我们吃，你还抱怨不停了。不过那么多也吃不下，梦清啊，晚上我叫人送几个过来，给你的朋友也尝尝鲜。”苏巧梅横了女儿一眼，遂笑眯眯地对黄梦清说道。

黄梦清悄悄对杜春晓吐了一下舌头，苦着脸回道：“谢谢二娘了。”

所有人都不再说话，就只是吃饭，黄天鸣也是欲言又止，只咳了几声，空气在那金边儿碗沿儿上僵硬地淌过。似乎所有人都在刻意忽视苏巧梅对他们的轻蔑，但无法掩盖她掌控黄家内务大权的事实。

一顿饭吃下来，杜春晓已累得脖子都不能屈了。

夜里才吃过茶，一个男佣便大汗淋漓地端着一大盆切好的蜜瓜送到黄梦清房间，杜春晓刚拿起来咬一口，便吐掉了："怎么是坏的？"

"哼！不坏的能给我们？"黄梦清正对着镜子梳头，看到蜜瓜后，嘴角那抹冷笑就怎么都不肯摘下。

杜春晓抽出皇后牌，重重拍在黄梦清面前，说道："看来你二娘是个厉害人物呀，原以为你娘就已经够难缠了，没想到狠角儿在这里呀。"

"别以为她真有什么能力。"黄梦清撇撇嘴，显然很不高兴，"无非是一胎就生了个'好'，自然招我爹疼一些。你看她慈眉善目的，连我娘这么精明的人都被她骗了，以为她真能一碗水端平，照顾我们大家。谁知道狐狸尾巴没几天就露出来了。"

"你娘都被骗了，可见是真有能力的一个人。"杜春晓挤在黄梦清的镜子前也胡乱理了理头发。

黄梦清一脸鄙夷地说道："那是我不愿跟这种人计较，若真计较起来……"

"若真计较起来，你必定会用塔罗牌算个天昏地暗，找到制服她的妙法？"

杜春晓咯咯笑得起劲儿，又忆起两人在英格兰念书那会子。黄梦清当时便是个习惯隐藏幽怨的人，不肯轻易暴露自己的喜恶，所以遇到什么委屈，都是杜春晓给她报的仇。加入学校的塔罗占卜会亦是黄梦清的主意，可在这方面有成就的却是杜春晓，所有人都在拼命研究星相塔罗的辰光，唯有她一头钻进心理学的书本里头，从此占卜便完全脱离牌的本来解释，自有一套独特的解牌技巧，不久便成了会里巫婆式的人物。

"话说，你这次让那呆子把我叫来，目的何在？我丑话可说在前头，塔罗算命都是骗人的把戏，你若以为我在这儿挨个儿给人算一遍就能抓到真凶，那可是做梦。”

“知道，请你来不是要你查案，我可是把你当嫌犯审呢。”黄梦清半开玩笑半认真的语气，算是摸到了杜春晓的兴奋点。

“哟！我一个穷书铺老板，还有这等荣幸？”

黄梦清点点头，细长的单眼皮上微微发些桃红，令整张脸即刻漾起了艳光：“你可知道死去的四个丫鬟，生前都到你那里去算过命？”

杜春晓亦不示弱，直勾勾盯住那双桃红的眼，回敬道：“我可以不知道有四位客人后来死了，你大小姐又是怎么知道的？”

两人牢牢看着对方足有半分钟，夏夜里蚊香罐内吐出的薄烟悠悠扫过两人的皮肤，屋内安静得宛若深幽湖底。

俄顷，黄梦清寒下脸，冷冰冰地说道：“可见你的确是骗人的神棍，她们要遭血光之灾都没算出来。”

“奇怪了，这些人没一个问自己的寿命，只算姻缘财运之类的通卜，还是我的不是了？”杜春晓强词夺理。

“大小姐，要不要给杜小姐铺床了？”玉莲没心没肺地进来请示主子。她原是苏巧梅放在外屋的守夜丫鬟，因嫌她手脚粗笨，借雪儿被杀的机会，将她送给黄梦清了。这姑娘生得细细小小的身形，声音也小如蚊子叫，黄梦清怎么都使唤不惯她。

“甭铺了！今儿老娘我睡外头院子里去，免得半夜起来谋害了你们大小姐！”杜春晓像是真动了气，趿着那双尖头快要顶破的布鞋便往外走，却被黄梦清一把拖住。玉莲吓得不敢再追问，径直转身逃出去了。

“春晓，我不是疑你，是疑另外一个人。”

“谁？”

黄梦清轻轻在杜春晓耳边说出了一个名字。

-5-

黄慕云咳得心肝都快扯碎了，他不明白老天爷是怎么安排他的未来的，难道就这样让他死在撕心裂肺的痛苦之中？他当然不肯就这样向疾病低头，可胸口几乎爆炸的恐怖正蔓延至整个身体，令他生不如死。他时常幻想自己正在扬帆远航，咸腥的海风灌满鼻腔，体毛浓密，脸颊褐红的水手为他斟上呛人的伏特加，他喝到半醉半醒，仰面躺在甲板上随海浪轻摇，几只寄居蟹悄悄爬过他的指尖。

“要不要再来？”

白子枫沙哑低沉的嗓音在耳边搔痒。黄慕云不敢睁开眼，怕一切就此粉碎，只能紧闭着眼，想象她玉脂般的耳垂，后脖那一点销魂的朱砂。

不能睁开，不能看到！

他这样警告自己，继续贪婪地吮吸那空谷幽兰般的体香，那是她的味道，系薄荷与玫瑰露混合的芬芳，为了那独一无二的气息，他都不能睁眼。

“要不要再来？”她追问。

一股浓重的蜜粉味扑面而来，白子枫的薄荷、玫瑰露的混合香味儿化作乌有。他只得恼怒地睁开眼，把咳嗽关在胸腔内，没好气地骂道：“小贱人！打扰爷睡觉！”

桃枝亦不畏惧，将刚刚吸食过的烟管往红木榻边敲了敲，放在脚后跟处，笑道：“刚看二少爷你在梦里还咳得厉害，可吓死我了。”

黄慕云怔怔看着桃枝薄薄一片贴身肚兜下半露的乳房，不由悲从中来。他计算不出自己还能有多少这样逍遥的日子，而白子枫始终只能在意淫时单独为他绽放。人一旦能望见自己的末日，就会变得无畏，只在爱情面前露怯。

“哎，听说府上最近死了人，可是真事儿？”

从客人那里打听些小道八卦，是这位风月楼红牌的唯一喜好。平素只绞尽脑汁哄客人开心，除了赌桌吃酒，便再没别的爱好，婊子又不好女红，就只有讲这些图个乐。

“你问那么多干吗？我回啦！”

黄慕云捏了一下桃枝的下巴，将一卷钞票丢在榻下，便起身穿上鞋走人。他不认为这位被他长包的烟花女有多漂亮，他初次被大哥黄莫如拉进风月楼那天，哆哆嗦嗦都不敢抬头，只嗅出一阵阵香粉味儿。叽叽喳喳的浪声淫语，吵得他头疼。他不小心将酒杯掉落在地，急俯下身要捡，却被一女子抢先蹲在那里拾了。他没看清相貌，只她低头时脖颈上一颗赤豆大的朱砂艳光四射，令他在接下来的几个时辰里，一刻都不肯将目光从那女子身上移开。桃枝便是这么样误打误撞地迷住了黄家二少爷，成为风月楼一桩“美谈”。

事后想想，他也有些后悔，每个月砸那么多银子在这样的三流货色身上，确是不值的。她除了床上功夫尚可，连句温柔话都说不圆润，尤其那一口浓重的乡音，每每张嘴他都只能忍着脾气，只当听不见。如今回想起来，不禁悄悄顿足。这些钱若用来给白子枫装修一下诊所，该有多值！

当然，他气闷的还不止这回事。母亲房里的丫鬟碧仙惨死，二娘便将服侍他的桂姐拨到母亲那儿。桂姐老成细心，是府上最能干的下人，张艳萍特为此去求老爷把她留在他房里，好照顾他的病。孰料闹了一通死人之后，二娘就找理由调整下人。原本桂姐就好比黄家的一张金牌，在谁手里，就表示谁正受宠，可苏巧梅又不好做得太直接，便一里一里地算计，早晚桂姐还得成她房里的人。

这些日子以来，黄家人都被老爷明令不准出门，可他还是违背父亲的意思。倒不是天生反骨，而是他对这个家庭里某些扭曲事物的不满均通过种种背叛行为发泄出来了。只是一站在鱼塘街口，那些陌生的纷扰便再次向他袭来，这才惊觉自己身边没半个朋友，本就无处可去，只好一次次跨过风月楼那胭脂堆砌的门槛儿。

回来的时候，已是夜幕低垂，黄慕云悄悄由后门进入，穿过庭院里一片月季花圃，再从黄梦清屋子右侧的假山绕出来。原本他不必走这些远路，直接从花圃边的凉亭里过去更近一些，只是那样就会看见那一块月桂树桩子。他永远记得阴云笼罩般的墨黑树冠下露出的两只脚——碧仙的脚，因是缠过的，脚背高高隆起，像蒸过的馒头，细短的脚趾上爬满干涸的血流。

好不容易绕回自己屋子，黄慕云甩甩头，试图将惊心动魄的记忆驱逐到体外去，却见桂姐正往瓷炉里点蚊香。

“你不是被拨给我娘了吗？”他诧异之余还有些欢喜，到底还是最中意这老下人，伺候周到。

“三太太说她那里有吟香就行了，让我还是回来服侍二少爷。”桂姐笑吟吟地答应。她从前便是慕云的奶娘，所以一直把他当半个儿子来看。恰恰是这特殊的身份，令二太太不快，这女人是想尽办法要拆走其他几房收罗的心腹，以便唯她独大。

黄慕云也没有多说，只让桂姐替他解了长衫的扣子，脚也不洗便躺下了。曾几何时，再热的天气他都不出汗，所以连带着冲凉的次数也少之又少。桂姐知道他累，便绞了块湿巾给他擦了手脚，刚要将水拿出去倒掉，却见苏巧梅与两个男仆气势汹汹地站在门口。张艳萍神色尴尬地跟在后头，勾着脖子，都不敢往儿子屋里看一眼。桂姐刹那头皮发麻，晓得事情不妙，可还是勉强挤出一丝笑意，说道：“二太太，三太太，怎么这么晚……”

话音未落，已吃了一掌，是苏巧梅带来的男仆动的手。桂姐捂着脸，再不敢多讲半句。

“唉……”苏巧梅连叹气都是冷冰冰的，更别说眼角那一颗今世都无法消融的寒冰，“桂姐，您也是黄家的老人儿了，怎么这点儿规矩都不懂？就算不给我这二太太面子，也总要给老爷，给三太太面子的吧？把你拨到三太太房里头，难不成还委屈你了？巴巴儿又跑来这里。倘若每个下人都由着自己的性子挑选主子，那到底是谁伺候谁呀？”

桂姐只跪在那里连连点头，自然不指望三太太此时能站出来说这件事是她的主意。三太太虽生得花容月貌，性格却远不如长相那般出挑，逆来顺受系家常便饭。

“什么事？”黄慕云听到动静，也从里头跑出来，一看架势便知道不对，忙说，“二娘，可巧你来了，刚要找你。我娘托桂姐过来传话，前儿杜管家送来的蜜瓜她爱极了，问我这里有没有，偏我的也都吃完了，正琢磨着明儿一早给二娘请安的时候顺便要一些。”

一番话硬生生把苏巧梅的嚣张气焰给堵回去了，她见再不好发作，便笑道：“是这个事儿呀？只要不是三更半夜，不拘什么时候过来拿就是了。”随后略转过身子剜了张艳萍一眼，“看你娘从前也不贪嘴的，怎么现在就馋起来了，这么晚还差桂姐来跟儿子讨吃的，也不怕让人笑话！”

苏巧梅讲完便拿帕子擦了擦额角的汗，打算离开。桂姐忙将水盆放下，在大腿上抹干水迹便要跟着众人走出去，孰料本该落幕的闹剧却未能如愿散场。

“咱们这儿最后会让人笑话的，恐怕是另一个人吧！”是张艳萍的声音，刻薄如刀刃，看情形是杀向苏巧梅的。

“三妹，这话你是冲谁说的？”苏巧梅也察觉到凶意，只得迎战，面上却纹丝不动，因已做好对方将自取其辱的准备。

“说谁谁心里清楚。”

张艳萍对苏巧梅的挑衅有些突然，气氛瞬间冻住，大抵只有那两个男家丁乐意看这样的好戏，连桂姐的神情都严肃起来。

苏巧梅一把拖住张艳萍的手，两只长长的玉瓷甲套几乎要嵌进她胳膊肉里去：“妹妹，既然话都讲到这里了，可不要把另一半给吞了，不如说说清楚，也好让下人心里亮堂。”

孰料张艳萍像是下定决心撕破脸了，冷笑道：“我若说出来了，二奶奶您若还能在下人心里变得亮堂，那可就是千古奇谈了。”

苏巧梅此时面如死灰，大抵是怎么都想不到平常千依百顺的一个人竟也会反抗，也不看看她从前是什么身份！

“这样吧，三妹既然心里不痛快，不管是冲着谁的，都还是讲出来为妙。咱们都是一家人，没什么事不好开口的。这样，今儿大家也都乏了，慕云身体不好，该早点儿歇着，明天咱们一块儿去老爷那里讲，你说可好？”她只得搬出老爷来，欲镇住张艳萍的情绪。

半弯残月的微光罩住张艳萍被恼恨扭曲的面庞，她只穿了一件宽松绸短褂，底下一条裙裤，看起来是刚睡下就被苏巧梅叫起来兴师问罪的。

“不用你这么好心，现在说就好。如今府上连遭横祸，姐姐看起来倒是镇定得很，也不怕那四个冤魂过来找。”

“娘？”黄慕云怕母亲失控，在旁边唤了一声。

苏巧梅一张脸已绷得刀劈不进，吐出的每个字也仿佛成了块状：“别说话，我倒想听听你娘与冤魂之间有什么交集，知道她们会来找我。”

“你还想赖？！”张艳萍终于露出本色，狠狠往地上啐了一口，指住苏巧梅的鼻子骂道，“那你说，雪儿死的那天，你做了什么？”

“我做了什么？”苏巧梅面颊上那块肌肉果然颤了一下。

“你就是为了莫如，才变着法儿想除掉她呢！”

“三太太想是累了，我扶你回房吧。”桂姐强压住惊恐，搀起张艳萍的右臂便要往外面走，却被她一把打落。

“苏巧梅，别以为你现在得意了，就没人知道你的丑事儿，等真告到老爷那里，也未必是你赢！”张艳萍面目涨得通红，拽帕子的手几乎要戳到苏巧梅脑门子上。

“桂姐，扶三太太进房歇息去，天儿不早了，大家都睡去吧。”苏巧梅讲这几句话的时候，竟是带笑的。能适时压制住怨毒与愤怒的女人顶可怕，黄慕云已预见到往后的日子里，他娘儿俩将在黄家愈发生不如死。

杜春晓坐在那绝世美人儿呈尸的井边，将牌放在堵井口用的青石板上，日光劈头盖脸地落下来，照得她头晕目眩。所幸石板里侧已浸淫井内的低温，竟清凉得很，她便将半个身子都趴在石板上，让毛孔里的暑气经由石板挥发掉。

“杜小姐？”黄慕云穿着月白长衫，一对儿蝶形肩胛骨似要将衣料刺穿。

“有何指教，二少爷？”杜春晓有气无力地答应着。

他走近那废井，在石板上洒了数十个银洋，说道：“给我算一卦吧。”

杜春晓将银洋一个个粘在汗湿的皮肤上，体会那冰凉沁入每个毛孔的畅快，随后看着自己银晃晃的手臂喃喃道：“给黄家的人算命，不要钱。”

-6-

过去牌：逆位的愚者。

杜春晓对黄慕云灰紫的唇色总是特别在意，她懒洋洋地戳戳牌面，道：“二少爷算什么不好，何必算这个呢？您从小身体就不好，且是爹妈再疼都没有用，有些病是天长日久憋出来的，对吗？”她理所当然地隐瞒了昨晚的事，二太太与三太太在他房里吵架，已被多嘴的下人在院子里传了个遍。

黄慕云不响，只用眼神示意：“然后呢？”

现况牌：正位的恋人、正位的力量。

“这牌可就有趣了，现如今您是正当壮年，身体好得不得了，只是被相思病害的吧，如今是心慌、心累，肺又不好。”这纯属她信口胡掰，只不过猜想依黄慕云的年纪，也该对情欲有向往了，何况相比他的病容，穿得也有些太过精致，头发梳理得恰到好处，大热天两只袖口都还是挺括整齐的。若不是对某个人心生爱恋，恐怕也不会费这个心思。不过这装扮一点儿也不浮夸，以示自己爱的那个人，也是如此清爽的。

未来牌：逆位之塔。

“哈！”杜春晓拍手道，“恭喜二少爷啊！福星高照！今后若没有遭遇横祸，必定长命百岁。不过呢……”

他已转身，摆手道：“我不要那个‘不过’，都是骗人的把戏。何况杜小姐刚刚算得一点儿也不准，既然要在这里混饭吃，至少也得先在梦清那里摸摸底。要不然，今后出丑的日子可有的是。”

黄梦清对这个弟弟的评价极差，至少远不如讲黄莫如的好听，只说：“他虽是我们几个里脑子最聪明的，可惜命不好，生下来就病魔缠身，所以三娘早晚都是白发人送黑发人的命！”那口吻，系嫉妒与倾慕的复杂交织。女人与男人不一样，越喜欢的，嘴上越要讲讨厌，像在劝自己冷静收手。

所以吟香过来找杜春晓算命的时候，刻意把自己弄得灰头土脸，平常盗用太太的上等水粉也不用，拼了命掩饰自己的喜好。可惜这样的女人，往往会先算财运。依杜春晓任性的见解，面前这位皮肤黝黑、短手短脚的姑娘自然与富贵无缘。男人的命运掌握在运道与能力手里，女人却多半要仰仗皮相，所以从她瑟缩的五官里可探知其凄凉的晚景。

吟香的现状牌其实很好，正位魔术师与正位星星。说明风华正茂，是敛财的大好时机。可到了杜大小姐嘴里，牌就不是这么解了。

“这位姑娘倒是嗜财如命，可惜命不大好，你看这星星，漫天都是，财气散尽呀。还有魔术师，也就是变戏法儿的，全是虚呀！”

吟香果然急了，按捺不住情绪，一把抓住杜春晓的胳膊，问道："那要怎么解这个咒？"

"姑娘，我这可不是测字算卦，不通麻衣神相的呀。只看牌解牌，讲实情，不消灾解难。不过……"杜春晓忍住笑，揭开最后一张未来牌，逆位的节制。

"真是好牌！"杜春晓是存心要捉弄一下她，讲得全不在理，"姑娘以后花钱可大手大脚，不加节制，财运旺着呢。"

这一说的结果是，吟香连夜卷了张艳萍屋里的财物，与一个小厨子逃得没了影儿。黄天鸣没发脾气，只托人去保警队报了案，见丈夫都不急，张艳萍自然也是不急的，更借机要了些钱去添补失窃的头面。苏巧梅见老爷又拿出钱来，便在一旁冷笑，说哪个主子房里没少过东西，手脚不干净的下人总是有的，若都来要添补，补到哪头才算完呢。这一说，把张艳萍说跳了，当即回敬道："你说哪房的下人手脚不干净？从前可是哪一房的都干净。若不是姐姐急着把那小蹄子调到里屋来，今儿也不会遇到这事体。"

苏巧梅一听，便笑道："那不如这样，把你和慕云房里的下人都换了去，不是说其他几个房里没这事儿嘛，那就换。"

这话分明是在打桂姐的主意，张艳萍气得满面通红，半晌说不出话来。

此时杜春晓正逮着黄莫如的丫鬟小月有一搭没一搭地聊天，之所以会选择小月，全系她看起来要比其他几个姑娘心思老成。看自己在那儿拿副牌要把戏，也丝毫没有眼馋心动，只是静静坐在那里做针线，眼见绣绷上那对儿鸳鸯愈渐完整，变得流光溢彩。

言谈里，小月的谨慎态度亦非同一般，只略微讲了些家里的事，都不特别。待说到吟香这个人时，便垂下头，推说不知道，眼珠子却在偷偷打转，可见其实是知道些什么的。杜春晓忙随手翻了张牌出来，系恶魔，心中不禁暗自叫好，真乃天助！

于是她故意长叹一声，语气沉重地说道：“看来这个家里还会有灾，这张恶煞牌真是阴魂不散。小月你这么聪明的一个人，怕是懂得那明哲保身的道理。可这宅子已经沾了邪气，要完全摆脱干系断无可能，你说对不对？”

一番话讲得小月面上瞬时阴云密布，然而还是咬紧牙关，一丝风儿都不透。这时黄梦清气势汹汹走过来，劈头掴了小月一掌，骂道：“小蹄子，别以为你是大少爷房里的人我就不敢打你。吟香从前跟你可是好得很，你再说不知道她去哪里了，仔细我叫老爷把你撵出去！”

恩威并施之下，小丫头到底扛不住了，哭得涕泪滂沱，连连磕头求饶，说千万别把她撵出去，要不然弟弟妹妹就都读不起书、吃不上饭了。杜春晓装模作样地把小月搀起来，掏出自己那块皱巴巴的手绢往她脸上擦了两把，更把人家擦得鼻不是鼻、眼不是眼了。

“是……是吟香逃走前一晚，到过我房里，叫我也一起走的，我没敢……”小月泣不成声，“可她说……说杀了碧仙、雪儿她们的那个凶手还在这屋子里，所以……所以再不逃可就没命了！”

“如此说来，吟香知道凶手是谁？”黄梦清字字问在刀口上。

小月拼命点头，哭道：“应该是，我问她，她死活不讲，一脸的惊恐，说我还是不知道好。她是孤儿，无牵无挂，走也就走了，我还有爹娘和弟妹要养，怎么走得脱？所以还是咬牙留下了。大小姐，我说的可都是真的呀！”说完，她又捂住脸号啕起来。

黄梦清当即命小月在她屋里洗漱过，收拾齐整，再回黄莫如那儿去。随后便狠狠剜了杜春晓一眼，嗔道：“这还不是你惹的事儿？怂恿人家携财潜逃！”

杜春晓也不争辩，只笑道：“怪我也没用啊，人都跑了。”

“你心里还得意着吧？就知道用牌把人家往死路上引！”黄梦清咬牙切齿点穿杜春晓那点小儿算盘。她看过太多这奇女子的怪癖，也只能笑骂，知她改不掉的。

但这一句果真是点中了杜春晓的“七寸”，她就爱找准人家灵魂上的松垮处，推波助澜，使之决堤。

不过找吟香的事儿，自然是落在保警队身上的，确切地讲，是落在夏冰身上了。两个队长谁都不肯为一个丫鬟逃跑案去卖命，都忙着破命案呢。夏冰只好一个人四处打探。所幸与吟香一同私奔的那个小厨子在省城露了头，还在一个当铺里典当了一对儿翡翠耳环、一只金镯子、两根包金白玉簪子、一枚红宝石戒指并五根镶绿松石的长甲套，统共拿了一千两百块钱。那当铺的账房先生恰是青云镇出来的人，一眼认出小厨子便是当年穿开裆裤在他家门口跑来跑去要糖吃的小屁孩儿。所以回镇上看老婆的时候，便说起这事儿，老婆即刻跟他讲了黄家出的案子，夫妻俩倒也老实，急忙去保警队报了案。

可李队长带着夏冰去县城里逮人的时候，却只在弄堂中一个窄间里看见正蹲在泥地上抱头痛哭的小厨子，拎起来甩了两巴掌，再仔细一问，原是吟香前晚上便卷了那一千两百块，踪影全无。

保警队里不能动私刑，所以审那小厨子，乔副队长自有其他的套路，让小厨子反剪了手半蹲在门槛儿上，一个时辰过去，人几乎要昏死过去。小厨子只得招认经过，也少不得把责任全往吟香身上推，说是她偷三太太房里的东西，又怂恿他一起，打算在县里换了钱，便逃去外省结婚，开个小饭馆。孰料如意算盘还未打尽，这浑小子便遭了她的暗算。

“那娘们儿可曾跟你说起来黄家那几件命案？”

“命案？这个大家都知道呀。”小厨子捂着肿成馒头的两只膝盖，一脸生不如死的表情。

“少打马虎眼儿！我是问有没有听那娘们儿说起过对这桩案子知道多少！”乔副队作势扬起右手，像是又要给小厨子吃耳光。

小厨子缩着脖子回道：“她只说黄家不干净，那杀人犯现还在宅子里，所以怕得要命，叫我跟她一起走的！我再要细问，她便不肯讲了。”

吟香从前是不肯讲，现在，其实已是不能再讲。

-7-

噩运降临之前，碧仙是最受不得委屈的一个人，外屋的丫鬟对她有些妒慕，只不肯点头承认。若换了雪儿或桂姐，便会刻意低调，反正是赢家，何苦争这些浮表上的东西，那都是地位不上不下的才会去惦记的，而碧仙恰好就是这个不上不下的尴尬处境。因是三太太房里的人，本来在人前便矮了一截，从主到仆都是受气的，即便没有受气，亦幻想自己得了多少委屈，于是这屋子的气氛也尤其压抑，终要找个发泄口。张艳萍找的是碧仙，碧仙找的是吟香，吟香实在无处诉苦，就变着法儿偷主子东西，既是贪财，又是报复。

可即便如此，吟香与碧仙还是保持最表面的友谊，碧仙还会将主子吃剩的点心拿出来讨好她，因知她与大少爷房里的小月姐妹情深，也便留了个心眼儿，间接着想与小月搭上线，保不齐哪天便调去掌握实权的二太太房里。尤其雪儿一死，碧仙更是梦里头都笑醒，那时断想不到自己的劫数也来得那么快，连看到好吃懒做的吟香偷偷躲在茶水房里打盹儿都不踢不骂了，只略推一推她，唤她起来。

吟香自然通晓这头等丫鬟的心事，虽然雪儿一死，论辈分还有桂姐这样的老姜顶着，但论姿色碧仙绝对可排头挑了，保不齐哪天就被老爷收进门，与三太太平起平坐。每每她与小月在背后嚼舌根都要讲一讲这个事儿，她一脸怨恨说碧仙福气太好，孰料小月却说出了另一番道理：“正因她生得太好，有二太太这样的人物在，她就休想真正出头。你可发现，这宅子里天仙儿似的人物都是收在太太小姐屋里的，给老爷少爷配的不是老的就是丑的。说明早有预防，你真以为大太太和二太太是木头人儿呀？就防着再突然冒出个三太太来争宠。”

一语惊醒梦中人，吟香便不由可怜起碧仙来，这么高的心气儿，可惜命都操纵在别人手里。所以碧仙死的那天，更像是注定的，吟香一点儿不惊奇。慧敏咬着黄油纸包里的霉干菜酥饼，边吃边叹：“怎么黄家几个模样俊俏的都被贼杀死啦？”她无端地相信必定是采花贼闯进黄家，只捡那如花似玉的丫鬟下手，她脑瓜子里的弯路要较别人少几道。然而却似乎是点中要害了，眼前竟模糊地浮现翠枝残花碎叶下盖住的那张惨白面孔。吟香当初仗着自己胆大，跟在杜管家后头看热闹，因人太多，又都不敢靠近，结果只一瞥，就将恐怖烙于心间了。

可那个时候，吟香还没想过要逃。要逃，还是因小月一句玩笑。小月听说吟香装大胆，结果吓得失魂落魄地回来，便打趣说：“你不是出了名儿的铁胆吗？怎么还会怕一个死人？”

“谁说怕？那是突然肚子痛得受不了，才走的！”吟香还要嘴硬，心里却是虚的。

“还撑呢？当时分明看你已魂飞魄散，就差没尿裤子啦！”慧敏竟在一旁帮腔，吟香这才想到该是这肥猪般的女人向小月告的密。

“你们胡说什么呢？我会怕？前年说河塘里有溺死鬼作乱，会拖人下去替它的位，是谁还天天晚上从那儿走去给你们买臭豆腐吃？”吟香说着说着便动了真气，誓要夺回这莫名的尊严。

“那好。”小月的笑容里布满了陷阱，说道，“你若敢在那夹竹桃下边过一宿，我们就服你，今生今世都敬着你，如何？”

吟香便这样鬼使神差地抱着凉席，去到那被压扁了近一半的夹竹桃底下。虽说夜里暑气渐消，然而月亮还是蒸熟一般镶着虾红的边。为躲避蚊虫叮咬，她还特意往身上喷了一瓶花露水，头边脚底都点了蚊香，然后还是耳边嗡嗡不断。因怕杜管家值夜时路过会发现，她挑了三更过后，倘若真有牛鬼蛇神出没，也只是一时。可惜翠枝被乱发切碎的面颊还是在脑中摇晃，她只能捂着心口，强作镇定，嘴巴疾速地念着“阿弥陀佛”，只求快些天亮。

夜凉到底是如水的，吟香虽怕得要命，但还是睡着，梦里竟是陪着她魂牵梦萦的男子在青云镇漫步，她竭力演出“烟视媚行”的效果来，却不料转头见他已变成另外一个人！那个人，正是在荒唐书铺见过的女子，穿土蓝的短褂，枯黄开叉的头发胡乱绑在脑后，刻毒颓废的面颊上堆满扭曲的笑意，手中握着一把长方的牌，在她耳边喃喃道：“你这是疯了。”

“什么？！”她有些慌乱起来，拼命盯住那女人手中的牌。

“我说你可是疯了？！”

声音有些耳熟，但绝对不是那古里古怪的书铺老板娘，而是……是另一个女声。这疑问逼得吟香不得不睁开眼，然而还是黑沉沉的空气在面前流动，蚊香在暗夜里凝固着两星猩红的光，借着那猩红，她发现黄菲菲整张脸亦是红的。

这一次的赌气，吟香是做好准备的，打算被巡夜的杜亮逮着，被赌完花会回来的小厨子逮着，甚至被喜好鬼鬼祟祟在晚上返家给生病的女儿送药后返来的桂姐逮着，却断想不到拿个正着的却是黄家二小姐。深夜本是主子们消停，给下人腾出极短的逍遥空间的时辰，所以吟香惊慌失措之余，竟有些气愤，下意识地回了句：“二小姐怎么还不睡？”

夜色下被蚊烟熏得神情恍惚的黄菲菲，竟将额头抵住吟香的脑门子，一双冷眼似要刺透她的心脏。吟香即刻被阴气包笼，一动都不敢动，只觉下半身已僵死在那里。

“你睡在这里做什么？”黄菲菲又问了一遍，声音带些幽暗的颜色，手里举一盏火焰暗淡的牛皮灯。

“我……”吟香哪里还讲得出半个字，只能就这样支吾着。

“起来。”二小姐语气又阴又冷，吟香不禁有些怀疑她是鬼上身了，否则哪还会在这个时辰出来游荡。

她一面想，一面哆哆嗦嗦地爬起来，不小心踢倒脚边的蚊香，脚背上落了滚烫的香烟，痛得她眼泪都要掉出来，却只得忍着。

“把这个卷起来。”二小姐点点地上的凉席。吟香又弯下腰，把席子卷起来抱在怀里，月亮已残成半圈细线，教整个庭院都昏无天日。

二小姐弯下腰，将牛皮灯挨近刚刚铺过凉席的地面，仔细看了好一会儿，才直起身子喝道：“知道这里出过什么事吗？”

“知……知道。”吟香勉强从喉咙里挤出两个字。

二小姐冷笑道：“你这丫头莫不是疯了？知道这儿死过人还敢睡呀？不会是无聊跟人打赌了吧？”

当真一语击中要害。

吟香虽暗自惊讶平素天真烂漫的二小姐怎的突然如此聪慧，面上还是唯唯诺诺的模样。吟香对小主子行了个礼，便要回去，却被她劝住。

“别，既然睡都睡了，就待到天亮吧，把席子铺上，继续睡。”

吟香抱着席子没动，因她实在有些辨不清二小姐话里的意图。

“愣着做什么？快铺上睡呀！”二小姐将牛皮灯提到吟香的腮边，一股烛火发出的刺鼻异味儿缓缓钻进她的鼻腔，她只得又将席子铺在翠枝横死的地方，躺下了。仰面望着二小姐，她的面孔在蜡黄的灯影下宛若鬼魅。

不会真是鬼上身了吧？吟香不禁又这样猜测。此时黄菲菲却蹲下来，将吟香的一只胳膊按住，那手竟比想象中要大一些，有力一些。

“记住，今晚见过我的事儿不许跟任何人提，否则，你在三娘房里耍的那些见不得人的把戏可就保不了密了，让保警队把你捉去尝尝坐牢的滋味，你可愿意？”二小姐话说得虽狠，嗓子却是哑的。

“不愿意，我不愿意！不愿意……”吟香转过身不看黄菲菲，只紧闭着眼一口气讲了几百个不愿意，像在对着二小姐发什么毒誓。待再回过头来看，黄菲菲早已没了踪影，只余下那牛皮灯的气味久久围绕。

次日，吟香便带着两腿被蚊子咬的块及满腹的秘密与恐惧，算计着如何逃离黄家。虽然每天还在做事，心却已飞到心上人身边去了，耳边回荡着杜春晓暧昧的祝福：“姑娘以后花钱可大手大脚，不加节制，财运旺着呢。”

青云镇的天空蓝得逼人，吟香怀里揣着那一千两百块钞票并几个金锞子，站在河桥口等她的最爱，直等到半夜，才见一个人影正往河塘台阶上张望。

那必定是了！

她满心欢喜地从河边半人高的荒草地里直起身，拼命向那人影挥手，已顾不得嘴巴干渴发不出声音。那是一张灌满幸福憧憬的笑脸，她便是带着这张表情面具倒在草丛里，脑壳上紧紧咬着一把利斧。蟋蟀仍在不停地叫着，与她的喜和惊混成一片血光。

-8-

夏冰被雪儿的娘迷住了，当秦氏端出一盆雪梨片来的时候。这女子的风情，不是挂在皮相上的，却是耗尽心力去收敛，反而愈发楚楚可怜。和女儿的俏丽娇媚不同，她的美是往里去的，外边只透了一点，宛若彩光透过玉瓶薄壁略微散放一些，便已是惊艳。这样的女子，不是抓男人的魂，却是抓男人的心，魂落了还可以再拾，心却是一生一世的托付。这样的女人，至今还留在小镇子里，是幸也不幸，倘若放到繁华地去，怕是已掀起几番风雨，而将人生封锁在荒凉地里长草，又是另一种残忍。

怪道青云镇上的男子，每每在酒馆聚首，便长吁短叹，讲某个女人留在这里实属暴殄天物，欲问姓名，却怎么都不说出口，像是已形成默契。她这个人是在他们心底里的，无须指名道姓，各自都是明白的。唯夏冰年纪太小，总听得有些懵懂，斗胆问一声便会被李队长打头，讨声“小孩子家家懂什么女人”那样的骂，所以他后来赌气不问。

秦氏开的油盐铺在镇西，与镇东的夏冰家的宅子确实离得远了，且夏母见他往镇西跑便揪住他耳朵往死里揍，自童年时便这样，愣是用拳头将西埠头隔成了“禁区”。成年以后，夏冰总还是要去镇西巡逻办事的，只每每经过那酱气鲜浓的油盐铺时也从不留心进去。偶尔目光扫进店里，沿着那积了青苔的砖地往上瞄，柜台后头那枚纤瘦的侧影，如枯墨点画的一般。他急忙抽回视线，怕污了那墨画。此后亦惦记着不要看清她的面目，只怕这一看，酒肆茶楼里绘声绘色的香艳奇谈便会多融入他的一份相思。

“人都死了，也没什么好说的，孩子命薄也怨不得别人，只求小哥儿能及早破了案子，让她瞑目。”她声音是哑的，眼神却亮，像黑湖里漾着两簇火苗。

话虽有些淡，灌进夏冰耳朵里却成了热流，他浑身酥麻地坐在那里，拼命压抑掏心掏肺的冲动，只求她能多待一刻，起码不要找理由进里屋去给瘫痪在床的男人清除喉咙里的痰液。他怎么都无法相信，这么矜贵的女人，命会薄成这样，以至于同样几近绝世风流的女儿也被牵连进去，摆脱不了美丽无用的符咒，上苍仿佛是拿非凡的品貌交换走了她们全部的好运。

欲再问些什么，她已闭口不谈，家里只将客厅简单布置成灵堂，烧元宝蜡烛的火盆早已端在外头，贡桌上的照片里，雪儿木着一张脸，丝毫显不出生前半分的姿色。那眉眼儿糊成了墨点，呆然直视前方，系对相机完全不予信任的表情。可怜到最后，那美丽都只能凭旁人的记忆，口口相传，成为所谓的“故事”了。秦氏是否也得如此下场？每每想到这一层，夏冰便心如刀绞。

雪儿的父亲田贵，原系天韵绸庄里做搬运的伙计，有一次布料出仓，搬运的时候整一车绸缎倾倒，将他下半身几乎压断，从此苦了这风华绝代的母女两人。黄老爷看他们一家可怜，抚恤金给得颇丰，还将雪儿收进屋子里做大丫鬟，算是多少有些抵偿。这件事，成为青云镇上所有男人的痛，当美丽的东西变成“圣物”，他们的心情也变得复杂起来，唯独夏冰这样未尝过女人滋味的，尚且怀着满心的崇拜，丝毫没有站在对方的位置做体贴的情欲想象。

“有没有给田雪儿定过亲？”

临走前，他还是旁敲侧击地问了一声，言下之意是打探雪儿的感情瓜葛，这样的美女，必定裙下之臣无数，容易陷入这样甜蜜的困境。

秦氏苦笑摇头：“这孩子因模样比别人生得强一些，心气儿便高了，上门提亲的人无数，都被她拒了。一门心思想攀高枝，结果落得这样的下场。所以说，做人还是要心平一些，才能保平安。”

言语里，竟有微妙的嫉妒。

杜春晓许久未回书铺，心中还有些惦记，可又不想表露，便反复将塔罗摆出各色阵形，一个人趴在凉席上，竟做了一副大阿尔克那，将自己由生至死算了一通，玩下来已累得精疲力竭，命玉莲端了三大碗绿豆汤来，一气喝完，才缓过劲儿来。黄菲菲坐在席子边上，一脸稀奇地看她折腾，待杜春晓打完饱嗝之后，便撑不住笑了，对黄梦清说道：“姐姐，你说杜小姐算的命极准，我怎么听她讲得一片混乱呀？到现在都不知道几岁可以嫁人。”

“原来二小姐急着嫁人呢？”杜春晓面子上有些过不去，便自圆道，“算出来啦。二小姐是早婚之人，还儿女成群，在青云镇上安安乐乐过一世呢，足不出户便可享尽荣华富贵……”

话未说完，黄菲菲已板着脸走出去了。

黄梦清笑道：“你可真坏，怎么说这些话？”

这个“坏”确是坏到骨子里去了，杜春晓何尝不知黄菲菲终日游记的书不离手，是胸怀大志，想出去闯荡的“大女子”。于是刻意往她不想听的地方讲，激起她的逆反心态。

“这样不好吗？到时候她必定是晚婚或做单身老孤婆的命，所以你纵再晚些成婚也不打紧啦。”

杜春晓又开始坏笑，然而这坏里流动一股别致的天真，她是蠢蠢的坏，吃力不讨好之余，便只是搏自己一乐。黄梦清也不点穿她，径直将一只桃木匣子拿出来打开，里头摆满各色青瓷瓶子。她挑了一只底上描云纹的，拔掉塞子，在胳膊上倒了几滴晶亮的明黄液珠，再缓缓涂抹开。

“这是什么？”杜春晓闻到蜜骨的香气。

“润肤用的，你也试试看？”黄梦清不管她愿不愿意，已将液体抹在她两只手上。

“怎么巴巴儿想起涂这个来？怪热的。”她已受不了那黏腻。

“你不知道，白医师等一歇便要来给黄家上下的人做体检，那酒精棉花擦在皮肤上寒毛凛凛的，先抹一些这个，到时舒服一点儿。”黄梦清此时完全不像是留过洋的，只顾及自己不着边际的浪漫想象。

“多长时间体检一次？”

“每隔三个月吧。”

杜春晓忍笑说道：“黄家还是蛮讲科学的，都懂得怎么保健。”

“哼！”黄梦清冷笑一声，咬牙道，“你真以为有这么好？无非是怕那些狗男女把脏病带回来，少不得要查一查。否则你当二娘的善心能发作到这种程度？”

“那不正顺了三太太的心？她这么疼儿子，必是想让他早日痊愈的。”杜春晓脑中又跳出黄慕云那张被焦虑与傲慢封锁住真性情的面孔。

“还正是托他的福，才要体检。”黄梦清将瓷瓶放入匣子，两只手臂上已是亮晃晃的。

白子枫不是美女，甚至在五官平平的黄梦清跟前都不见得能占半点儿优势，可她气质摩登，非一般女子能比。长及腰腹的一把乌发，末梢烫成大波浪卷，系上海红舞娘的款式，看上去竟一点儿不落俗，配上鲜红唇膏和两弯粗眉，以及不分季节的高领旗袍，系大情大性的美，与水乡小镇上那一众婉约派即刻拉开了距离。即便是这样跋扈的装扮只要外头罩上白长褂，将头发盘起来，露出一副精巧的下巴颏，便是西洋美人儿的味道，那不高的鼻梁显得高了，嘴唇也厚得有风韵，走到哪里，众人都会不自觉地屏息，是仰慕，是生分，周身流露着拒人千里的意思。

杜春晓隐约在心里给白子枫配了身军装，那种武装到牙齿的俏丽，令她对其充满好奇。白小姐却似乎看什么都是冷的，也许是医师特有的洁癖令其对一切带菌的都提不起热情。谁说从医者必须要爱护病人，兴许他们最讨厌的便是这些病菌载体。

所以白小姐给黄慕云听心音的时候，心情最别扭，她只觉从他怦怦跳动的胸腔中翻涌的是一种呐喊，声音震耳欲聋。她不是辨不出他喊了些什么，只是刻意回避，就用这时髦如烟盒美人的冷，来应对他的热。黄家的人与白子枫之间保持着亲密的客气，却又是极疏远的，她似乎探不到这家族的底里，也不屑去探；而另一方面，黄家也没想过要与她建立合作以外的关系，她不是这个群体里的人，甚至都融不到镇子里去。秦氏这么样脱俗，也是镇上的一道风景；可白子枫是突兀的，像装在小笼子里的巨兽，怎么都伸展不开。那种不甘愿的味道，无止境地流出来，被黄慕云恋上，被杜春晓盯上。

给白小姐算牌，杜春晓既紧张又兴奋，因不知该如何揣测她的经历，编造她的未来，于是游戏就变得愈发有趣。洗牌的时候，黄慕云在一旁看着，想知道心上人最关心的问题，甚至恨不能自己给出答案，无奈会算的是另一个人。况且她算的东西也特别，问的是“我最大的威胁是什么”。

是秘密。

杜春晓已在心里答她，只面上还得假装顺着牌理去解。翻开过去牌，一张正位的皇后，意思是从前威胁过她的系自尊心。现在牌，逆位的世界与正位的女祭司。她眼睛一亮，直觉此乃天助。

“逆位的世界，说明白小姐目前最麻烦的是被困在这儿出不去，雄鹰折翼，没办法的事。至于令白小姐落得如此尴尬的原因，是一桩大秘密，来自女人的秘密。”

“是什么秘密？可算得出来？”白子枫一笑，便露出那洁白的牙齿，让人产生整洁过度的恐惧感。

未来牌，逆位之塔。

房内连呼吸声都已消除干净，黄梦清、黄慕云均在等那关键的谜底，只是黄大小姐存心要看看这位同窗旧友如何变着法儿戏弄白子枫，而黄二少却是真真切切地替她急，想知晓她的全部。

“秘密就是黄家那几宗命案与白小姐有密不可分的关系，您是不瞒也不是，瞒着又觉得良心上过不去，终日惶惶的，也不知晚上可有睡好过……”

白小姐也不听完，霍地站了起来，面部也像被抽走了神经，变得麻木，这麻木里，甚至有莫名的森然。

“杜小姐，饭可以乱吃，话可不能乱讲。黄家的命案与我一个小医师有何干系？这命算得真胡扯！”

黄慕云亦脸色煞白地站起来，轻轻扯了一下白子枫的胳膊，笑道：“白医师莫要动气，杜小姐也是随口胡诌的，上回她给我算，还说我生龙活虎，根本没病呢。你看这笑话闹的……”

白子枫此时已连背都是僵的，回过身来瞪着杜春晓，张了张嘴欲说些什么，却终于什么都没有讲，走出去了。黄慕云急急跟了出去，脚步却很轻快。

“说，怎么知道白小姐跟那几桩命案有牵连的？”待人一走，黄梦清便夺下杜春晓手上的一片西瓜，按住她逼问。

她抬起头来，怔怔地盯着房梁，吐出几个字来：“黄二少也是逆位之塔呀……”

-9-

一个礼拜里有三天，黄家大少爷吃过夜饭便匆匆赶往镇西角上的茶园，那里曾经亦高朋满座，诸多不得志的戏子都在这儿找回久失的尊严，后来一打仗，竟把末流的角儿也打跑了，不得已才断了档。此后这里便成了名副其实的茶楼，只请了几位先生过来唱评弹，虽不见得好到拍案叫绝，却也不至于荒腔走板，终究能勉强让气氛不太寂寞。

黄莫如习惯选靠近茶水房的角落，老板只敷衍地放了道屏风隔开前后台，他便坐在屏风边上，身子半隐半露，然后叫一壶碧螺春，心里模糊地想象弟弟黄慕云的去处。

这痴情的呆子必是心里揣着白子枫，怀中搂的却是风月楼的二等娼妓，那份寒酸与凄凉，真是想想便要笑出来。可见风流公子不是人人都做得的，像他黄莫如，便是努力压抑满心的骄傲，在这里等候千金难买的销魂时刻。

那些青云镇男人此生都无法见识到的幸运，他都从她身上汲取了，她雪白圆润的脚趾，玉珠般在他腿根摩挲；乳尖是粉里洇了一滴桃花汁的，稍稍啜饮便成了甘泉；两枚锁骨里兜的全是白酒，舔一点儿便会脸红；最看不得、碰不得乳下的线条，总是迟疑地延伸，也没有特别的曲折，却是布了机关的，一触即发；怕的还有她两腿间的丰饶肥沃，仿佛混进砒霜，又毒又过瘾，他宁愿长时间地在里头闯荡，将欲望之火烧得又高又旺，直至油尽灯枯。

哪个男人不愿意呢？他只能一只手紧按住渐渐隆起的裤裆，另一只手去掩嘴角的痴笑，恍惚自己已经了无遗憾地死掉，将青云镇所有男子的尊严都剪得粉碎，任他抛撒嬉戏。

偶尔的，他亦会对她有某种奢求，譬如想她能换上白子枫的发型，搽上明艳的脂粉，看是否会有别样风情。她已比他多活了十年，这十年便是她的底气，亦是她对他呼来喝去的资本，所以他便怎么都不敢提，只希冀她自己能良心发现，再施舍更多。

好不容易，饮过三盏茶，是她要他等的，无非三盏茶的工夫，在他等来却是一杯接一杯的海枯石烂，心都要熬干了。所以起身结账时，摸大洋的手都是抖的，幸亏小二只认钱，不计较别的。

走出茶园，抬头望月，不小心看到漫天的星光，把他整个人都照亮了。而等在茶园后巷那棵杨树下的秦氏，亦被余晖笼住，两只脚还是踩在草丛里的，点点萤火在腰间轻浮流动，他远远看着，已忘记如何迈开脚步。

“今朝，我们玩些新花样可好？”她对他笑，脸上的皮肤薄得透明渗光。

他宛若游走于梦境，只胡乱点头，被她牵起手，往油盐铺走去。

黄莫如是讨厌油盐铺的，秦氏体香再浓密，也斗不过咸酱油的气味，欢好时呼吸都不能略重一点儿。所以他见她还是轻手轻脚地开启了铺子的小门，便有些失落，然而她领着他并未径直往柜台上靠，也绕过了摆满瓶瓶罐罐的小仓库，却是奔后头她的家宅去了。

暗通款曲近一载，他还是头一次到她的“禁区”，不盈十尺的饭厅内还保持灵堂的摆设，空气也是咸咸甜甜古怪得很。她握住他的手有些潮湿，他也跟着激动起来，倘若不是光线昏暗，面颊上的红晕怕早就暴露了他的稚气。于是他垂着头，努力不露怯，身体却任凭她四处牵引……

两人在最里边的房间停下，火柴微弱的焰光在漆黑中格外显眼，像撕开绝望的口子，让人享受那如豆的光明。焰火最后移到了煤油灯上，屋子里瞬间被幽黄的光线涂遍，家具很少，只得一张方桌，一个旧梳妆台，一只扁衣柜，方桌对面的墙边搁了张床，拿蚊帐遮起床上的一个人。

“这是……”他紧张得皮肤快要裂开。

秦氏再次莞尔，影子在墙上映成一颗夸张的黑斑，她缓缓撩开蚊帐的动作，像撬开棺盖，要捞出里头的冤魂大快朵颐。

躺在铺上的男子，面容浮肿，双下巴快要挤到脖子上，身上盖的毯子散发出淡淡的油气。看毯子随胸膛急促地起伏，料定他是醒着的，却偏要装睡，两只眼闭得死死的。

“这是谁，你还不认得？”秦氏嘴角挂着寒冰，竟令她美得愈发刻骨了，可见邪未必全是坏的，“这就是让我一直守活寡的男人呀！今天，要他见识见识……”

“这样……不好吧？”他恨不能拔腿便跑，而床上那位的呼吸显然更加急促，连眼皮子都在打战，这自欺欺人的戏已快要演不下去！

“来。”她的需求简单明了，外头那件蓝底白碎花围裙已经除掉，罩衫的蜻蜓扣一个接一个地解，被煤油灯光晒黄的脖颈与胸膛几乎要化在那咸气里。贴身肚兜是湖绿的，绣了明月与杨柳岸，系黄莫如吩咐绸庄最好的绣娘做出来的。他瞬间被那绿逼得没了理智，决意不再管床上那具半死的“活尸”，上前一把抱住，吮住她的耳垂。她倒是比他更急更猛，已托住他胯下那团烈火，抚弄、挤压，将胸紧贴在他胸上，嘴里还不断追问：“可有想我？可有想我？”

哪里会不想！他拿身上每一寸颤抖的筋肉来回应她，教她放心，要她体尝他的煎熬，那煤油灯已被震落在地，发出凄怆的尖叫，火光在咸潮的气息中奋力摇曳了一下，便灭在地砖的苔藓上了。他们在黑暗中互相撕扯，交缠，攻击彼此的弱处，她甚至好几次扭过头去望一眼床上的田贵，癫狂至顶峰的辰光，她两只脚已勾成弓状，死死抓住黄莫如脊上两枚突之欲出的蝴蝶骨。倘若他能看清她的脸，必定无法忽视那两只瞪得浑圆的、狰狞的双眼，是恨不能把丈夫凌迟处死的眼神。

“呵！”

声音是从床上传过来的。

黄莫如可以想象床上的男子必是瞪大一双血眼，死死盯住他们。

白子枫确是急了，她焦虑得嘴唇发干，只觉有什么东西堵在胸口出不去，要用针扎个气孔出来。孟卓瑶时常告诫她，世上没有什么秘密是能保一辈子的，再小心，再不择手段，最后也都是会曝光，所以，只能在有生之年将它埋深了，好让它晚一些见天日。事实上，她们也确是这样做了，用时间，用灰尘，加上一些难以启齿的小手段。所以杜春晓的占卜让她心惊肉跳，这个脂粉不施，面孔明显因嗜睡而浮肿的女子，用裹在皮肉里的敏锐刺穿了她傲慢的铠甲。气极的时候，她也想去找那“神婆”问个清楚，问问她自己哪里露了破绽，可很快便软下来，预感这一问，可能连最后一块遮羞布都会被对方扯掉，只得忍下来。

“你怎么啦？大娘知道你来，今朝特意炖了红枣米仁粥。”黄慕云说话声音轻轻的，像是怕她听见又怕听不见，矛盾得很。

她转头笑一笑，把他背上的衣服卷下来，丝毫不曾注意到他已比先前瘦了一圈儿，倘若她将手稍稍环到他的前胸，就能触碰到那一根根嶙峋的“相思”。

“不吃晚饭了，跟一个病人约好了傍晚的，得回去。”她下意识地推脱他的好意，对于他的深情，她怎么都认为背负不起，本身已经很沉重了，再收爱情就显得奢侈了。她耳边又响起孟卓瑶火急火燎的教训：“做女人要贪，然而得不到的东西就一定要学会推掉。”所以她尽量推，已练出功夫来了。

从主到仆都检查过一遍后，白子枫便收拾好药箱要走，才走到前院，路过黄梦清的屋子，便又停下来。只听得里头传来杜春晓没遮没拦的哼唱，系哥啊妹啊的乡村小调，完全找不着曲子的出处。她停在那里好一会儿，突然转过身，对跟在后头送客的黄慕云笑道：“红枣米仁粥好久没吃过了，那边晚一歇过去不要紧的，我还是留下来，顺便跟大太太拉拉家常。”

黄慕云高兴得鼻尖都发红了，忙跑去厨房吩咐多加几个菜，也没告诉黄老爷，只一味自顾自张罗，像个任性的孩子。

这顿晚饭，吃得有些压抑，尤其苏巧梅，只吃一半便放下碗筷，让红珠换了碗绿豆汤，说是天气热，坏了胃口。黄慕云也是一个“吃不下”，然而必定是到场的，作为陪客，坐在白子枫那张客桌上去了，他献的殷勤太过明显，让张艳萍脸上有些过不去，只能悄悄拿白眼招呼宝贝儿子。倒是孟卓瑶，还打趣问白小姐何时成婚。白子枫被她问得一时语塞，回过神来才说没有想过。

“怎么会没想过？白小姐这么漂亮，提亲的人该排长队了吧。”与白子枫同坐一桌的杜春晓嘴里含着饭便急急地来抢话头，生怕自己被人遗忘了去。

“你是没去过我的诊所，成日忙得团团转，哪里还有闲工夫相亲？”白子枫苦笑，“倒是杜小姐，到了嫁人的年纪了，何时给书铺请个老板呀？”

“她自己就是老板，何须再请一个？”黄梦清吃了一口菜，笑道，“白小姐可是误会她了，她是半个男人，所以哪里还用得着结婚？”

杜春晓未料到同窗好友会借机奚落她，当下便红了脸，也不管邻桌坐的那些“大人物”，赌气将筷子往桌面上一拍，叫道：“我这就回去跟夏冰讲，让他娶了我！”

饭厅内一时陷入沉默，不知是谁头一个笑出来，即刻打破了僵局。随后两张桌子上的人都笑起来，白子枫也是垂着头，掩住抽动的嘴角。一时间原本死气沉沉的地方便活跃起来，空气松快了许多。因那笑声一时之间还止不住，杜春晓只得鼓着腮帮子在那里等，席间有一人竟笑得咳嗽起来，起初也没有人在意，孰料那咳声愈渐响亮，没个休止，这才注意到是大太太在咳。

于是众人一下便紧张起来，只见大太太将额角抵住桌沿，一只手捂住喉咙，另一只手不断捶胸，这一捶，竟从嘴里喷出一口血来，红珠子洒遍所有的菜碟。大家不由将身子往后仰，唯有白子枫上前来扶住孟卓瑶的背用力拍打，直到“噗”的一声，由口内吐出一枚半寸长的东西，落在装凤爪的盘子里头，发出的“叮”音划破了紧张的空气。红珠吓得将盛饭用的木勺子丢在脚边，一动也不敢动。

“这……这是什么？”孟卓瑶已顾不得满口猩红的牙齿，直盯着菜盆子看。

杜春晓大大咧咧地走上来，伸手将那个东西拿起来，放在灯下看了许久，喃喃道：“是一个铁钉。”

“快去传厨子来，怎么饭菜里还会有这个东西？”黄天鸣勃然大怒，眼睛却始终没向受伤的原配夫人看上一眼。

-10-

黄宅的厨房也是略有些特色的，大厨陈阿福系特意从杭州的如意楼挖过来的，因几位夫人都是清淡偏甜的口味儿，他的杭帮菜手艺正中她们下怀，于是黄天鸣才出天价请了他。厨房里其实每日出菜不多，却非常忙，大家族里女人一多，饮食要求便五花八门，有些纵做得再精细，都还免不了会有哪一房的差下人出去买王二狗的烧饼吃。所以陈大厨从不指望自己的努力能换得多少赞赏，只求平安无事地过日子，月钱一分不少就是了。

无奈如此图安坦的一个人，还是要惹上些麻烦的。据说大太太是咬到了银鱼蛋羹里的钉子，破了口腔，当即血流如注。杜亮将他唤到无人处询问的时候，他吓得腿脚发软，连说不可能，虽然配料都是几个小厨子在弄，可下锅全由他亲自操持，那一碗料倒下去，若有钉子，恐怕当时便察觉了，哪里还等到端上桌去？再说陈阿福与大太太无冤无仇，实在没有害她的理由，于是杜亮便当是意外禀了老板，克扣三个月薪水，将事情了断了。

白子枫给孟卓瑶的口腔仔细敷过药，收拾了医药箱刚要走，被刚刚赶来的黄梦清与杜春晓拦住，只说要问问大太太的伤势，当时病人已开不了口，只能点头示意。白子枫少不了耐心跟她们解释，只伤了一点儿皮，不曾动破血管，所以过不了几天便可以正常进食了，此前只能吃些凉的米粥。杜春晓胡乱从怀里抽出一张太阳牌，对大太太笑道：“夫人放心，是健康牌，好得快！”孟卓瑶只得对她点头苦笑。

随后二人执意要送白子枫出去，竟连主动请求的黄慕云都硬是被撇下了。刚走出院门，白子枫到底熬不住，扭头问杜春晓：“杜小姐手里的牌，可真的有算准过？”

“怎么没算准过？可说是次次都准。”杜春晓挺了挺胸膛，眼神却狡黠得很，因知道对方接下去要问些什么。

“那你说我的秘密跟这命案有关，可有什么凭据？”

“这不是我说的，是牌说的。”

一句话硬是将白子枫堵了回去，她只得板下脸与那二人道了别。

黄梦清这样知道底细的人，自然不像白子枫那般好打发，见人一走，便毫不客气地质问：“也该说了，你当真看出来她与命案有关联？”

杜春晓点点头，神色也凝重起来：“她走进庭院的时候，是你跟我，还有黄慕云去迎接的。黄家死了那么多人，怎么讲都是镇上的大事儿，所有人都盼着来看稀奇，她倒好，对那树桩和封井看都不看一眼，像是刻意避开的，若不是心里给自己设了禁区，哪里会这么没有好奇心？”

“可那又不能断定她跟命案有牵连，你还说不是瞎蒙？”

“算命的事，本来多半就是瞎猜的。”杜春晓正色道，“但黄家每隔一季便要体检一次，人的身体能藏许多秘密的，你不觉得那凶手将死者的腹部切去，恰是为了隐藏这些秘密？”

黄梦清沉默半晌，突然大叫一声：“我明白了！”

无奈不明白的还大有人在，譬如夏冰。

他已连续半个月在外头跑动，名义上是替李队长收集情况，实则他已完全按自己的思路在查案，每个环节都自己掌握，在最没有头绪的时候，他还有最后一招，便是去找终日睡得像头母猪的荒唐书铺女主人，用她的牌来助他理顺思路。当然，那是有条件的，他得给她买冰镇八宝粥，外加西瓜与花露水。那花露水，从未见她用到身上过，只打开瓶盖放在书铺角落里除臭，铺子里的味道于是愈发古怪。

与杜春晓提及秦氏的时候，夏冰的脸是红的，他自己并不知道，只一味描述这妇人的冷血，说女儿死了，她还讲出那些刻薄话来，说到悲愤处，竟然还咬牙切齿，仿佛孩子未得到心仪的玩具而恼羞成怒。杜春晓摸出一张恋人牌，贴在他胸口，说道："拿去留个念想吧，虽然她人你是得不到了。"

"胡说什么呀？"他引以为傲的白皮肤已晒成浅咖啡色，额上的汗珠发出晶亮的初恋光芒，那种微妙的挣扎令他变得狼狈而英俊。

杜春晓狠狠戳了他的脑门子，怒道："你这花痴要发作到什么时候？也该醒醒了！本姑娘再指条明路给你，赶紧去查查黄家雇的医师，说不定从白小姐那里拿到的线索抵得过你跑大半年的！"

"你算到什么了？"夏冰眼前豁然开朗，暂时从相思病里脱离出来。

"倒也不是算到的，只是黄家上下的人每三个月就要接受白子枫小姐的一次体检，这次在体检之前便死了四个下人，那些下人的肚子全掏空了，你不觉得奇怪？为什么要掏空肚子呢？杀人已是个麻烦事情，杀了人之后不赶快逃走，还巴巴儿浪费时间精力去动这些手脚，难道凶手心理不正常？"

"应该不是不正常，李队长分析过，发现尸体的地方血迹出奇地少，说明凶案的第一现场并不是黄家庭院，凶手是杀了人之后，把腹部切掉，再将她们移到那里去的……"夏冰突然一拍脑袋，说道，"你的意思是，凶手应该是个医生，才会把人家肚子切掉？！”

“切口看起来很齐整？”

夏冰摇头：“不齐整，像是用大剪刀之类的东西铰出来的口子。春晓，你究竟想到什么了？快告诉我。”

杜春晓清清嗓子，咬了一大口西瓜，正色道：“我觉得这四个下人恐怕是怀孕了，凶手为了掩盖这个秘密，才把她们的肚子切下来，以便验尸的时候可瞒天过海。”

“这……这……的确是有可能的。”夏冰擦掉额上的汗珠，捞起桶里的冰块捂在发烫的面颊上。天气越来越热，蝉声震耳欲聋，果然已到了做什么事都无精打采的时候了。

“设想这四个下人都怀上了，觉得身上不舒服，便去找白小姐看病，结果丑行暴露。白小姐把这个秘密告诉了某个人，这个人认为那些姑娘行为不检点，论罪当诛，于是就下了杀手，还掩盖了她们生前偷汉的罪行，你说是不是这样？”她愈说愈兴奋，早已顾不得油腻腻的皮肤。

夏冰长叹一声，低声道：“这个分析虽有道理，可是……”

“可是什么？”

他吞了下口水，一脸尴尬道：“可是乔副队长说，最后死的那个慧敏，还没有过男人。”

杜春晓一口西瓜噎在喉咙里，半天说不出话来。

“不过我也会找那医师探一探底细的，你刚刚能讲出这些话来，必是拿塔罗牌探过她的口风了。”

她点头，笑道：“不瞒你说，这个女人是外刚内柔，脆弱得很，太容易暴露心迹，要从她那里套话不会太难。只是还有一种可能性，虽然慧敏也许没有怀孕，没准却是知情人也不一定，为了灭口，自然是要一并除掉的，你说是不是？”

“那为什么也要切掉肚子呢？”

杜春晓眉头紧皱，已忘记去咬那西瓜，半天之后方说道："你可知道黄家大太太，前几天在菜里吃出钉子来了，流了一嘴的血？"

"哦。"夏冰心不在焉地应声，但魂灵显然已不在身上。

这时书铺里竟来了一位稀客，穿着薄薄的杏黄对襟绸衫，扣子上系了一对幽香四溢的白兰花，底下是一条烟灰色绸裤，头发统统拢在脑后，露出整张丰腴的脸盘，那丰腴里含着细巧与纤柔，韵致都是往里灌的，竭力不外露，反而有了致命的魅力。

"姑娘，还记得我吗？"秦氏将遮阳的纸伞收拢，阳光落满全身，那光像是从她体内透出来的，"咦？这位小哥儿也在呀。"

"啊……太太好。"夏冰已站起来，手脚不知要往哪里放，只能一个劲儿往角落里缩，似乎想腾出空间来安放秦氏的光芒。

杜春晓一看秦氏，便知道她与夏冰隔的不止千山万水，这样的女子，要配什么样的男人，完全无从想象。可她依旧是能与小镇融为一体的，从腔调到气韵，均属小镇风景，与白子枫的大城市格调迥然不同。

"太太到底还是来了，呵呵。"杜春晓已将牌放在梨花木制的柜台上，两眼眯成了缝。

秦氏咬唇点头，似乎是有些不情愿，然而还是在她对面坐下来，笑道："自上次那一别，可是有五年没见了，杜小姐竟还是没有嫁人，我们可都等着吃喜糖呢。"

杜春晓抓抓头皮，向呆若木鸡的夏冰翻了个白眼，仿佛将终身大事都怪到他头上了。

"若是我这几年里结了婚，太太你恐怕也不会来讨喜糖吧，谁让我当年算命的时候说话太难听呢。"

"哟，你心里头还治着气呢？"秦氏这一莞尔，又是带着水乡特色的倾国倾城，一点儿不让人觉得疏远。

"奇了怪了，我又不是男人，哪里能这么快就忘记仇怨？只求太太您大人大量，别往心里去呀。"杜春晓像是存心要给眼前的美人儿一个难堪，话讲得直来直去。

秦氏似乎是真不计较，只拿她当孩子瞧，笑回道："往心里去也是从前了，如今是信得过你，才来找你。"说罢，便将十个银圆放到桌上。

杜春晓看都不看那银圆，只将牌推到客人手边，问算什么。

"算害我女儿的真凶是谁。"

铺子里的高温即刻降至冰点，三个人都瞬间收住汗液，连捂脸用的冰块都已落回桶里去了。

"请洗牌。"杜春晓示意秦氏洗了三次牌，便摆出阵形。

过去牌：正位死神。

现状牌：逆位的节制，正位的愚者。

未来牌：正位的皇后。

她自己都不得不信牌了，竟像是紧贴着心里的想法来的，面对这样的"奇迹"，她终于来了劲儿，自信满满地道："田太太，您女儿的死可说是注定的，原本她身上有新生命，可惜不小心被死神缠上了，这才交了噩运。咦？如今您正在做些不得体的、危险的事，可要小心，这些事情说不定很蠢，当然，那个凶手是不蠢的。"

秦氏面色有些难看，然而还是维持端庄，问接下来那张关键牌。

"凶手是个女人。"杜春晓刻意将身子往前倾，一张汗涔涔的面孔快要贴到秦氏的鼻头上，"有权力，能操纵他人，又不轻易露面的女人。哪怕要做杀人这样的事，都会让别人替她沾上两手的血腥。"

"真的？"

问这个话的是夏冰，他不知何时已将脸伸到杜春晓肩膀上，正仔细盯着那牌。

秦氏却已站起来，欠了欠身，拿起伞走到门边，将它撑开，光线在浅绿的伞面上跳舞，她身上那件杏黄的绸衫上，连一丝汗迹都没有。

"你们……五年前就认识？"

杜春晓记起五年前头一次看见秦氏，她亦是披着沉鱼落雁的皮囊踏进门来，要算财运。结果被一眼看出她的寥落、她的不甘心，于是将牌解作失财，因家里的男人始终都不得志，还走下坡路。那虽是杜春晓胡乱推断的，依秦氏的品貌，还在镇西抛头露面开油盐铺，自然有娶她的男人不能满足她的地方，她嘴上问的是财，心里想的却是别的东西，杜春晓恰是点中了她深处的症结，她才恼了，指天发誓说再不来这铺子。只是这些事懒得告诉夏冰，怕他有更多的念想，所以回说："她从前来算过的，我当时讲她丈夫无用，她还恼了。"

"你怎么就断定那是女人做的？哪个女人有这般力气，做出这么残忍的举动？这次定是没有算准！"夏冰像是也将秦氏的不幸归咎于杜春晓的头上。

"凶手是不是女人不重要，重要的是，她今天原不是来算这个的，只因见了你，才临时换了内容，而且这问题问得有些太刻意了，简直等同于心里有鬼。还有……"杜春晓歪着脑袋，她一思考，讲话就特别慢，"她好像比五年前更漂亮了……若不是在外面偷汉子，恐怕就是时光倒流，或者鬼上身了。"

"鬼上身"的说法，令夏冰无端地想到头颅上插着一把利斧的吟香，她死时眼睛瞪得极大，瞳孔上停着一只苍蝇。

-11-

孟卓瑶没有讲话，整十日。

原本是件痛苦的事，她却觉得愈加轻松了，因不用开口，下人反而听话。尤其从外屋调进来的二等丫鬟茹冰，耳根子灵得很，她拍拍桌子便知道要什么，还特别会看眼色，远比短命的慧敏要得力。想到这一层上，她倒偷偷有些庆幸这凶案。茹冰之所以从前不能进里屋做她的贴身丫头，是左颊上那块铜钱大的紫色胎记惹的祸，苏梅巧觉得那样的摆在房里终究不够好看，便把膘肥体壮的慧敏拨给她，让她终日难过。

茹冰把切成片、插上牙签的黄玉瓜仁儿端上来的时候，日头正旺，放置在房子四个角落里的冰块丝毫驱不走暑气，嘴里的阵阵刺痛让孟卓瑶清醒，又浑身疲累，尤其白子枫给她上药的当口，在耳边讲的那句话，至今想来都令她胆战心惊。

白子枫讲："报应快要来了。"

而这个"报应"，于孟卓瑶来讲，是尤其委屈的。被迫缄口的十天九夜，夜夜都梦到雪儿怀着血肉模糊的死婴对她号啕，醒来后发现刚刚在嘴里愈合的伤口又被牙齿撕裂。让茹冰拿来痰盂，将血水都吐干净了，再睡下，却怎么都闭不拢眼。

到了第十一天，她终于能开口讲话了，头一句便是："我要出去。"

孟卓瑶伤口初愈后的首次出行，低调而秘密，茹冰听口吻便知道系不可张扬的行动，于是车子都是叫到后院门口候着，都没通知过杜管家。大太太上车之前没叫她跟着，她便也不主动坐上来，只站在地上听指示，直到主子说了句："你回吧，我去去就回。"这才行了礼，两边张望了一下，径直往门里去了。这种过度的聪慧，又让她莫名地忧郁起来。

白子枫的诊所就开在桃园弄——她的住处，底楼用来看诊兼吃饭，二层阁楼才是隐私的睡房，木楼梯已吸饱了黄梅季的潮气，踩上去声音闷闷的。睡房虽小，却布置得相当整洁，连茶壶盖上的小孔都罩了一小块棉布，表现出医生特有的洁癖；床边的鞋架子上堆了好几摞的书，也是书脊朝外，方便查阅的。这是典型的独身女人的住处，清寂中隐隐带些忧郁。关于白子枫的过去，孟卓瑶倒是略知一二。听闻她父亲娶了二房后便去香港定居，只给原配夫人提供了女儿学医的钱。后来母亲一死，她便在青云镇做了"老孤身"。依她的姿色，哪里会嫁不出去？只是潜意识里对男人还是有一些恨的。

两个女人面对面坐下来，情绪上的紧张让她们看起来有些拘谨。孟卓瑶张开嘴给白子枫瞧了一下，便有一搭没一搭地聊起来，说的都是无关紧要的话，只说最近身子太虚，能不能打些营养针之类的。白子枫却连笑都不笑，态度淡淡的。她们都希望气氛能够轻松，于是扯了那许多，不料反倒暴露了对彼此的提防。

“我倒也不怕半路杀出来的杜小姐会讲些什么，只是事情最后闹出来，对谁都不好，所以大太太可要想明白。”白子枫刚洗过头，湿发披了满满一背，样子很性感。

孟卓瑶点点头，面容突然凄楚起来，说道：“白小姐，你只要做好自己的事，其他都不用管。那个姓杜的姑娘，不过是拿副牌哄人取乐罢了，即便说中了什么，也是瞎猜的。我会跟梦清讲，叫她以后不要带这种人进府来。”

“大太太，恐怕……”白子枫身子后仰，摸了一把背上的湿发，笑道，“一切都已经太迟了。”

孟卓瑶也不回应，两人用沉默交流了一阵儿，似乎心里的那套话都说明白了。临出门的时候，孟卓瑶将一包裹在帕子里的东西塞到白子枫手里，白子枫即刻感到手上有沉甸甸的安稳。

“记住，这不是什么报应！这是天意！”孟卓瑶在白子枫耳畔恶狠狠地讲了一句，又像是在说给自己听，嘴里散发出血腥与药粉混合的气味。

白子枫当即将东西还回孟卓瑶手上，笑道：“若我收下这个，只怕就真是报应了。”

一时陷入僵局，她和她只好都不讲话，对峙了好一阵儿，那包东西还是转到白子枫手里去了，离开的时候，孟卓瑶的表情竟有些凛然。

黄莫如去找杜春晓算命，其实是意料之外的事情。那天才吃过晚饭，小月便泪眼婆娑地去找杜亮，说是积攒了三个月的私房钱不见了，那是要留给弟弟的学费，没有的话，一家人对未来的希望便要泡汤。杜亮听她抽抽噎噎讲了这半日，也不知要怎么办好，便硬着头皮亲自去每个下人的房里翻找。几个小丫鬟倒也无妨，最怕的便是苏巧梅等几位太太的贴身侍婢，一个个都仗着主子的声势，目中无人。所以杜亮有些压力，去找桂姐商量，她胸脯一拍，说那几个难搞的由她去搜。

来到唐晖屋子里，她果然当下就给桂姐吃了“白果”，冷笑道：“因您是这里最老的，我叫您一声姐姐，可也想想我是二太太房里的人，居然被怀疑是贼，哼！若真是的话，不早像吟香那样，先把主子的东西偷干净了去？还看得上同辈的几个小钱儿？”

桂姐知道唐晖是心直口快，所以也不动气，只说：“其实我也晓得不该到你这里来，不过近来出的事儿多，几位太太也因收过吟香这样的贼婆，心存余悸。若再出现失窃的事儿，恐怕不单是你们几个，恐怕连杜管家都要被请回家吃老米饭了。所以这回出的事儿，咱们想私下里解决，不惊动老爷太太们。姑娘你也多担待，别为难我，成不成？”

几句话便把唐晖的傲气给堵回去了，只是搜了个遍都没找着东西，好不容易从衣柜子里掏出一包银洋，只说是自己存下来的。桂姐也不好说什么，哪个下人不存点儿体己呢。

两人折腾了大半日，每个下人房里都有钱，却不知哪些银洋是小月的，反正钱币长得都一样。所以自查便等于“大海捞针”，最终一无所获。

可小月哭得捶胸顿足，动静有些大了，免不了惊动自己的主子。大少爷于是坐不住了，来问她怎么了，她便一五一十讲了个明白，边说边抹眼泪，楚楚可怜的。

黄莫如听过后，突然仰面狂笑了几声，说道：“大姐那个会算命的老同窗呢？把她叫来算一算，不就什么都清楚了？”

于是原本被大太太列入“讨嫌人名单”的杜春晓，又让叔叔给请去黄家，为的是替一个丫头寻找私房钱的下落。杜春晓起先也想卖卖关子，竟一口拒绝。连吃了杜亮几个“火爆栗子”之后，只得跟着他去了。然而一看见小月，她便来了兴致，这丫头的眼神总有些半明半暗，似乎里面有掘之不尽的阴谋。

杜春晓老大不情愿地到了黄家，选在杜亮的房间里装神弄鬼。黄莫如也跟了进来，嘴边始终浮着一抹讽意，倒像是来看她怎么出丑的。因怕男女下人私下往来密切，所以丫鬟的房间与男佣的隔了老远，平常不准互串门子，即便有些眉来眼去了，也只能悄悄到黄家外头去幽会。所以小月的房间也只有其他几个丫鬟可以进出，若有男佣在屋子前后走动，早被发现了。算来算去，杜亮只将有嫌疑的那些姑娘叫进来，让杜春晓来算。

“你们把身上的钱都掏出来，放到桌上。”杜春晓敲敲杜亮并几个厨子一道吃饭的桌子。

丫鬟们横眉冷眼地把身上的银洋都掏出来。

杜春晓示意小月也要掏。她用疑惑的眼神回应，似乎是不大愿意。杜春晓笑道：“保不齐有人贼喊捉贼，所以都一样，你看桂姐都拿出来了。”

话讲得难听，却无从辩驳，小月只能咬咬牙把手帕里包的银洋拿出来了。杜春晓挨个儿看过一遍后，又令她们把钱收起来，转过头对杜亮道：“叔，你让她们把私房钱也拿出来让我瞧瞧，要不然我算不准。”

这一建议遭到姑娘们连连反对，尤其唐晖，也顾不得大少爷和管家在场，当即桌子一拍，怒道：“你算命就算命，要折腾这些做什么？咱们的私房体己刚刚早让桂姐和杜爷看过了，再拿出来有什么用？”

“拿出来算命用啊，那牌要沾了你们的钱味儿才会准。”杜春晓皮笑肉不笑地回答，眼睛却是看着杜亮的。

“姑娘们，快别废话了，今天就算给我杜亮一个情面，都去把私房钱拿出来，只看一看，又不要怎样。黄大少爷，你说是不是？”杜亮的声音已变得威严。

于是几个人又回到各自房里，把私房钱都拿来，一时间桌上堆满了亮晶晶的银洋，煞是惹眼。

杜春晓这才拿出牌来，让每人抽了一张，再轮番交到她手里头。交完后，她便让丫鬟们都回房去，只道是有话对杜亮、桂姐和黄大少三个人说。

随后她便指着桂姐问道："桂姐抽中的可是那张隐者牌？"

桂姐微笑点头。

"那就悄悄儿回去把钱还给小月吧，她也不容易……"还未说完话，杜春晓已尖叫起来，因一只耳朵被杜亮揪住，皮肉都拉到太阳穴上来了，痛出了她的眼泪。

"春晓，你胡说八道什么呢？！桂姐干了多久了？还去黑丫鬟那几个钱？！"杜亮气得青筋直跳，手上已没了轻重。杜春晓只觉耳根子快被扯断，终于熬不住了龇牙咧嘴地求饶。

黄莫如上来一把拉住杜亮，喝道："人是我请来的，凭什么你在这儿教训起来了？就算她是你的晚辈，现在也不是在处理家事！放手！"

杜亮只得红着脸放了手，杜春晓逃出一条命来，捂着耳朵，将那张隐者牌推到桂姐跟前，哆哆嗦嗦讲了一句："把钱还了吧。"

桂姐也不申辩，只笔直站在那里，神情端严，看上去丝毫不像个贼人。杜亮不住地给桂姐赔不是，说："孩子不懂事儿，整天净知道瞎说，早说不要带她来的。"话是对着桂姐讲的，实际是对黄莫如的决定不满。

"得了，桂姐，你出去吧。这事儿，我今天就当什么都没看见，你等一歇把钱交给杜管家，让他还给小月，就说一时查不出来，咱们几个便凑了一凑，让她交了弟弟的学费要紧。"黄莫如似乎也是一口咬定桂姐是贼，语气丝毫容不得杜亮质疑。

杜亮看了看杜春晓，又看了看少爷，只得带着桂姐走出去了。杜春晓带着绯红的右耳，将牌理起，放进怀中。黄莫如唇边的讽意竟更深了些，叹道："原来你那牌果真是骗人用的。"

"大少爷可别坏我名声，这牌都帮你们黄家捉贼了，你还讲它是骗人的？"

黄莫如冷笑了一声，刻意将语速放慢，道出了一些玄机："你先让她们把身上的钱拿出来，是想看看她们藏钱的习惯吧。小月这样的姑娘特别爱干净，那银洋脏兮兮的，她自然把每一个都用黄草纸擦过了再使。其他几个姑娘就未必了，尤其是桂姐这样的，从不做多余的事。所以她怀里掏出的钱，都还是有污垢的。不过，为了掩盖自己偷钱的事儿，她倒是想到要把自己的私房钱也擦干净，与小月的混在一道，这样便谁也不知道了。所以你才先看她们身上带的钱，再看她们的私房钱。其他人，随身带的散钱与私房钱一样，都是脏的。唯独桂姐，散钱是脏的，私房钱却雪亮，不是她就奇了。"

"所以幸亏桂姐没有洁癖，否则这案子也不好破。"杜春晓只得苦笑承认，心里对黄家几个养尊处优的少爷小姐却都有些刮目相看。

"不过……"黄莫如像是有意要与杜春晓作对，又提了个疑问，"桂姐也不缺钱，为什么要去偷呢？"

"像黄大少爷你说的，桂姐从不做多余的事，她若不这么做，又有何理由去搜丫鬟们的房间？"

这一次，轮到杜春晓得意了。

-12-

杜春晓是从去年冬天开始抽黄慧如牌香烟的。一是觉得新奇。听闻那黄慧如确有其人，乃是上海滩一大户人家的千金，因与自己府上的下人暗结珠胎，不得已之下决意私奔，一时成为八卦小报的头版头条。那些平素看惯《牡丹亭》和《西厢记》的太太小姐们被勾起了浪漫情怀，希冀"牡丹花下死，做鬼也风流"的先生少爷们的想法则愈发香艳，奸商便是借这股风潮，把那千金的名字打成名牌，好像还嫌她身上沾的口水不够多。二是借机调排青云镇上的黄家，巴望着靠抽这个烟，能抽出这体面人家的一段丑闻来，她好幸灾乐祸。尤其黄梦清过来借书，看到杜春晓嘴里叼着根“黄慧如”，那一脸的复杂，令杜春晓每每忆起便会捧腹。所以这一行径已成私乐，是独一个儿的。

她断想不到，其实还有一个女人，与她抽同一牌子的香烟，姿势拿捏得比她优雅百倍，便是桂姐。桂姐对“黄慧如”的迷恋，始于去年秋天。黄老爷去上海做完生意回来，分送给太太子女礼物之外，就给了她一包烟，她当时惊讶得不知道要说些什么，因想不到原来他知道她有这样的瘾。尽管她一直掩饰得很好，每支烟都只抽到剩三分之一处便熄掉，以防熏黄指节；每次抽完之后，嘴巴都要拿盐水过一过，颈上总要点一些香水。香水来源却无人知晓，她自己自然也是不肯说的。

桂姐的漂亮，与张艳萍、秦氏及白子枫比较，又是另一个天地。她皮肤呈蜜糖色，纤腰长腿，短衫被肥厚的胸脯紧紧绷住；生得高鼻深目，有些西洋人的味道，甚至头发都是天生曲卷，湿着的时候便是满头的细波浪，只是平素都束起来，用发针收住，只余额角上几簇碎碎的绒发圈暴露了本色。

吟香的丧事，是桂姐出钱帮助办的，因尸体找到的时候，身上一文不剩，又是孤儿，还没有丈夫，最后事情都推给杜亮和她。而这笔买棺材兼入葬的钱，她算来算去都觉得应该是小月出，这亦是她不拿别的，专拿那丫头的钱的道理所在。倘若小月当初早点儿把吟香要逃的事儿告诉她，吟香也许也不会丢了一条命。所以这个事情，小月多少要负些责任。桂姐对黄家所有的丫鬟都保持一定距离，她讨厌像其他女人那样，为了排遣寂寞，多些茶余饭后的谈资，便刻意制造虚假的友谊。这些花样，十六岁便已玩过，不再需要了。

关于桂姐的终身大事，其实是许多男人替她急过的。三十岁之前，是杜亮替她急；三十之后，则是大厨陈阿福替她急。唯独她自己，还是享受一潭死水的人生，也从不向人提起二十五岁之前的婚姻生活。到后来守寡是迫不得已，丈夫死的时候，她还在服侍发高烧的黄慕云，这位二少爷青春年少且弱不禁风，只会抓住她的手不停呻吟。当时杜亮跑进来跟她讲："老张行船的时候遇到土匪，身上被砍了好几刀，你赶紧去呀！"她刹那间脑中一片空白，回过神来的时候，那只手还被黄慕云捏着，当下便急出泪来。紧赶慢赶地回到家，老张已被抬在铺上，老远地在石板路上便见到点点滴滴的血迹，愈是靠近家门，心便愈发绝望，最后一只脚跨进门槛儿的时候，已是做好准备的人，两只眼球都干了，因之前泪水已在预想中流光。

进到里屋的时候，漫天漫地的血浆将睡房染成了杀猪房。她没有丝毫惊慌，只坐在奄奄一息的丈夫身边，摸了一下裹在他胸口那红涔涔的纱布，阴声道："这可是你活该了，早说那小蹄子不是看上你的人，只是看上你的钱了。"老张努了努嘴，已没有力气说话。

随后她径直走到门口，坐下，仰面吹河风，只等着郎中宣判丈夫的死刑。披麻戴孝时更是冰着脸，不怕人家说她无情。至于老张先前和外省过来卖小笼包的淫妇行船私奔的事，她只字不提，但至今不碰小笼包。从前老张带回来的次数太多，她已吃到腻烦，回家看到装钱的柜子空空如也，连放在麻将桌抽屉里那点儿油盐钱都不见踪影的时候，她竟下意识地松了口气，心想终于可以不用再吃小笼包了。只是她一直不明白，杜亮向她报告噩耗的时候，为什么自己居然想哭。所谓的本能反应，到底还是出卖了她的失落。此后，桂姐便硬下心肠，决意不再付出，她也对那些屡战屡败之后还要继续冲锋陷阵的女子深感不解，这是她的怯懦，更是她的勇气。

所以桂姐一直想给小月一个教训。她隐约从这丫头身上看到了那卖小笼包的女人的危险与森然，从小月的梳妆匣底板里抠那些银洋的时候，她是有快感的，仿佛将对方的心脏一点点抠碎、掏尽。杜亮后来当着桂姐的面，把钱还给小月，只说是查不出来，几个人凑的。孰料那丫头接过钱，竟对桂姐笑了一下，道声“谢谢”。这一笑，桂姐便知自己已在她跟前矮了三分。若换了吟香、唐晖这样的，是断不会对她笑的，唯独小月，心肠要比其他几个多绕几道弯，别人想不到的，她却是想得到的。

“这次还多亏了桂姐，要不然可怎么办好呢？”临出门的时候，小月对桂姐讲了这一句心惊肉跳的话。

“这是说的什么见外话呢？咱们几个都是苦命人，互相之间能帮则帮，总不能眼睁睁看着人家往火坑里跳都不响的？”桂姐自然也是含沙射影。

小月当即脸色变寒，回道：“桂姐，您这话里有话啊？”

桂姐只是笑，当是默认。

“桂姐，您可是指吟香那件事？那就冤死我了。她的脾气性格，你是知道的，她要走，难不成我还能拦得住？再说了，但凡做下人的，都是多一事不如少一事，主子恨不得把咱们一个个削了舌头呢，有些话自然是千万不能讲的。您又何苦现在为难我这个事儿？”

“哼！”桂姐的蔑笑冰冻刺骨，“那怎么又去报告大小姐了呢？”

小月一听，竟眼泪汪汪起来，说道：“哪里是我要报告大小姐的？是那古里古怪的杜小姐，说我必定有事瞒着，所以拿大小姐来压我。我胆子小，这才讲了。”

桂姐听罢，竟上前将两手按住小月的头颅两侧，对方瞬间不能动弹，只得死死盯着她的双眼：“小月，你十二岁就进黄家了，可以说是我看着你长大的，你心里那点儿小算盘，别当我不知道。”

“我有什么小算盘？你倒是讲讲看。”

“有什么小算盘我可能讲不完全，只知道你卢小月不想讲的事情，谁都撬不开你的嘴，但凡你讲出来的，那都是想让人知道的。可是这个道理？”桂姐只一味拿眼做刀，在小月脸上割着，欲割开她的“画皮”，剥出真实的、丑陋的芯子来。

小月突然笑了，露出几颗贝牙。

“桂姐，你这一世做人，总有些太过认真，倘若糊涂一些，没准儿现在也不会落到做贼的地步……”

小月说完便吃了桂姐一记掌掴，也不是很痛，半边脸像被针轻轻刺了一下。这耳光是注定要尝的，在她计算之内，因此她仍定定地看对方，一点儿没有慌乱。

“小蹄子！现在让你得意，过阵子再看你还有没有那么风光！”

抛下这句话的时候，两个人才发现杜亮就站在门前的槐树底下，往她们那边看，也不知看了多久。这份心照不宣的尴尬在她们心里留下案底，小月握着那把银圆抽身便走，留下桂姐余怒未消。

“你跟一个丫头计较什么？还动粗。”杜亮的语气里一点儿责怪的意思都没有，倒像是关心桂姐的。

她怔了半晌不回话，心已飞到另一桩事情上头。夏末金黄的日光已变得温和宜人，轻轻抚在皮肤上，她的黝黑，瞬间镀了亮色。她突地想起黄慕云刚过变声期那会儿，有天半夜，听见他铺上有些奇怪的响动，以为他又要咳，便起身进去，掀开纱帐，那缩成一团的身子正奋力伸屈，胯部包着她丢失的荷叶边绣花汗巾，边缘滴落几颗白色珠液。之后她假装没事人一般服侍他，他却有意无意地躲着，让她觉得好笑。可惜这种优越感过不多久，便因白子枫的出现而磨灭光了。她其实并不嫉妒白子枫，只是免不了有些淡薄的失落，如今杜亮这一劝，竟鬼使神差地将那些失落重新勾引出来了。

“再不教训教训她们，都不知自己是谁了。”她只得给自己找了个台阶下。

杜亮没有理会她的敷衍，只压低声音道：“在她们房里找到什么了？”

桂姐摇头，但摇得很虚，是知道要被拆穿谎话的那种掩饰。

“好啦，都让我侄女看穿了，还不肯坦白？跟我讲又没关系。”他这么安慰她。

“有些事情，不知道的好。”

“那你何必非要去弄清楚？既然都到这份儿上了，还是告诉我吧，你难道还跟我见外？”话一出口，他已有些后悔，因她究竟对他见不见外，他自己是没有底的。

她沉默了好一会儿，才下定了决心，抬头向他开口：“既然这样，我想再请杜小姐给我算一次牌。”

第二章　正位的恶魔

杜春晓皱着眉头翻开未来牌，正位的恶魔。
“大太太，恶魔牌若被男人抽到，
意味着他会惹杀身之祸或暴病而亡；
女人抽到可就奇了，说的可是堕胎。”

-1-

秦氏把几只酱缸搬到阁楼上之后，已香汗淋漓。她知晓自己素来干不得重活，却总也在干。雪儿去世后，她仿佛也跟着她下了葬，已死过去了。头七刚过，她便开铺做生意，怕再没有收入自己都要饿死的。谁知头一个客人便是她没见过的，五官玉雕一般齐整，站在门口，约莫只比她高半个头，看上去却是极标准的身量。头发剃得很平，鼻梁上的金边眼镜架住深陷的眼眶，月白色镶云纹的长绸衫松松地贴住细长身材，唇角的笑容，是轻浮里有诚意的那一种，令她感觉新奇。

她没有上来招呼他，只是点头笑一笑，结果面颊肌肉却隐隐作痛，是因前些日子哭得太多，笑起来都困难了。他在铺子里转了好几圈，似乎不晓得要什么，她心想完了，又遇上狂蜂浪蝶，这是她自十四岁开始便在人生里不断经历的戏码，已看到麻木，乃至心烦。她知他的目的不是购物，却莫名地期待起来，因这样俊朗的男子，没有女人见了会不动情的，所以她的心也怦怦地跳，直到他提及女儿的名字，才瞬间停止。

“你女儿的事儿，请节哀。”

她似乎有些听出弦外之音，然而又不敢细问，只等着他也会拿出钱来给个安慰。这些天来，黄家已托人送了不少东西来，从前是这样赎罪，如今还是。杜亮跑了一趟又一趟，像块抹布，正奋力擦掉黄家留下的污迹，从前田贵是污迹，现在雪儿也是。她自然不甘被视为麻烦，于是不哭不闹，面若冰霜，只等他们良心发现。杜亮有一回忍不住脱口，讲她像极了另一个女人，问是谁，他却怎么都不说了。

黄莫如跟她好，就是从那时开始的。她原觉得该远离这样的人，完美得让她害怕，可对方似乎也有同样的顾虑，这令她多少有些放心。她将他握在手里的时候，脑中浮现雪儿躲在厨房里大口吃面的情景，她脚背浮肿，脸色却红润细嫩，宛若初生婴儿……于是她下意识地握得更紧，他含住她的耳垂，最后说要把性命都交予她，她却在等他讨饶，要求进入她的幽秘之地。

两个人就是这么拉锯战，到最后谁都没有赢。天一光亮，她便下床倒了田贵的痰盂，煮一锅小米粥，将榨菜切成细丝装碟，假装是个贤淑的妇人。而他却要睡到日上三竿才起，托弟弟的福，黄家的孩子都不用一大早去给各个房里请安，爱懒成什么样都是可以的。他不是懒，却是累，只要沾到她的肉身，闻不到掺杂了酱香的体味儿便浑身不得劲儿。不像弟弟，怎么弱都是强悍的，单恋使人坚韧，偷情教人气短，这错位的反应令他不免气结。

桂姐一面捅莲心，一面与杜春晓对谈，她似乎一点儿也不怕丑，即便被对方指认为贼，也是从容不迫，甚至有些大义凛然的模样。所幸这份坦然，杜春晓心知肚明，所以只乐呵呵问她：“可在那帮小蹄子房里发现了什么？”

桂姐摇头，笑道：“别问我发现什么，你不是算得出来吗？”

杜春晓只得觍着脸求对方：“好啦！你也晓得我这是撒谎骗人的把戏，就告诉我你得了些什么，保不齐我还能算出点儿好东西来。”

桂姐道：“那好，反正我也是想先让你看了东西再来算算，未尝不能算出些什么来。”说罢便摊开手掌，里头竟是一枚纯银顶针。

“这是哪里找到的？”

“在小月的梳妆匣隔板里找到的。”桂姐将顶针戴在食指上，眼里发出狡黠的光，“看起来是个银的，其实里头包了金子。这几个小蹄子里头，其实只有雪儿的针线活最拿得出手。她平常不喜欢炫耀，所以知道她有这个的人不多，我便是仅有的一个，竟不晓得这东西怎么到小月那里去了。”

杜春晓这才把顶针拿过来仔细琢磨，东西确是比一般的铜货要沉许多，经桂姐一说明，便显得愈发金贵了。她笑道：“这事儿你要不要跟保警队的人讲一声？”

桂姐又摇头，说：“要讲也是你去讲。小月这丫头心眼儿比平常人多，她发现东西没了，做事必定会万般小心，虽表面上不戳破，私底下肯定还有别的小动作。我都怕着了她的道。”

“哟！怎么说得她像鬼见愁似的？哪里就怕成这样了？依我看，这顶针也说明不了什么，桂姐你自己都这么方便潜到哪个屋搜东西，对其他人自然也是一样的。你也讲过，小月心思活，平常一个不留意，就把雪儿的东西放在眼里了也不是不可能，说不定早就拿走了，断不会为了这种小东西谋财害命。”杜春晓随手摸出一张牌，放在那碗洁白发亮的莲心旁边，乃命运之轮。

“瞧，同一个现象的产生，有多种可能性……不过，倒是可以吓一吓她。”杜春晓看着那张“命运之轮”，表情里都是恶毒的欣喜。

杜春晓与桂姐告别之后，还是回到黄梦清那里住。她最近又心焦又无聊，因生意太淡，天气太热，尽管已临近夏末，可一想到“十八只秋老虎”，她便没了力气。所以径直往里头凉席上一躺，连旁边摆的满满一盆西瓜都不看一眼。

“稀奇了，大肚王今天居然没有胃口？”黄梦清一面笑一面从书桌边站起，将铺在那里练笔用的雪浪纸团起来丢掉。

“梦清！”杜春晓突然在床上翻了个身坐起来，动作之快，像换了个人似的，“你说，我给黄大少爷再算一次怎么样？”

黄梦清愣了一歇，皱眉道：“你又生什么鬼主意了？”

“没！没有！”杜春晓突地又躺下，拿背脊回应她。

“再不说，我可就练琴了！”

杜春晓只得再起来，说要回家去了。黄梦清也不拦她，像是知道她早晚还会再回来这里，于是让玉莲准备了一罐冰镇八宝粥，并两只甜瓜，让她随身带去。杜春晓只得一手捧了一只瓜，将罐子的环柄套在右臂上，摇摇晃晃回了书铺。却见那里的门竟开着，以为有贼，便蹑手蹑脚贴着门边儿往里探，只见已晒成黑炭条的夏冰正往地砖上洒井水。

“喂！我这里可都是书，你弄湿了怎么办？”

见是熟人，杜春晓便放下心来，将甜瓜往夏冰怀里一放，便坐到柜台里来，俨然老板的派头。夏冰边抱怨整个书铺都长了草，边打开罐子，饮了一口粥汤，随后舒服得叹起气来。

“说，在黄家又打听到什么新鲜事儿了？”

杜春晓也不理，只顾皱眉发愁。半晌才喃喃道：“我说呆子，你讲这几宗命案之间，会不会其实没什么联系呀？”

“怎么说？”夏冰知道两人分析案情的时候到了，便坐下来，将罐子里的八宝粥吃完。

“黄家死了五个丫头，如果说被切去腹部的那四个是因为怀了孽种而被灭口，那么吟香被害，应该和前边没什么关系吧？”

“这个可讲不准，或者是吟香知道让她们怀孕的人是谁，于是被灭了口。但是李队长他们非说她只是被劫财，因为小厨子说她逃跑的时候身上带了巨款，咱们发现尸体的时候，却一块钱都没找着。”夏冰觉得这案子别扭，却又讲不出哪里不对，所以表情像便秘。

杜春晓拿起一张星星牌，咬在嘴上，笑道：“其实这几日，黄家内部也不太平，凶案之后的一些余波已经出来了。”

“哦？是哪一些？”夏冰要的便是杜春晓做这免费的探子。

于是她一五一十将事情全讲给他听，讲完后还不忘加上一句：“总而言之，哪里都不对劲儿，这家人真是奇怪呀……除了梦清。”

看她一脸茫然，夏冰欲言又止。其实在随李队长在黄家上下询问一圈儿之后，零零碎碎掌握了一些信息，却都是不怎么有用的。对各人摆出的时间证据也进行了核对，可以说是毫无收获。唯独那位被唤作桂姐的下人，说翠枝死后的某一晚，她因要准备祭祖的东西，很晚才休息，临睡前想到二少爷交代过要把茶水摆在他伸手便能够到的地方，以便他夜里渴了来喝，于是披了衣服起来，拿着茶壶穿过庭院往二少爷房里去。半路却见桂树底下站了一个人，提着昏黄的牛皮灯笼。仔细望去，对方梳了两根辫子，花边半袖白衬衫被灯火染成诡秘的红，她从那玲珑剔透的侧面，认出是二小姐黄菲菲。当时因怕二少爷发现她漏做了事，便也顾不得打招呼，只悄悄走过去了。回想起来，确是蹊跷的。

“更蹊跷的是，我们问了二小姐，她死活不承认那晚在桂树下出现过，还又哭又闹，说我们冤枉她。”夏冰抓了抓头皮，愁容满面。

“瞧你那样子，像是认为二小姐没有说谎？”

“可桂姐也没有必要撒这个谎，你说对不对？”

“那倒不一定，老娘们儿心眼儿多，不比咱们都是一根筋的。”

她其实也是认同他的，只是嘴上不愿承认。夏冰正要还击，却突然闭了口，只一脸错愕地往外头看，原来是杜亮不声不响地站在门口，板起脸看他们。两人像做错事一般，都红了脸。夏冰语无伦次到像在提亲，与小时候一样那么怕杜亮。

“叔，这是……”

“春晓，黄老爷有请。”杜亮那一把干柴般的嗓音仿佛在锯夏冰的心脏。

“要我去干吗？”

杜亮看了夏冰一眼，像是有所顾忌，然而还是讲出来了：“上回大太太用餐时吃到钉子的事儿，还没有完。”

“没有完是什么意思？”杜春晓因肚子饿起来，脾气便有些大。

“你跟我去就是，到时就明白什么意思了。”杜亮的语气开始凶恶起来。

杜春晓一指夏冰，说道：“要带他一起去！”

-2-

张艳萍把苏巧梅的头发连头皮一起撕下来的时候，心中无比畅快。论心机，前者自然斗不过后者，可论到体力，却是截然相反的境况。谁让苏巧梅是小家碧玉出身，没有了不得的身手，只得由着对方撕扯。她只觉天旋地转，已听不见自己的尖叫声，只死死抓住张艳萍的两只手，耳背后头的阵阵刺痛在提醒她的伤势，她却完全顾不上，只能喊“救命”。无奈对方力大无穷，谁都拉不开。张艳萍果断地揪住了苏巧梅的头发，控制她头颅的方向，等同于控制她的行动，可见张艳萍是有经验的。

其实苏巧梅也不是不懂反抗，只是她还留着心眼儿，要看看究竟谁是真正关心自己的，谁又只是在她跟前戴面具。真情还是假意，在这样的危难时刻一目了然。尽管她头皮胀裂，全身麻木，两只脚一味在地上拖行，船壳鞋已不知去向，然而周围的形势还是看得很清楚。譬如黄天鸣虽一言不发站在旁边，但他手里的龙头杖却把地砖敲得笃笃响，她想象自己抬起头来，就能看到丈夫那张尴尬愤怒的面孔；而黄莫如与黄菲菲这对儿靠锦衣玉食宠大的同胎兄妹，选择的是敲边鼓，他们没有去阻止失控的张艳萍，反而一边一个扶住亲娘的手臂，嘴里叫着：“住手！不要动我娘！”实际上却让她动弹不得，好给张艳萍多扇几个嘴巴；苏巧梅当下又急又气，可不好戳破两个孩子的阴谋，便只得甩开他们的束缚，要跟张艳萍拼命。此时她才是真的愤怒了，体内涌起毁灭世界的冲动，誓要将敌人消灭。于是突然发了力，竟将张艳萍一把推倒，跨在她腰上将她固定，然后抱住她那颗同样狼藉的头颅往地上磕，一下、两下、三下、四下……那颗头颅在她手心里反弹，发出“咚咚”的回应，令她心生快感。

“救命啊！杀人犯要杀人灭口啦！救命啊！杀人犯！救命！救命！”

苏巧梅在这对她杀猪般的控诉里，晕了过去。她不得不晕，怕一旦坚持下来，事情就永远收不了场。

杜春晓赶到的时候，两个妇人刚刚被拉开，看那面目，已分辨不出谁是谁来，尤其她们都哑着嗓子，其中一个头发与血水粘在一起，湿漉漉的；另一个则抱住后脑，倒在黄慕云怀里，仿佛已昏死过去。陈阿福被双手反剪地绑了，跪在一旁不住磕头，嘴里念叨道：“两位奶奶冤枉，冤枉啊……”

黄慕云面色苍白地抱起怀里的母亲，对那位已落在一对儿兄妹手里的妇人道：“二娘这次确是有些过了，都等不及我娘自己死，就要上来杀她，难不成这点儿家产还不够你分的？”

刚讲完，便挨了黄天鸣一记耳光：“混账！我还没死呢，竟说到要分家产了？”

黄慕云像是吃了熊胆，居然当下便顶撞起来：“分家产是早晚的事儿，你当我们几个都愿意在这里？前些年姐姐去英伦留洋，原本就是为了躲你们的，谁想到你们竟又把她叫回来了。黄家就是一座活坟墓，是这里出生的人，就得回这儿来等死！咱们其实比下人还不自由呢！”

“慕云，你不要胡说！”他怀里的张艳萍不知何时已醒过来，眼里噙满了泪。

苏巧梅此时也挣脱一对儿女的“呵护”，气急败坏地爬到张艳萍跟前，手指好似利剑一般直戳到对方眼睛上去：“你还真以为攀了高枝就能害人啦？现在是姐姐，过不久就要轮到我了，说不定老爷都要害！你……”

“够啦！”

黄天鸣眼见威信已碎在两个女人的厮斗中，只得暴喝一声，试图挽回一些颜面。可惜只有苏巧梅辨出味儿来，再没出声。张艳萍还是不停叫嚣，直到黄天鸣一声令下，将她捆了关进后院藏书楼的顶层。夏冰厚着脸皮跟了去，杜春晓自然知道他是馋那些书，也不作声，偷偷跟了去，名为看戏，实想窃书。

黄家的藏书楼，其实原本不是黄家的，而是宅院的前个主人留下的，接手时里头的书已少了一半，依黄天鸣的性格，是必定要把那一半书追回来的，不管支付的钱数是否合适。所以听闻那前业主还乖乖将那几担书挑回来，还给黄天鸣。此后那业主便销声匿迹，再无踪影。关于他的去向，有两种说法，一是讲他用那笔钱去上海做烟土生意，与洪帮交易，不小心着了杜月笙的道，连钱带货都被吞了，人也被大卸八块丢进黄浦江喂鱼；二是说他老婆病死，儿子娶妻后也不大理他，因此他孑然一身去到别的偏僻乡镇上住，在那里隐姓埋名过日子。确切情况究竟怎样，谁也不知道。

可惜黄天鸣到底知道眼前的事属于“家丑”，便示意杜亮带两个家丁带了张艳萍去，叫杜春晓与夏冰留下来，只说是有事相求。

“一是那几桩案子查到现在也不见个进展，你们保警队究竟是怎么个说法？还有啊，今天这个事儿，我只希望就眼下这几个人知道，莫再传开。杜小姐，你也知道前几天我夫人受伤的事吧？这个事情本来是结了的，可后来又发现那吃出的钉子和艳萍竟有些关系，也只是问问，谁知这贱人就发了疯了！”黄天鸣讲话虽然也绕弯子，却没有绕那么多，甚至还不似杜亮有威仪，笑容满面的，那神色和气得叫人毛骨悚然。

“那黄老爷这次叫我来，可是要算一算大夫人受伤的真正原因？”

黄天鸣不回应，只是吃茶，反而黄莫如从旁答应：“是我劝父亲让你过来的，这个家，看来一时半会儿还少不了你。”

这对儿父子，五官不像，气质腔调却是一样的。

“那我若算准了，可有什么好处？”趁着叔父不在，杜春晓当即便要得寸进尺。

“你说。”黄莫如脸上的笑意更深了，两只眼珠都深深陷进眼眶里去。

“第一，你们带我和夏冰进藏书楼参观一下，本小姐若有中意的书，不拘什么价格，也得送两本，以表谢意。第二，夏冰能自由进出黄家，想审谁就审谁，必须随叫随到。您不是一直嫌保警队办案能力弱嘛，还不是因为得顺着你们！”第二条讲完，黄天鸣脸上的笑纹已有些僵化，她假装没有看见，继续道，“第三，我想在黄家过夏天，你也知道，如今日头太毒，我书铺里生意也不好，到秋天再开张也不错。您意下如何？”

杜春晓语速极快，生怕杜亮回来得早，末尾还不忘加上一句：“这最后一条，可别告诉我叔，就说是你们死活要留我的。”

黄梦清已在一旁笑得肩膀抖个不停，黄天鸣也怔了足有半晌，才勉强点了头：“那就劳烦杜小姐你了。”

杜春晓看有戏，便正色问道：“对了，是怎么发现三太太跟大太太受伤的事有联系的？”

“因丫头替陈大厨洗衣服的时候，从他袋子里找出了这个。”黄莫如将一只镶银边瓷甲套放到桌上。

“是父亲买来的古董货，给三娘做三十六岁生日的贺礼的，这东西如今却在陈大厨手里。”

难怪要将陈大厨绑起来。

黄莫如语气颇为沉痛，却依然惹得黄慕云不满，他抓起那只甲套，狠狠摔在地上。东西牢固得很，竟没有碎裂，只发出轻微的一声“叮”，弹了两下，便滚到杜春晓脚边去了。

杜春晓捡起甲套，问道：“是谁发现的东西，交给老爷的？”

“是我娘。”黄菲菲冷冷开了口。

杜春晓终于明白先前为何这一对儿兄妹要对自己的亲娘要手段了。

“现在天晚了，春晓要帮忙，也等到明天再讲吧。折腾了这半日，大家都回去休息可好？”黄梦清的提议有些唐突，却救了春晓的命。

“那……我也先回去了。”夏冰有些不情愿，可也只得这么讲。

杜春晓跟着黄梦清回房的途中，低声对这位宅心仁厚的大小姐讲了一句：“其实你刚刚不必替我拖延时间，我已知道是谁做的了。”

黄梦清听了，丝毫没有动气，笑回道：“我就是猜到你已知道了，才拖住不让你讲，给大家都留些情面。”

杜春晓看了她半晌，扑哧一下笑出来。黄梦清只是等她笑完，没有半点儿好奇的意思。杜春晓见对方没理会她，便自顾自说道：“也不知为什么，天是一样的热，可我偏就在你屋里头睡得甜些，连那蚊香味儿都让人惦记，回去书铺怎么都睡不着，刚迷糊起来，脑子里便有根筋狠狠弹你一下，就又醒了。实在痛苦，不如来你这里骗吃骗喝骗睡来得舒服。”

这下轮到黄梦清取笑她，借机刺了几句，杜春晓也不动气，只走到窗口，看庭院里那座封闭的井台。

因刚刚闹过的原因，宅子里飘荡着某种古怪的宁祥气氛。银杏树叶在头顶打了几个圈儿之后落在肩上，杜春晓这才意识到那只甲套还握在她手里，在昏黄暮色下发出幽光，令她想到雪儿珍藏的顶针。

午夜时分，一记裂帛的尖叫穿越夜幕，直刺众人耳膜。起初只是叫“救命”，后来变成了“杀人！我要杀人”。等杜亮他们赶到藏书楼下，声音已化作纯粹的号吼，一寸寸捏碎，洒在憋闷的夜空。

-3-

张艳萍疯了。

当然，她并不觉得自己疯，只是不断向众人解释自己并没有拔下发钗，去刺那个“纸人”。“纸人”又轻又薄，在楼内的每一步阶梯上跳跃，最后跳到她跟前，侧面薄得几乎已融入空气。顶楼上的架子空了大半，像是专门用来积灰用的，热流在空格中间蹿来蹿去，逗得她满头大汗，后脑壳的剧痛已转成麻木，只是不能将头靠在墙壁上，否则痛楚便会如期造访。她只得就这么仰着头，将两只酸疼的手臂环在胸前，汗渍洇透绸衫，将皮肤密封起来……

“纸人”便在某个架子后头，她不知道它是怎么上来的，反正看似脚不沾地，面盘枯瘦，伸出的两只胳膊仅是贴皮的骨，甚至嗅不出作为人的体味儿，只与周围的尘土形成某种恐怖的默契。

“你是什么人？什么人？！”她对它大吼，无奈嗓音已破成一缕缕的，无法形成一个完整的质问。

“纸人”移得很近，她闻到淡淡的尿臊，与咸菜的味道混合在一起，不太呛人，却教她心慌意乱。所幸眼前晃动的不仅是“纸人”，还有一根雕成朱雀形状的发钗，用一两的赤足金元宝打的，系她过门的嫁妆，却比任何东西看得都重，天天簪在头上，生怕忘记自己是怎么走到这一步的。如今，她唯有将脱落的发钗抓在手里，两根分叉的发针在热气中微颤，像是提醒她，它是可以杀人的，尤其是“纸人”。于是她不再犹豫，将金钗高高举过头顶，向前方扑去……

刹那间，一道艳光自“纸人”脖颈处射出，喷溅了她满头满脸，她对着两只手上的血发了一阵儿呆，随后高声呼救。

她又怎知，原来“纸人”也是可以流血的。

躺在张艳萍脚下的尸首，确是瘦薄如纸，干瘪得轻轻一拨就会自动翻身，一脸斑驳的皱皮上绽满铜钱大小的、白花花的疤痕。那白里，还微微透出些粉红的意思来。脖子左侧的两枚血洞细小而齐整，像被什么蝙蝠之类的妖兽啃出来的。

李队长到藏书楼的时候，顶楼上已血红一片，张艳萍把十根手指挨个儿放在嘴里咬，时不时吐出一些指甲碎屑来。因楼内聚了近二十个人，手上均提着灯笼，把房梁上的蛛网都照得雪亮。乔副队长巡视一周，才发现一边大书架上厚厚一排《康熙字典》上干净得有些奇怪，便推了推书脊，却不料“吱呀”一声，露出后头的一道暗门来。开门进去，里头臭气熏天，只铺着一条破草席，上头胡乱堆了些被褥，席上一只破碗里还放着吃过一口的咸菜馒头，角落的马桶上嗡嗡飞着苍蝇。

“看来这个贼一直躲在这里。”乔副队长回头跟夏冰讲。

“可既是贼，又为何要在这里安家？”夏冰忙不迭逃出暗室，倒肯在尸体旁边转悠了，那里空气相对还好一些。那尸首身上穿的青布短褂已辨不出原色，破成条条缕缕的，脖子上挂了一个生锈的铜钥匙，长发垂及胸部，两只手上的指甲焦黄卷曲，形同魔爪，那酸臭气与血腥气混在一道，更是令人作呕。

“不，这不是贼……”一直在旁沉默不语的黄天鸣突然发话，他像是浑身疲惫，颤巍巍走到尸体旁边，俯下身，将铜钥匙拿在手里，“原来他是薛醉驰啊。”

李队长突然大笑一声，摇了摇头，只说是“太巧合了”，这反应更让杜春晓与夏冰摸不着头脑。

乔副队长在夏冰耳边说了句：“原来藏书楼的原主人一直在这儿躲着，可真是爱书成痴啊！”

夏冰恍悟，原来将宅院连同藏书楼一齐拱手相让的传说人物真名实姓唤作薛醉驰，竟一直藏在楼内，从不曾离去，于是内心不由浮起一些敬重与悲情来。

“这个薛醉驰，死赖在藏书楼就赖吧，为何脸上还弄得乱七八糟的？怕跑出来弄东西吃的时候被人认出？”杜春晓紧挨夏冰站着，耳朵又尖，乔副队长的话竟一字不漏听进去了。当然，对方也并未对她有什么避讳，知道这是早晚要被公开的秘密，弄得不巧，还会成为青云镇上的一段传奇公案。

只是可怜的黄家三太太，竟被一个书痴吓疯。倘若从黄天鸣盘下这藏书楼的时间算起，此人竟在楼中潜伏了二十四年！难怪成了这副地狱罗刹的面目。

李队长刮了一下杜春晓的鼻子，笑道："小孩子家家，不懂了吧。薛大老爷有白癜风的毛病，我们那时背地里还喊他'白爷'呢。白爷，一路走好啊！"

在场上了年纪的几位，包括杜亮在内，竟都站在那形容可怖的尸体跟前默哀，像是急着缅怀。夏冰与杜春晓站在旁边，有些不知所措，好不容易等他们收了尸，清理了场地下楼，见白子枫与黄莫如竟等在楼下的太湖石那里，一脸的焦急。

"白小姐怎么来了？"杜春晓装得与白子枫亲近，满面堆笑地上前来，还握住对方的手。

白子枫显然不习惯这突如其来的友好，下意识地缩了一下肩膀，笑道："是二少爷叫我过来的，说二太太和三太太都受了伤，要治一下。可来了便只给二太太的头皮止血上药，三太太也不见个人。二少爷说人被关在藏书楼里了，要悄悄儿地去，所以我们两个才选了半夜过来。谁知还没走到呢，楼里便有了大动静。我们怕被发现，吓得不敢进去，只好躲在这假山后边听动静。后来说是楼里死了人了，二少爷叫我在这里等，他自己进去看。这不是，刚刚二少爷把三太太扶出来了，三太太好像不大对头，嘴里一直说自己杀了人，二少爷脸色也难看，都没来找我，竟自己先扶着三太太走了。我留也不是，走也不是，只好站在这儿看看情况，后来就见保警队的人也来了，难不成真是死了人？"

白子枫这一番行云流水的解释，让杜春晓恍惚见到另一个自己正坐在书铺的柜台上解牌。听完后一时回不过神来，只讪讪笑着，说不上半个字。

"喂！发什么愣？"黄梦清在后边推她，她才缓过劲儿来。

"咦？我听夏冰那呆子说，之前丫鬟死了，你们都不来现场瞧的，现在怎么好像个个都来了？"杜春晓面朝垂着头低声交谈的黄莫如、黄菲菲兄妹，随口问道。

黄梦清冷笑回道："哼！也不知哪个好事儿的，说我们黄家人冷血，死了谁都不关心的，所以如今即便是在自己家里，也要做番样子出来。"

"言下之意，若楼里死的是三太太，换了往常，你是不会出来看一眼的？"杜春晓问得很刁钻。

"就算要看，也自会等出殡那天看个够，那时的死相经过装扮，才能见得人。否则看他们刚死那会儿的模样，都是人不人、鬼不鬼的，死人若会照镜子，自己也要尴尬的，何况还要被大家参观？所以我是不要看的。"

黄梦清这一番理论，杜春晓由衷表示赞同，而且更觉有这样的朋友是此生的幸事之一。

这一夜，黄家上下大抵近半数的人都会失眠，另有一些睡得香的，则是对藏书楼凶案另有见解。杜春晓与黄梦清却系归类在前者里头的，一是晚上异常闷热，蚊虫还能从纱帐眼里钻进来骚扰，一个时辰下来，二人腿上已被自己抓得伤痕累累。幸亏白天都是穿长裤出来的，若要像普通人家的女子，成日卷起裤管蹲在河边洗衣裳倒马桶，恐怕会羞到无法见人。

"你何时知道这些事是我娘搞的鬼？"

"从她吃出钉子来的那刻起就知道了。"杜春晓"痒"不欲生，手指甲里也塞满了皮屑。

黄梦清给了她一个白眼，笑道："你这又在吹牛了。"

"真不是吹的，你老妈自作孽是显而易见的事情。"杜春晓龇牙咧嘴地抓着痒，表情颇不服气，"第一，这盘银鱼蛋羹是放在桌上大家一起吃的，除了你我之外，谁都有可能吃到那枚钉子，包括张艳萍的宝贝儿子，她怎么可能冒这个险，让儿子吃到这个呢？"

“那你可不知道，慕云最讨厌吃蛋做的东西，完全有可能不碰。”

“那黄老爷呢？他也有可能吃到。”杜春晓也横了黄梦清一眼，眼神兴奋，“第二，钉子混在蛋里头，是会沉底的，所以蒸出来的东西，那钉子必定是沉底的，吃的时候，勺子不舀到底是断吃不到的。我看到那碟蛋羹，直到你娘吐血的时候，也不过只被舀了表面上浅浅的一层，不过吃过几口罢了，怎么就可能咬到钉子了呢？”

黄梦清不再申辩，只仰面望着床顶。

“第三，这钉子比鱼刺要大许多，也硬得多，牙齿一碰就尝出来了，哪有人这么傻，还会咬得血淋淋的？难道你娘不会吃鱼？不用说了，这必定是她自己演的一出戏。”

“那你说她为什么要演这个戏？伤了自己，也不讨好儿。”

“这就是我当场没拆穿她的原因啊，就因为想不出原因来。”杜春晓重重翻了个身，整个床都摇晃起来，“不过，看今天这阵势，我就明白了。”

“你明白什么了？”

“明白你娘的下一步是怎么走的呀！原来她是要陷害三太太，顺便把二太太也绕进去了。你娘这招够狠！”杜春晓盯着黄梦清小眼睛上的短睫毛，已是乐不可支。

“你可不要乱说，我娘能有什么阴谋？”黄梦清真的有些动气了。

杜春晓像是浑然不觉，继续道：“那你说，那甲套是在陈大厨的换洗衣服里被发现的，那洗衣服的是谁？”

“是二娘房里的下等丫鬟红珠。黄家的衣服是几个外屋的丫鬟轮流洗的，昨儿正巧轮到红珠，她说洗的时候从里头掉出来的，所以当下就去禀告了二娘。”

“这就对了。”

“什么对了呀？这跟我娘没半点儿关系。”

杜春晓大笑三声，说道：“那倘若你娘买通了红珠，让她这么做了呢？或许贴身丫鬟都是各房主子的心腹，可外屋的就不是了，走动竟比里屋的还自由一些。退一万步讲，就算三太太要买通陈大厨，或者就当这两人有私情吧，她给他钱就是了，或者要有定情物，也该另找那新的、不惹眼的玩意儿。谁会巴巴儿地把老爷买的东西随便送给自己的奸夫呢？可你娘若不这么做，就没办法嫁祸给三太太，还特意让二太太去做这个‘难人’，不简单啊！”

黄梦清不再申辩，倒是忧心忡忡地问了一句：“那明儿你要不要解这个牌？”

杜春晓吐了吐舌头，道：“本来是要解的，否则我那神棍招牌怎么擦亮？不过……如今你们家已乱成一团，估计没人计较这些小事情了，且混着吧。”

于是二人各自翻过身去睡了，一夜无话。

-4-

秦氏时常怀念做孕妇的那段日子，每天都睡到日上三竿，起床时田贵早去绸庄上工了。厨房兼饭厅的方木桌子上，总是摆着油煎青花鱼、干腌萝卜和两只咸鸭蛋，粥罐是闷在灶上的，摸起来手心都温温的。她胃口好，一闻粥香便馋得不行，何况那煎鱼咬起来松松脆脆的，萝卜清香爽口，咸鸭蛋稍稍挑起一层蛋白便嗞嗞冒油，蛋黄更是鲜甜。她通常是连吃两碗，将肚子撑满为止，这才晃悠悠站起来，将碗筷往锅里一放，舀一勺水浸着，等田贵晚上回家来洗。

之所以嫁到田家，秦氏是有打算的，倒并非只看中田贵老实，而是他父母双亡，可以减轻她的不少负担。何况给绸庄做事的人，尤其单身汉，积蓄必定不会少，于是她提出要开间油盐铺的事儿，他便立刻去找了店面，给她进货的本钱，所以她觉得放心。倘若有个公婆在，必定事事都不是她做主，再说，美貌本就是她的负担，被男人心心念念惦记，到谈婚论嫁的辰光，却都望而却步，生怕身世家底都称不起。她倒也不看中钱财，只图安稳，因百岁高龄的外婆去世之前躺在门板上，指着她的鼻子骂“狐狸精”，将她的心都绞碎了。于是下决心要冲破“红颜祸水”的诅咒，过平常人的日子。

刚过门的时候，田贵也是诚惶诚恐，生怕有一点儿伺候得不周到，她怕他有负担，也尽量表现得谦和温柔，久而久之，两人也真正有了相敬如宾的意思。肚子里有了雪儿的时候，田贵高兴得不得了，拉了许多绸庄的人来喝酒，还给她买了几身宽松的衣裳，也不管穿不穿得下。秦氏当时觉得，自己会一世都被田贵捧在手心里宠，那些三毫子小说里写的、戏文里唱的美人命苦，在她身上是永不灵验的。

所以雪儿生下来的时候，田贵亦如她所料，忙得已来不及计较添的不是男丁，只四处问要给老婆做什么汤补身。他对她的好，在当时，她都认为是理所当然的。直到雪儿十二岁那年，绸庄的伙计跑到她的油盐铺里来，说丈夫被压在布匹堆里，人已经昏死过去了。她听那伙计结结巴巴讲了半晌，恍惚觉得是在说一个与她无关的人。待赶到诊所，看见面色苍白，两条腿压成油条一样稀软的田贵，才知道事情是真的发生在她身上。

田贵被送去县城的医院住了三个月，抬回来的时候，两条腿还是像油条。雪儿哭得喘不过气来，拼命抓住秦氏的衣角，说今后可怎么再去上学，同学看她的眼神都是冰的，仿佛在说那全是容貌的错。成为废人的田贵，躺在铺上几天几夜都没吃一口饭，也不开口说话，屎尿都是秦氏来处理，也幸亏有这些脏东西，好歹能确认他还活着。雪儿被杜亮带去黄家那天早上，秦氏特意给她换了身新衣裳，然后推到父亲跟前道别。

“爹，女儿会经常回家的，你可要保重。”

田贵将脸别到靠墙那面，一动不动。

“你倒是转过头来看一看女儿呀，她也总算要为这个家挣钱了。”

秦氏心里有一点儿气，隐约预感到，他从前对她的好，似乎都已到了要偿还的时候。

于是她送了雪儿老远一段路，甚至提出要去黄家替她整理被褥，被杜亮回绝。看女儿纤巧的背影涩涩地跟在杜亮修长微驼的身子后头，她心里空落落的，像是出嫁那天，她突然感觉一阵恐慌，像是生命里某个东西从此切断，此后就要跟着另一个人的宿命随波逐流。她是那么怕回转去，对着空气污浊的家，服侍床铺上已散发出酸臭气的丈夫。每晚躺在身边，便能看见他凹陷的双颊里有些残忍的东西在潜涌，令她即刻变得惶惶的。

没有雪儿的生活，宛若断裂的枯柴，裂口一碰便散，发出“噗噗”的单调声响。那时秦氏已有些适应了丈夫的消沉，甚至还能躲在他的沉默里偷偷遐想。直到那一日，她照旧将他扶起，把午饭端到他膝上，他吃了两口，突然唤她过来，她便往床前挪了几步，问怎么了。他还是招招手，要她再近一些，她照做，随后脸上粘了一块湿热的东西，是从他嘴里吐出的雪菜肉丝。

“东西都是馊的！这是要害死我呀？！”

整只饭碗掷过来的时候，她偏头躲开了，只当他是一时郁闷，要找个口子宣泄，于是竭力抚平幽怨的神情，收拾好碎碗，扫过地，重新蒸了一碗鱼肉饼端上来。到了晚间，她以为已平安无事，便躺在他身边睡觉，刚迷糊过去，直觉腹部有一只手正在游移，停在她两腿间。她醒过来，欲捉住那只手，却被另一只手按住额头，在她耳边回旋的声音亦是阴奸而充满暴戾之气的：“你可是我老婆！”

她只得随他摆弄，那只手果真在她的羞处探来探去，可同时有异于手指的东西也在缓缓往深处钻……

“别！”她吓得声音都打了颤，那东西却没有停，像是要将她刺穿。

她用尽全力挣脱，从铺上滚下来，却见他气喘吁吁地瞪着自己，手上握一只竹筷。

秦氏从此便在油盐铺的阁楼上并了两只长条凳，盖一条薄被，宣告不再与田贵同床。夫妻关系正式走向“名存实亡”的境地。田贵自然不就此罢休，故意在她如厕或打盹儿的辰光叫她做事，声音又尖又厉，生怕她听不见。她亦适度反抗，做饭都是选最蹩脚的食材，油盐不是放重了就是忘记放，他吃两口就要发脾气，但拍桌摔碗那一套已吓不倒她。发作的时候，她只会冷眼旁观，待他消停下来，才一声不响地收拾好东西，然而断不会为他重下一次厨，饿肚子也由着他。久而久之，他学乖了，无论饭菜好吃难吃，都吞进胃里去，像是赌一口气活着，誓要用自己的悲凉来拖垮她，一想到她被拴在他的厄运里不可自拔，他心中便会狂喜。她当然是识穿了他的恶毒，只是无可奈何，日子过得咬牙切齿。

地狱生活让秦氏的心肠变硬，美貌倒像是在苦难的磨刀石上磨出锋芒来了，她变得愈发清透迷人，愈发妖冶魅惑，随意到街上走一遭，便会倾倒众生。青云镇的妇人看她的眼神，令她想起垂死的外婆，只差没当面指认她是“狐狸精”。实则这么样招摇过市，纯粹是为了心里痛快，算是对行尸走肉的丈夫一点儿小小的报复。秦氏就在这样险恶的处境里绝望、呐喊，男人却只远远冲着她流下情欲的口水，仿佛她是一只可远望不可亵玩的美丽野兽。

所幸，这千钧一发之际，她遇见了他。

他走进铺子的时候，那双眼，似乎已洞悉她全部的忧郁，所以当下便决意要给她久违的温柔。她在他的明眸里寻到了存活的全部意义，那是可以为他生、为他死的态度，有久旱逢雨的兴奋与痴迷。她就是这样不顾一切，拿自己流出的血，来滋养他的未来。

这期间，雪儿每个月都要回来一至两趟，交些钱，或者干脆只是为了看看她，送几块碎料过来。那时候，母女二人竟是一样的明艳，像天天泡在胭脂水里的，连浮上来的那层薄油都馨香扑鼻。她们略微发胖的时候更漂亮，所以除了秦氏自己，没有人瞧出雪儿身体的异状，因这孩子的食欲也不太喜欢在旁人跟前暴露。面对雪儿的不检点，秦氏想问却又没开口，甚至还有些惺惺相惜。有一回没忍住，到底还是旁敲侧击地问她，将来要怎么办。孰料那丫头从容一笑，说也不知要怎么样，兴许荒唐书铺能给出个答案。

那日母女二人便将什么都聊透了，末了雪儿挤出一个凄楚的笑容，说道："我们娘儿俩，也不知怎么的，都是贱命。你看我近两年来，回家的次数也不多了，爹就在屋子里头，也懒得看，就是觉得男人不可信。也不知娘是不是比女儿要天真，终日还守在这儿，我是终有一日要出去的。"

秦氏倒被她的话吓住了，忙问："你要去哪里？"

雪儿回道："还不知道要去哪里，只是跟喜欢的男人，远离青云镇便好。到时，娘也不用惦记我，路都是自己走出来的。"

那日直聊到黄昏，秦氏要留女儿吃饭，她却怎么都不肯，只说还有事，便回去了。走出去的时候，袖口里系着的手绢包发出轻微的"嚓嚓"声，沉甸甸的像是装了不少银洋。那日，雷声隆隆，暴雨砸了一夜，凉爽是凉爽的，心却也是慌慌的。

次日，保警队一位瘦瘦长长、戴着眼镜、很书生气的小哥儿便来秦氏的铺子，来人自称夏冰，跟她说雪儿前一天深夜死了。刹那间，她眼前浮现女儿那凄楚的微笑，轻盈地在上空盘旋，然后融进稀湿的泥地里去，就再也不见了……

-5-

薛醉驰的尸首一下葬，李队长便轻松起来，因为无论黄家的连环凶案能不能破，至少目前舆论都已代他结案，只说是薛醉驰对黄天鸣家有仇怨，因此躲在藏书楼二十年，伺机报复，想把黄宅变成"凶宅"，好赶走黄天鸣一家。这种民间自动成形的说法，对破案实是有好处的，至少真凶会放松戒心。可李队长又怕对方再次犯案，所以内心也是万般纠结，嘴里那只黄杨木烟斗的嘴管几乎要被咬烂。尽管他不是个多话的人，可旁人依旧能够通过他身上汹涌的烟火气猜到烟龄，那管直杆的烟斗，做工是极粗糙的，只要略吸一口，劣质烟草烧出的辛辣味便直扑鼻腔。他一直想买个有弧度、漆得黑亮的石楠木烟斗，英伦出产，烟丝再蹩脚，经由烟管那道弧线之后，口味儿都会过滤得顺滑柔和。然而这只旧货，却是一个女人买给他的。

三十年前，她划一只木桶，沿镇河一路漂泊，将泡得发白的手伸到水面碧绿浮萍的下面，捞起一串菱角。当时他还是年轻后生，穿着无袖短褂，蹲在薛醉驰身边，跟他学习做鸟笼，踩了一地雪白的细刨花。她将桶划到他们蹲坐纳凉的廊沿边，对他笑了，笑得不算漂亮，却极耀眼，被日头晒得通红的后颈像是着了火。那时他还不是李队长，人家都叫他李常登，因身板儿瘦长，果真后来改叫他“长凳”。

“拿去。”她递给他一个长条的纸包。

他接过，打开，拿出那只黄杨木烟斗，就这么空着含进嘴里，站起来大摇大摆走了几步，欲逗她笑，一回头，却见她早已划着桶离去，将绿色水面切出一条长长的、黑亮的尾巴。

此后，他便含着那只烟斗，与她嬉闹、幽会，却什么都不讲穿。她进黄家做丫鬟，他叼着它，她嫁给黄天鸣做三房姨太太，他还是叼着它。像是知道她绝对不可能属于他，他今生全部的渴望就只能浓缩在一只烟斗中，看它经时光磨砺，积污纳垢之后，也终于长出了苍凉的纹路，变得憔悴、麻木，只能教寂寞在胸腔里吞吐。

她生产那天，他一个人坐在堂屋里喝酒，七两白干，就半包去壳花生，吃得嘴上沾满红衣，也不讲话，只怕会从喉咙里喷出一记呜咽。孰料杜亮一下将门撞开，说请来的稳婆因还不出儿子的赌债，被困在路上，被五六个混混围着。他当即跳起来，跑到鱼塘街，顺手操起小贩横在路边的一根扁担，往混混头上身上劈头盖脸地打，那一腔怨气竟就这样出掉了。稳婆从黄家后院出来的时候，已是半夜，见他鬼一般坐在台阶上，脑袋埋在两只膝盖间，于是笑道：“长凳，你在这里做什么？”

“生了吗？”他抬起头，两眼充血。

“生……生了，是个男孩儿。”那稳婆满脸惊讶，又直觉若不报这个平安，他会跟她拼命。

“嗯。”他站起身，不紧不慢地走掉，背影被月光拉成了线。

稳婆突然意识到，今后断不能再叫他“长凳”了。

“纸人”一直在张艳萍脑壳里飘动，忽东忽西。为了让它消停下来，她自己也只得尽量不动弹，就这样假装石头，最好也不要被其他人看见，饭菜送上来，她闻到油气便想要吐。

“她这样多久了？”

“十多天了，白小姐说是失心疯，受了惊吓的缘故，要静养才会好。”

李常登问的是黄慕云，眼睛却盯着张艳萍。她也拿两只墨黑的眼圈回应他，唇上的唇脂已尽数剥落，曾经晒得绯红的健康的头颈只要略一弯曲，便露出醒目的算盘骨。她对他笑了一下，仿佛是……他怕自己看错，便更仔细地望着她。半晌之后，她拎起右嘴角，又笑了一下，这回他看真切了，鼻头也跟着酸涩起来。

“查案嘛，还是要了解些情况的，问几个问题应该不要紧吧？”

他其实不敢看黄慕云，因他身上有她的骨血，下巴轮廓也与她如出一辙，他对那样的相似有些恐惧，仿佛在提醒过往岁月里那些甜蜜，都从这副同样精致的骨骼上流失了。

黄慕云点头，亦像是下定决心要为母亲洗冤，说道：“我娘平常看见蟑螂都吓得不敢让脚沾地，又怎会下这样的狠手杀人？还请李队长查明真相，还我娘一个清白。”

听到这样天真的辩白，李常登内心的痛楚竟更深了，她的亲儿自然只见过母亲金枝玉叶的模样，哪里知道她少女时代的娇憨与勇猛。盘踞在他记忆里的张艳萍，是能把水蛇握在手里把玩的；只是待她谙透爱慕虚荣的诀窍后，便学会假装懦弱，将锋芒与纯洁都包藏起来，方才走到她想要的那一步。

“三太太？”他心里叫的是“艳萍”，转到嘴上，吐出的却是一个陌生的称呼。

她又微微笑了一下。

“三太太……”他竭力压抑住伤感，问道，“你能不能把那天在藏书楼里的事儿再说一遍？记得什么就说什么，不记得了就不用讲，好不好？”

她张了张嘴，像是要讲，却又嘤嘤地哭了。他张口结舌地怔在那里，倒是黄慕云安慰他：“她今天的状态还是好的，父亲说若她还是这样，就送去上海的大医院治疗。”

李常登点点头，继续问：“那你说说，你在那儿看到了什么？”

“纸……纸人……呜呜呜……”

“什么纸人？长什么样儿？”

张艳萍满面泪痕地伸出手，往坐着的李常登头顶比了一下，惊魂未定地说：“就……就这么高……慢慢地朝我飘过来……我……我……”

“纸人冲你飘过来，然后呢？然后怎么样？”李常登逼问。

她睁大湿湿的双眼，双手屈成爪状，举在胸前，喃喃道：“然后……然后我就想撕碎它……”

这个姿势，张艳萍保持了整整一个钟头，像是玩具发条突然卡壳，竟又一动不动了。

李常登此刻莫名地记起乔副队长讲的话：“薛醉驰藏在楼内的动机怎么看都不太对，就算楼里长年无人清扫，所以一直保守秘密，可他是怎么养活自己的呢？这咸菜馒头像是从街边的摊子上买的。如果他要出去找吃的，势必要经过庭院，从后门走，而且最起码每隔三天就得出来准备一次食物，清倒马桶。可是你看他胸前的钥匙，生满了锈，一看就是没用过的，而且，验尸的时候还发现了一些有趣的细节，充分说明薛醉驰根本就没外出活动的可能！”

的确，李常登对那间不足十尺的暗室也充满怀疑，薛醉驰的尸体被发现时，身上的衣服已破得不能看，而且室内再无其他的换洗衣服，他又是面目全非，这样一个人走到街上去置备食物，必定会引起注意。难道是……

李常登心里咯噔一下，像是开了窍，同时，一股愈发沉重的情绪将他的心一下扯入深渊。

“没错，我也认为薛醉驰不是躲在藏书楼内，而是被人囚禁的。”乔副队长对李常登的假设表示赞同，“必定是有一个人，定期给他送饭，粗粗整理暗室。而且这个人，应该是黄家内部的。”

“是谁？黄天鸣？”李常登将烟斗吸得吱吱响。

“不对。”乔副队长连连摇头，“如果是黄天鸣的话，他不会要求杜亮把三太太关进藏书楼里的，肯定是有人瞒着他，把那座楼当成囚室。”

“你认为会是谁？”

乔副队长干笑了一声，喝了一大口酒，咂了咂嘴，说道：“很简单，谁在张艳萍被下令关进藏书楼的时候悄悄跟去查看情况了，谁就是那个囚禁薛醉驰的人。”

“那就只有白子枫了……”

李常登想起他们将尸体抬下楼以后，在门口看到杜春晓与白子枫站在假山旁聊天。

“好吧，我们这就去白小姐的诊所跑一趟。”他心急如焚地放下酒杯，便往门外走，乔副队长急忙跟上。

白子枫那日果然乖乖待在诊所，不，确切地讲，是待在诊所的阁楼里，直挺挺地躺在床铺上，已断了气。

-6-

诊所中弥漫一股营养针的清苦气味，白子枫脸部肌肉像是断裂一般地扭曲，嘴部歪斜，双目圆睁，两颗眼球像随时要从眼眶里蹦出来；苍白的嘴唇与耳轮上沉淀的黑紫，透露她已撒手人寰的消息；脑后流出的一摊浓血，实是流在地板上的，渗过那木头缝滴滴答答落到下面的饭桌面、针盒盖及墨绿色的石砖地上。

李常登与乔副队长在诊所里等了许久，不见人出来，倒是乔副队长脸上沾了一滴红雨，下意识用手抹下来一看，竟是鲜血，抬头望去，竟又洒下好几滴来，一时间整个诊所“落英缤纷”。二人噔噔噔跑到楼上，见白子枫脑袋血糊糊地倒在床上，血水一半在地上，另一半则被吸进枕头，半张床都呈赤艳。

“被人用钝物连击好几下，当场毙命。”乔副队长面部已紧绷得刀劈不进，这是他生气的表情。

李常登也是心情复杂，一面是难得案情有了线索，竟被人先行一步将它掐断了；可另一面又有些窃喜，因觉得凶手这么样犯案，终会露出马脚来。

乔副队长此时已蹲下身子，将床边那高高一叠旧书一本本翻开，多半都是《上海画报》一类的杂志，床底下甚至还堆了几捆过期的《申报》。他抽出其中一本画报说道：“看来行凶之后，这个人倒没急着走，还逗留了好一会儿呢。”

那是夹在中间的一册，封面上染有褐色的血迹。

“没错。”李常登点头，“要不然堆在中间的书上不会沾血，而且将人打死之后，还抬到床上去放着，可见是因地方太小，尸体躺在地板上妨碍凶手行动，所以才……”

“可是，凶手在找什么东西呢？”

对话就此中断，两人均陷入沉默，仿佛谁若开口，真相也会随之消失。

凶手要在白子枫的住处找什么东西，杜春晓大抵已猜到几分，只是她嫌夏冰脑筋太死，转不过弯来，所以那些见不得光的小动作，宁肯自己去做。

孟卓瑶的屋子比其他两房要小一些，古董字画之类的摆设也几乎是没有，与她平素金玉满身的穿戴，竟是两个天地。杜春晓揣着塔罗牌，拖着夏冰，刚踏进大太太的外房客厅，便觉得热。房子主人却是气定神闲，看不出一丝躁郁，脸上皮肤也是干巴巴的，粉蓝色刻金丝镶白边月牙袖旗袍令整个人都如坐在冰洞里，完全与暑气隔绝。

“哎呀，到底是年轻人，火气大，不像咱们老人儿，已觉不出热来，所以冰块都不置的，夜里睡觉还要盖毯子。”虽抹了唇脂掩饰，孟卓瑶唇上发青的伤疤还是显而易见。

“大太太，今朝是夏冰要过来再问些情况的，我跟了来，给您算算命。”杜春晓先行将责任都推给夏冰，自己再做打算。

孟卓瑶当下便用帕子遮口窃笑，回道：“杜小姐，这些骗人的把戏还是留着给孩子玩儿吧，我就免了。”

杜春晓摇头道：“如今青云镇上横死的人太多，大半还是死在黄家的，所以府上的人都找我占吉凶，说是比外头请的道士要强一些，大太太也给我个机会吧。”

孟卓瑶怔了一下，笑而不答。

夏冰终于忍不住，问道：“大太太，白子枫死了，你知道吗？”

“唉……”孟卓瑶刚刚还拿来掩笑的帕子，此时已移到眼角处，按了按子虚乌有的泪，叹道，“不晓得是什么人，这么狠心，连白小姐都要害。可见女人啊，还是要和男人一起过的，安全得多。否则她一个人，遇上什么危险，怕是连叫个救命都来不及。”

“难道您就不想算算是谁害死她的？”杜春晓趁机把牌拿出来，放到桌上。

孟卓瑶冷笑：“杜小姐，倘若什么事都能让你那牌算准了，还要保警队做什么？都来你这里问卜不就得了？”

杜春晓一脸正色地回道：“我也觉得他们傻，明明都是可以从我这里得到答案的，偏偏还要劳心费神请一帮人来查，折腾到现在都没个结果。”

夏冰神情尴尬地瞪了她一眼，继续问话：“大太太，前天晚上……哦，不，是昨天深夜两点你在哪里？”

“在睡觉啊，我一个妇道人家，三更半夜还能去哪里？”

“有谁能作证吗？”

“有啊，屋子里的下人都在，都能作证。”

“比如？”

“桂姐。”

杜春晓突然桌子一拍，高声道：“我早说了，这么问是问不出什么来的，不如算一卦来得痛快！”

“我说你这姑娘家的，怎么就一点儿不矜持呢？坐没坐相。”孟卓瑶果然忍不住要训她，“既然这么爱玩牌，我就让你算一算。哼！听说，你靠这个西洋牌，在下人中间赚了不少零花。不过我这里可没那么傻，得让你先算，看灵不灵，灵才给钱。否则，非但没钱，小心我叫人把你打出去。”

杜春晓忙把牌推到孟卓瑶跟前，请她来洗，对方将牌草草摆弄了几下，便回来，只说“好了”。

“要算什么？”

“还能算什么？自然是算白小姐怎么死的。”

杜春晓兴奋地掀开了过去牌，正位的隐士。

“白小姐过去掌握了太多秘密，只能低调行事，这大概是她给自己埋的祸根。”杜春晓瞬间已被“神婆”附体，开始进入角色。

现在牌：逆位的审判，正位的女皇。

她突然抬头盯住孟卓瑶，对方还是一脸鄙夷地坐在那里，只拿余光看牌。

“大太太，白小姐的死，是因为身上的秘密太多，这些秘密关系到一个掌权的女人，就像大太太您这样的。那四个丫头的死，也跟那女人有关系，而且……”

“哈！”孟卓瑶爆出一声冷笑，“杜小姐，你这么个算法，谁都会说呀，来点儿新鲜的东西吧。”

“新鲜的东西在后头，别急。”

杜春晓皱着眉头翻开未来牌，正位的恶魔。

“大太太，恶魔牌若被男人抽到，意味着他会惹杀身之祸或暴病而亡；女人抽到可就奇了，说的可是堕胎。”

孟卓瑶果然面容一紧，眼珠子已僵在半空，怎么都转不顺畅了，那沉默似乎是催促杜春晓快些解牌。

“这可奇怪了，白小姐难道是因为堕胎而被害？她是个医生，为做生意，也少不得背地里会做这样的事。可是……她是给谁堕胎呢？给自己，还是给其他人？倘若是给别人堕胎，必定会有诊疗病历记录。夏冰，你们查过记录没有？”

夏冰迅速接口道：“正在查，东西太多，几个人一起在看。”

杜春晓点头，笑道：“可见白小姐是被堕胎这个东西害死的。咦？大太太，府上死的那几个丫头，都是被切去肚子的吧。这孩子可都是怀在肚子里的……”

“胡说什么？！”孟卓瑶已站起来，额上破天荒地沁出一层汗珠，“杜小姐，我可不想再听你胡说八道！我们这里的丫头，个个都是选过才进来的，但凡有一些不检点，早就被撵出去了，还能留在这儿等人来杀？荒唐！”

说毕，她也不管两位客人，径直往里屋去了，桂姐只得站在角落里不敢动，也不知要不要送客。

“白小姐每三个月要给黄家的人做一次体检的吧？”

夏冰冷不丁冒出一句话来，如射出的暗箭，将孟卓瑶钉在半路上。

“是又如何？”

“听说给黄家的人定期体检是大太太您出的主意。”

“对。”孟卓瑶无奈地转身，对夏冰点点头，“那是梦清的意思。她说家里人多，来来去去，保不齐会有什么怪病传染，所以还是请个大夫定期来检查一下好，洋人就是这么保健的。”

“那三个月前的那次体检，四名死去的下人也都参加了吧。所有人当时的体检记录，可有在大太太那里备份？能否拿出来瞧瞧？”夏冰突然一改腼腆的模样，变得冷酷严肃起来。

“我哪有那些东西？无非是问一下白小姐有没有人得了要紧的病，若她说没有，我也就不再追问了，谁有空看那些体检记录？”孟卓瑶苦笑道。

“可如果白小姐告诉你说，府上有四个下人查出怀有身孕，那可就是丑闻，更何况她们是和哪些男人搞出来的，那些男人也都要受牵连，对黄家来说，不是什么脸面上过得去的事儿。”杜春晓慢条斯理地把玩那张恶魔牌。

孟卓瑶语气里又有了怒意：“杜小姐，你这样没在大户人家待过的人，自然是不懂的。下人中间出这样的丑事，我们倒不一定要去管，反正他们念的书少，成日里男盗女娼，也是防不胜防，做了不干净的事儿被查到，撵出去就是了，哪里还有保密的道理？”

“可如果让她们怀孕的是黄家的少爷，情况可就不一样了……”杜春晓不动声色地攻下了孟卓瑶所有的防备，对方霎时面容惨白，嘴是张着的，话却都堵在胸口出不来。

“田雪儿是几个丫头里生得最漂亮的，生前是你女儿房里的，你可知道她与哪个男人有些交往？”夏冰还是步步紧逼。

孟卓瑶手里的帕子已落了地，来不及去捡，只是头颅不住打战，过了好一阵儿才挤出几句话来：“两位，饭可以乱吃，话不能乱讲。虽然黄家两位少爷都不是我亲生的，但也是我看着长大的，都是体面人，也没被亏待过，怎么可能受那些乌七八糟的下人蛊惑？你们查案便查案，但不能随便污蔑谁。有些事情，不是你们想得那么简单。”

“有些事情，不是我们想得那么简单，那又是怎么个复杂法？大太太可有指教？”夏冰不依不饶，尽显警察之威仪。

茹冰已俯身将孟卓瑶的帕子拾起，交到她手上，她便再也不看夏冰与杜春晓，嘴里说了句“送客”，便撩起珠帘子进去了。

“我发现，你每次给人家算命，算到后来，对方都会拍案怒起，直接走人！”夏冰不知何时又恢复一脸纯真，冲着杜春晓傻笑。

杜春晓只狠狠瞪了夏冰一眼作为回敬，遂又愁眉紧锁，喃喃道：“也许，我们真是想得太简单了……”

-7-

苏巧梅近来对鸡汤情有独钟，莲子汤和米仁粥已吃到要吐。未出阁的时候，她就不是什么“藏房小姐”，喜欢溜出去吃路边摊的东西，对油汪汪、香喷喷的东西不曾有过抗拒。嫁入黄家之前，母亲逼迫她转换口味儿，要吃得清汤寡水，才能显示富贵的品位，否则就得遗人笑柄，这几乎成了教条的一部分。于是她只得压抑住胃口，饭桌上都是尽量往豆腐青菜盘里落筷，好不容易见到油炸琵琶这样的美食，亦竭力不碰。母亲总是告诫她，口味儿愈是挑剔，食量愈是精少，便愈显得矜贵。受了这样的骗，苏巧梅便只得想着法儿换些要吃的东西，告诉厨房要喝鸡汤，厨子回说怕天气热，喝了中暑，气得她骂说是哪个混账东西讲的，请他过来亲自跟她讲。厨房这才用荷叶边儿盆子煲了汤端过来，竟只是集了炖煮时凝在砂锅盖上的露水，汤色一眼见底，喝起来更好比白开水。

她是多怀念娘家门前摆的臭豆腐摊子，每到晌午都飘出阵阵焦香，她乐得拿手里仅有的几个铜板去买一串儿，吃得满嘴油，被母亲打手心。她就是这么样半顺从半反抗地被调养长大，城府不深，倒爱逞强，一直认为美色不是女人最紧要的财宝，要脑瓜子灵才好。之所以她看不起张艳萍，也正是这个道理。

从少女到少妇，于苏巧梅来讲，并无特别值得留念的事情发生，无非是洞房花烛时承受那一次被撕裂的痛楚，因母亲早早便传授过经验，也没有惊慌失措，只是身体硬得跟死人一般。那时孟卓瑶成天抱上黄梦清过来找她闲聊，她面上装得热情周到，心底里其实也有些鄙夷，因原配夫人生的是女孩儿，且那女孩儿的面容又不讨喜。她的野心，是被郎中告知有了孩子之后产生的，并与腹中骨肉一同孕育生长，日渐膨胀，等生下莫如与菲菲，野心也便随之落地。头一次是嫌孟卓瑶叫来的奶娘面目不干净，要重新找，孟卓瑶自然不高兴，苏巧梅就是要她的这个不高兴，于是自己托人寻了一个，把奶娘换掉；第二次又说菜谱常年不换，已倒了胃口，孟卓瑶说那二妹有什么好法子，她便笑吟吟地拿出一张菜单来，递到黄天鸣跟前，黄天鸣自然是点头说好；此后，又生出好几样事情来，孟卓瑶的大权渐渐脱手。

上位以后，才发现黄家杂事太多，虽有女人进不到的一里，进到的那些也都是劳神得紧。起初她还是雄心万丈，力求面面俱到，纵碰上难题，亦不肯放下身段去向孟卓瑶讨教。孟卓瑶倒是不计较，偶尔也提点几句，她假装不屑，却偷偷按那些法子去做了，果真还是见效的。她的得意背后，其实塞满了紧张与疲累，后来连行房事都觉得勉强，因念想都不在那上头。原先她自以为只要向黄家倾注心血，就等于占领了地盘，这种天真的思维直至黄天鸣娶了三房才完全破灭。张艳萍服侍黄天鸣，实系她的主意，觉得那丫头终日羞答答的，一句囫囵话都讲不好，放在老爷身边最放心。可惜张艳萍升了贴身侍婢后，却一改往常的木讷呆憨，手脚勤快不讲，嘴皮子也变得极伶俐，呆憨转眼就化成娇憨，防不胜防。张艳萍进门的时候，她面上还是欣喜的，忙进忙出张罗婚礼，从红盖头到酒宴上摆的果盆，都由她亲自挑选，一丝不许出错。孟卓瑶当时便走过来，搂住她的肩笑道："妹妹竟比自己嫁过来的时候还劳心呢。"一句话，讲得她差点儿掉下泪来，方意识到，整个宅子里，就属她心机最浅，却还当自己是员"猛将"，怎奈有勇无谋。

红珠把那只甲套交到她手里的时候，她其实也有想过秘而不宣，私下里去问张艳萍，可惜对方先前便早早跟她撕破了脸，又如何能主动去献这个媚？想来想去，索性直接告诉老爷去。只是这样做的后果，她料不到会严重到惊心动魄的地步，不但将张艳萍逼疯，还揭出家里的一个大秘密。听黄莫如讲，这宅子的旧主居然长年隐居在此，从不曾离开。她便心里有了猜测，只是无论如何都不肯挑明，生怕讲出来就会成真。更何况上过药的头皮还在隐隐刺痛，害她失眠了几夜，忆起自己那一对儿亲骨肉竟联合起来落井下石，心里的气便无论如何都平不下去，因此决意不再同他们讲话。

"娘，头上的伤好些没？要不要再找大夫来瞧瞧？"

这样的话，黄莫如每日要问三遍，苏巧梅都是偏过头去不理。被问得烦了，便眼泪汪汪地道："怎么你眼里还有我这个娘吗？你当张艳萍跟我闹的时候，我不知道你们背地里动的手脚啊？胳膊肘往外扭也就罢了，还在大家面前给我难堪，还当我是你们的娘不是？"

黄莫如低下头，任她骂，黄菲菲倒在一旁笑起来。这一笑，把苏巧梅的委屈暂时给压回去了，她望着女儿，问笑什么。

黄菲菲揉着肚子站起来，说道："娘，你要强一世，连个三姨太都收服不了，还在这里怨我们？依我看，大娘吃出钉子的事儿，必定还有别的蹊跷，保不齐有人从中挑拨。只有娘这么心地单纯，人家怎么说你就怎么信，也不揪着红珠先打一顿，让她讲出些实话来。"

一语惊醒梦中人。

苏巧梅又羞又气，当下便把红珠叫过来，翻出首饰盒里的尖嘴发夹，便往她嘴皮上戳，边戳边骂："小蹄子，吃了熊心豹子胆，居然敢调戏起主子来了！快说！那甲套到底是哪里弄来的？"

红珠边哭边躲，已吓得泣不成声，尖叫道："是在陈大厨的衣服里找出来的！二太太饶命！"

想是被主子的暴怒弄糊涂了，她向苏巧梅高声讨饶，身子却扑到黄莫如的脚下，死死抱住他的双腿，被他勉强挣脱，往胸口狠狠踹了一脚，当下便仰面倒地，不再哭闹了，只捂着被发夹扎破的唇皮发怔。苏巧梅赶紧上来，往她腰间又是一脚，高跟鞋尖刺进她鼓鼓的肉里，逼出一记惨叫。

"快说！要不然等一歇还要再吃苦头的！"黄菲菲也恶声恶气地在一旁煽动。

红珠涕泪交织，那张俏丽的瓜子脸已支离破碎，找不到一处齐整的地方来，只嘴上还不停重复："是……真是从陈大厨的衣服里找出来的！我没有说谎，真没有呀……"

黄莫如蹲下身子，抓起红珠一根绑了红绸带的辫子，她痛得整个人都在痉挛，只好跟着仰脸坐起身来，与他面对面。他一对儿素来习惯含情的星眸，此时锋利如锥，欲在对方身上刺出几个窟窿来："红珠啊，自你进来至今，我娘待你不薄吧。前年你爹去世，也是二太太拿钱出来给你爹下葬。你说说看，这样的恩情，怎么能不报呢？所以，说实话。这甲套是谁给的？"

红珠睁大眼睛看着黄莫如，仿佛已失去知觉，任凭他暗示、切割、操纵。

"是……是大太太！就是大太太！"她仿佛突然"鬼上身"，双目暴睁，跪在苏巧梅跟前，面目也跟着狰狞起来，"大太太"三个字咬在嘴里，好似抓住了一根救命稻草。

“谁？！”苏巧梅捧住红珠的脸，将它挤成一团，问道，“再说一遍！”

“大太太！是大太太！”红珠的眼睛都是红的，“她给了我十个大洋，让我做的！二太太饶命，二太太饶命啊……”

苏巧梅顿时百感交集，脑中浮现孟卓瑶端秀的眉宇、稀淡的皱纹、苍白的假笑，丝丝缕缕都流出了恶意。

好！孟卓瑶，你等着！

胸中愤怒的火舌，已快要舔光她的理智。

翌日清晨，孟卓瑶发现门槛儿上摆了一只金丝雀的尸体，它原本应该在门廊上挂的其中一只鸟笼子里蹦跶，如今却已僵化，爪子紧缩在腹下，绷成一块坚硬的镇纸。

她叹一口气，命茹冰将雀尸清理掉。

“也不知是谁做的，缺德死了！”茹冰心直口快，把金丝雀扫进簸箕，与蝉衣碎叶堆在一处。

天虽热，却已不似先前那般如狼似虎，阳光变得温和许多，静静地在屋檐边、芍药枝上、绿萝叶尖划过。孟卓瑶深吸一口气，欲将惶恐与憋闷统统逼将出来。她有一搭没一搭地想象苏巧梅着一双供睡房里穿的绣花拖鞋，无声踏过焦灼的月色潜到她的门前，挑中毛色顶绚丽的那只鸟雀，打开笼子，小心地把它拿出来，它丰腴光洁的脖子正抵在她的虎口上，于是她猛地握紧……

孟卓瑶不知道，苏巧梅与张艳萍的屋前门槛儿上，也各自摆着一只死雀，像某种神秘凄美的哀悼。

-8-

黄慕云将魂瓶摆入白子枫的棺材里，分别放在头颅两侧。这两只青釉魏瓶是三国时期传下的古董，黄天鸣花巨资从绍兴一个落魄皇族手里买回来的。原先放在黄天鸣睡房里当摆设，后来说每天半夜都能听见鬼魂吵架，便再也不敢摆在房里了，拿布裹了丢在杂物仓里，有一次下人清理仓库的时候给翻出来，被他看到，喜欢得不得了，便向父亲讨了去。据说魂瓶是收集死人魂魄用的，黄慕云如今急需收集白子枫的魂魄，然后把瓶子放在枕边，试图借此聆听她生前亏欠于他的那些倾诉。

整整七天，他米水不沾，还强迫桂姐保密。听闻白子枫被害的消息时，他两只耳朵仿佛刹那间被刺穿了，只看得到眼前人的嘴巴在不断开合，却再听不见任何动静，时间仿佛冻住，所有一切的运转都停止了。他站在原地，愣了十多分钟，只吐出一句话来："我要去看看。"讲完便往前走，像是天地间的人尽数消失，唯他还留在荒漠里游走。于是眼前看不到任何人，只是往诊所方向去，那里挂了一个木牌，并一盏清白的灯，正在召唤他。

看到尸首，他不由得松一口气，因眼前躺在门板上的那个女人，看起来一点儿都不像她。虽然也有大波浪卷的长发，五官却怎么都与记忆里的她碰不拢；那件领子与袖口俱绣了金黄色雏菊的真丝洋装，他确是见她穿过一样的，然而都不是穿得这么丑，这么别扭，像是粗粗套在一根木桩上，一点儿迷人的曲线都没有。所以这个人，怎么可能是她？

他抬头看了一下周围，觉得包括杜春晓在内的几位看客都面如死灰，随后便面无表情地将那尸首翻转过来，撩开头发看那布满蜿蜒流水形态的干硬血迹的后颈。虽已惨不忍睹，可朱砂痣的印迹还是依稀可辨，比血浆略淡一些，却很容易就看出是自肌肤里长出来的东西。

"不是她！绝对不是她！"他拼命这么样说服自己，却察觉体内的最深处有个人在提醒："那就是她。"

自此，他将魂灵幽闭进地狱里去，以便与她相会。

带着两只魂瓶出门的时候，黄慕云想到要去看看母亲，便临时折到张艳萍的屋子，刚要跨过门槛儿，却又停住，从那上头捡起一只死雀，抬头看了一下廊沿上的一串鸟笼，才发现原本关着娇风的笼子空了。

"阿凤！阿凤！"他边喊边踏进屋里来。

阿凤穿着睡觉时的短褂，肚兜的系绳还来不及塞到领子里去，便趿着拖鞋匆匆跑到外屋。

黄慕云将死雀摔到她脸上，她尖叫一声，眼泪都吓出来了。

"是谁要这么样吓我娘？"

阿凤摇了摇头，哭得全身一抽一抽的，想来心里必定在怨恨自己时运不佳，竟要服侍一个疯了的三太太，还得哄好伤心欲绝的少爷。

他抬起头，想抽阿凤几个耳光，却又将臂膀垂下了，因觉得累，发青的下巴与深陷的脸颊早已出卖他濒临崩溃的状态。

"我娘呢？"

"还……还在睡……"阿凤战战兢兢地移向地上的死雀，却迟迟不敢动手去捡。

他当下有些不忍，便吩咐道："把这东西收拾掉，别让我娘看见。还有，等她醒了，告诉她我来过了。"

说完便转身要走，迎头撞上唐晖。大概她也不曾料到大清早会碰上黄慕云，窘得不晓得该怎么办好，只得低着头缩在一边。

"你来做什么？"黄慕云皱着眉问她。

唐晖只得摇摇头，红着脸回道："也没什么事，想找阿凤姐姐教针线活儿。"

黄慕云像是要赎罪，未拆穿唐晖的谎话，径直走出去了。

唐晖这才拍着胸口松一口气，笑嘻嘻走进来，将一块帕子放在手掌上摊开，给阿凤看一只已死得硬邦邦的黄腹鹨鹉："你看看这个，一大早不知谁放在门槛儿上的。"

阿凤登时面色煞白，浑身不停哆嗦。

桃枝把甜酒酿端到黄慕云手边，他没有碰，可也在她意料之中，只得甯在他身边，拿团扇替他送风，他还是愣愣的，仿佛与周遭脱节。她从前并不爱他，如今心底里却生出了一些异样，想截断它，然而已经来不及。所以只能不说一个字，就这样拿扇沿轻轻抚过他丰饶的背骨，这是他为她筑起的唯一的山脉，可短时间地在里头隐居、幻想，织她的鸳鸯蝴蝶梦。

“二少爷，好不容易来了，也不疼我一疼？”她松开他的裤绳，伸手便往里探，摸索半日不见变化，只得作罢。

“我总觉得你像一个人，可又想不起是谁。”他翻过身看着她，眼里的愁苦闪闪发亮。

“知道——”她刻意将那两个字拖长，在里面灌满了蜜，“不就是你那个心上人吗？”

黄慕云没有回应，将否认放在心里。反正桃枝就是像极了某个他从前经常会碰面的人，侧面的鼻线，唇角微扁的弧度，还有那双不美却假装勾魂的丹凤眼……他隐约觉得自己已接近真相边缘，却又甩了甩头，将视为多余的思绪暂时抛却了，心里依旧装着满满的“白子枫”。对他笑，对他蹙眉，卷起他背部的衣裳听音时那一脸的犹疑，如今都成了痛，烙在一个叫“永久”的角落里，然后静静地看它腐烂。

“你今天必须把这个吃下去再走，不收你钱。”桃枝破天荒地犯倔，又将那碗甜酒酿捧起，舀了浅浅一勺，伸到黄慕云嘴边。碗里的甜酒已涨干，在面上结出一层软痂，饭粒颗颗涨得如半粒赤豆大小。

他想断然拒绝，可还是敷衍地吃了一口，酒味像是突然开启了身上的某个机关，在胸口翻滚了上千次的悲怆，一股脑儿涌了出来，连同泪水，将委屈和遗憾一并都浇湿了。这是纯粹男人式的号啕，响亮干脆，系不拖泥带水的绝望，让女人只得旁观，同声悲鸣，却帮不上一点儿忙。

于是桃枝坐在一旁，欲等他哭完，犹如黄梅天里斜倚窗台，等待雨住。

翠枝的葬礼，桃枝没有去，因怕爹娘嫌弃，只当没这个女儿。其实她心里也是有恨的，恨他们怎么不把她卖得远一些，竟在同个镇上，价钱也不高，受姿色所限。她原想这样也好，将自己磨灭的梦托付在妹妹身上，孰料就在她于风月楼度过的第三个年头，却听闻翠枝依然是被当作商品换钱的命，只比她略好一些，在黄家做丫鬟，这令她纠结不已，直觉爹娘辜负了她。即便如此，每每做贼一般溜到家宅后门来送钱，娘都要强调一下：“翠枝如今可是在大户人家做事的，吃穿都和主子一样，命可是好得很！”言下之意，这次总算卖出门道儿来了。

所以翠枝暴毙的噩耗，一丁点儿都没把桃枝击垮，她甚至泪也不挤一滴，反正不必去哭丧，何必费那个事儿？她不是察觉不到自己的冷淡，甚至还有些惶恐，怕从此没有真感情，然而看到黄慕云肝肠寸断的模样，心又疼起来，这知觉让她多少感到安全，起码自己不是真的没有七情六欲，而翠枝的死因，还是要搞清楚的。

“听说荒唐书铺的杜老板如今在你们府上？”她脑中冒出的念头，总是藏不牢，顺嘴就漏出来了，见他收住了悲恸，便即刻转移话题。

“嗯，一住下就赖着不肯走了。”

提起杜春晓，他便没来由得烦，又觉得有些好奇。

“她有副什么西洋牌，算命很准，你叫她算过没？”

“不过以讹传讹罢了，让她算过一回，哪里准？”他拿薄毯拭了拭泪，回道。

可惜黄慕云终究不太懂女人，有些事情，尤其是神秘的占卜问卦，越是诋毁，女人便越是上心。因此翌日，桃枝便出现在荒唐书铺门口，只可惜杜春晓不在，守店的是夏冰。

“她什么时候回来？”她有些怨自己笨，明知杜春晓现在黄家，却还巴巴儿跑去书铺找人。

“不晓得，”夏冰看出她烟花女的身份，便有些紧张，说话舌头打结，“好像近期是回不来了。”

“小哥儿，那总有日子的咯？”桃枝笑了一下，故意将胸脯挺近他，“你说说，到底是什么时候呀？”

夏冰窘得满面通红的，声音愈发地颤：“不……真不知道！等案子破了吧！”

“什么案子？”桃枝心里咯噔一下，想起翠枝生前那张与自己极其相似的侧脸。

“我说，你关心这个干吗？她要回来，自然会回来，问我有什么用？你买书不买？不买就走！”他终于急了，试图用粗鲁掩盖虚弱。

桃枝愈发开心，扭着腰慢腾腾地在书铺转了两圈儿，转头道：“也没什么好书，走了。”

“等等。”他突然叫住她，她一脸惊讶地回过身来。

“你……和黄家的丫鬟孙翠枝是什么关系？”

这次轮到她窘迫了，因想不到这陌生的后生有如此非凡的洞察力，能一眼认清她的相貌特征，当下便决意托付一些事情。

“我是她的亲姐姐。”她答得理直气壮。

-9-

杜春晓赖以耍花枪的塔罗牌，在桃枝跟前是丝毫不顶用的，反正二人在寻找一个共同的答案，这是牌无法给出的。所以杜春晓只给桃枝玩了一副小阿尔克那，说出来的自然也不会好听到哪里去，无非是断定她坎坷不断，老无所依，只拿着微薄的体己度日。这大抵是多数娼妓的命运，仿佛前半世便将情欲挥霍尽了，换得后半世的寥落。当然，桃枝生得普通亦是主因。总体来讲，依杜春晓简单粗暴的理论，总认为美皮囊才会让人生占些便宜，至于雪儿之流的薄命红颜，就只能怪她们时运差。

“哎哟，杜小姐讲话真是一针见血。”桃枝听完她那一通“诅咒”，倒也没有生气，反而捂嘴笑起来，“不过呀，我下半辈子要受的苦，是早有准备了的，不必劳烦您提醒了。还是想问问我那苦命的妹妹吧。”

“这个，还得要你先告诉我们一些事情，卦钱都可以不要。”夏冰忙插嘴道，脚背已被杜春晓的鞋底狠狠踩住，还碾压了好几下，他转头望去，正撞上她一张凶神恶煞的面孔，于是只得补话，“卦钱我来出！我来出！”

桃枝说到这个妹妹，眼里就泛出泪光。她被卖进窑子那一天，天寒地冻，雪水透过薄鞋底渗上来，浸湿了脚底板。翠枝挂了一抹鼻涕，跟在她后头，手里捏半只萝卜丝饼。爹牵了她的手，走得很急，还不住回头赶翠枝：“去！去！回家去！”

翠枝站住，举着饼大哭起来，桃枝扭头冲她吐了口唾沫，骂道：“哭什么？丑！”然后把自己手里的萝卜丝饼一记塞进嘴里。翠枝果然忘了哭泣，只怔怔看着姐姐；爹很习惯地举起右掌，欲照着桃枝的脸蛋儿打下来，却硬生生停在半空，只板着脸，拉住她往前走。

“姐姐！姐姐！”翠枝突然歇斯底里地大喊，“我会去看你的！一定会去看你的！”

她果然没有食言。

桃枝接客前的那两年，姐妹俩确是见不到面。桃枝从前干的活都堆到翠枝身上来了，而桃枝自己又是每日被老鸨打骂，没个消停，直至姐姐开始挂牌做生意，翠枝进了黄家，日子才过得平顺一些。两年后的聚首，是在七月蚕花节上，按习俗要选“蚕花娘子”，她们自认都选不上，却到底有些眼热，于是去看。每个男人手里都捏着一粒晶莹雪白的蚕茧，看中哪一位，便将茧子投进其中一只写了名字的桑叶箩里。记得当时出来的结果有些出人意料，田雪儿只选为“银花娘子”，“金花娘子”居然是得意酒家老板的女儿，五官身段均不及前者，却胜在风骚媚骨，眼神勾魂，当选后没多久，便嫁给北平的一个富商，远离青云镇了。雪儿毕竟年纪小，到底有气性也藏不住，突然狠狠将手里的银花片子摔在地上，踩了几脚，引起一片哗然。

桃枝与翠枝便是在这大呼小叫中碰到一起，两人一言不发，却像是已交换了万语千言，各自的甘苦，都能从气质表情与穿戴里瞧出八九分来。

于是她们每月都偷偷碰两次面，倾诉些平常不能讲的话。翠枝被害前那一晚，二人找了家隐秘的小店吃生煎，翠枝食量变大，如今一顿要吃十五个。桃枝是过来人，隐隐嗅出妹妹身上散发的少妇气，便少不得旁敲侧击，劝她说女人青春短暂，眼睛一定要放亮，找个值得依托的男人才好。诸如此类的话讲得多了，翠枝嘴巴一翘，嗔道："姐姐这话说得消极了，难不成你如今这个样子，将来还是这样不成？保不齐找到个懂疼人的，把你娶回去。"

"我这个事体，犯不着你操心，还是想想自己，到底怎么个出路。"桃枝的两道目光直射在翠枝微微隆起的肚皮上。

翠枝面上突地浮起一片桃红，像放进竹笼蒸过一般，暖融融的，相较在蚕花节上遇她那辰光，姿色竟添了好几分。只见她细声细气道："你放一百个心，他不敢不要我，到时候，我把你也赎出去，一起享福。"

这份天真的诚意，令桃枝又气又好笑，便追问她是遇上什么样的贵人，有这等威力。翠枝偏着头想了半日，笑道："还是不要讲吧，到时候你自会知道。"

孰料那个"到时候"却迟迟不到，只盼来一个死讯。

"她可有多少透露一点儿，那位与她珠胎暗结的情郎是谁？"杜春晓因肚子有些饿，且赶不上黄家的晚饭，追问的语气也有些凶悍。

桃枝默然地摇了摇头，说道："这丫头口风紧得很，怎么问都不肯说。"

"那从她身上可看到什么可疑的贵重物件？比如……金顶针之类的？"夏冰问道。

“顶针？”桃枝一脸茫然地望着他，“怎么会问到这个？”

“因我们从死了的一个丫头那里查过一枚金顶针，贵重物嘛。”

“哪里得来的？”

“二少爷房里的人那儿。”

“我有些糊涂了，好像不曾见。”她抿嘴一笑，似乎略松一口气。

桃枝走后，杜春晓忙拉着夏冰直奔对街的老汤楼，叫了两碗爆鱼面，她一气便吞下半碗，这才松弛了一下神经，说道：“其实这个线索，既有用又没用。”

夏冰喝了一口面汤，眼镜片上糊满了水雾，也顾不上擦一擦，也是饿极了：“是啊，这说明田雪儿与孙翠枝极有可能是爱上同一个男人，他令她们怀孕，然后又杀人灭口。”

当然是同一个人干的，男女不论，但未必就是灭口。杜春晓心满意足地放下碗，烟瘾适时爬上来了，却因是公共场合，不便拿“黄慧如”出来，只得忍着。

“不过，既然那个男人如此风流，出手也阔绰，肯定是有钱人。这一想，范围也就缩小到三个男人身上。”

“错了，是四个，你叔这几年也在闷声大发财，只是不讲罢了。”夏冰扶了一下眼镜，笑得颇为得意。

杜春晓没有理会，只怔怔盯着面碗，突然抬头问道：“夏冰，你说有没有可能，其实真是我叔干的呢？”

夏冰一口面呛在喉咙里，一时间竟吐不出来。

黄天鸣怕自己的孩子，怕得要死，在梦里，他们都变成了浑身流毒的蟾蜍，趴在藏书楼每一层的入口，发出古怪的呻吟。他想抱起这些蟾蜍，移到好的地方去，却见薛醉驰走过来，把这些“毒物”并排放在脚边，然后一只只踩死。每踩一下，蟾蜍肥美的肚皮都会“噗”的一声破裂，挤出灰红的泥肠，两只浑圆的眼却还是死死盯着他的。

“你要有报应的。”薛醉驰说完，便伸出巨型脚掌，踏向他的头顶……

他骇然尖叫，随之醒来，凉席上浸满了汗液。

他其实是怀念三十年前的，虽然穷，但身上每一块肌肉都是鼓胀的，吃什么都香，不像现在，每次坐进浴池里洗澡，那几层垂挂在腹部的皱皮令他相当泄气，吃到一点儿油腻就饱。刚认得薛醉驰的时候，黄天鸣因“抛顶宫”不慎被捉，上海法租界的巡捕将他扒得一分不剩，只得偷渡回了青云镇，蹲在薛家门口讨饭。薛醉驰抱着儿子出来，儿子手里拿了个糖饼，黄天鸣也顾不得，上来抢了糖饼便逃，与张屠夫迎头撞上，摔了个仰面朝天，糖饼瞬间碎了一地。待睁开眼，上方一个黑影已遮云蔽日，只见那黑影伸出手来，骂道：“一个大男人，干什么不好？要去做这些事！”

薛醉驰嘴上虽凶，手却是暖的，将黄天鸣一把拉起，还带他回宅，给他一碗饭，两件干净的旧衣服。他也知道要感激，却怎么都讲不出口。出来的时候见庭院右角上一座高高耸立的古塔，每层塔角上都挂了兽嘴铜铃，便问一个下人：“这是哪里？”

“是哪里都跟你没关系，那是读书人才能进的地方，走吧！”

黄天鸣瞬时百感交集，那间气派、华丽的庭院，竟在他心里种了根。那是洋楼林立的上海滩鲜见的奢华，尤其那座藏书楼，散发出的傲慢与端严，更教他难以释怀。人之贪欲，便是随经历与眼界而一扩再扩，才养成了一只阴暗的猛兽。此后，他像是突然换了个人儿，搭上香烟店老板的女儿孟卓瑶，成亲后便将她的嫁妆尽数拿出来做本儿，高价收购了一批茧子，于是一传十、十传百，周边的养蚕户都将茧子送到他这里来，搞得外省纺织厂来的买办只得来找他谈判。他倒好，微微一笑，往镇东一指，说道：“我如今是跟薛家合作，把茧子送他那里加工的，要谈也找他去。”次日，他抢先一步去找薛醉驰，将茧子送上，二人联手，狠狠敲了那外省买办一笔。

黄天鸣与薛醉驰这么样合作了几笔买卖，每次都是黄天鸣去收茧，薛醉驰支付一半的本金，并负责与外省买办谈判，签合同。某一天，外省来了大户，开口便要收一吨茧子，但要得很急。薛醉驰当下也不敢允诺，去找黄天鸣商量。黄天鸣胸脯一拍，说包在他身上，这笔钱怎么也要赚下来。于是薛醉驰签了契约，上头写明若十天内交不出货，便要交十倍罚金，数目庞大，他只得抵了自己的宅子。

于是那几天里，黄天鸣拼了命地收茧，薛醉驰亦加派人手，忙于将货入仓，这样干了八天八夜，到第九天，一吨茧子已七端八正，只等那买办来收。结果当晚茧仓突然火光冲天，将两人的心血与本钱统统烧了个精光。茧子入库前早已晒得精干，一点便着，何况忙了那几夜，管仓库的自然已累得找不着北，只顾扒在库房的茧袋上睡着，次日待灭了火，将人拖出来，已成一块焦炭。薛醉驰那天如被五雷轰顶，只在烧成狼藉的茧仓前站了有大半日，待回过神来，黄天鸣已站在身后，只讲了一句："这个罚金，我来出，但宅子要给我。"

薛醉驰幡然醒悟，自知着了道，伸出手紧紧掐住黄天鸣那根粗壮的脖子，他自知已失去一切，也就顾不得自己的命，只图一时之快。众人扑上来，将他的指头一根根掰开的时候，他隐约看见黄天鸣布满血丝的眼睛里流露一丝狞笑。

"你要有报应的！有报应的！"

这诅咒，如今果真穿越时空阻碍，钉在了黄天鸣的背心上，深入、精准。

-10-

田雪儿的墓地，买在西山头最不起眼的角落，且不讲风水，就连一块用来摆贡烧纸的平整地方都是没有的。所以秦氏只将两只粽子，并一串荔枝摆在石碑底下靠着。因身边荒坟林立，纸钱烧成灰片后被风一吹便四散而去，也不知地府的女儿拿不拿得到，不会还是被野鬼抢去了吧？她这样想着，神色也变得木然。黄莫如远远站在后头，半步都不靠近，像是怕纸灰玷污了他的薄绸对襟短褂。她没有怪他，只是偷偷苦笑，更将他视作平常而娇贵的少年。

“走吧，我带了云乐坊的点心，到你家去吃一些？”他手上果真提了一个奶黄的纸包，渗出斑驳的油印。她只得叹一口气，便先他一步走下山去，在家里等着。

纸包打开，里头并了两个小纸包，一个放着花生酥，另一个装的是核桃饼。她坐在柜台后头，闻着点心油汪汪的香气，半点儿都吃不下。

“吃一点儿？”

趁四下无人，他拈起一块花生酥，送到她嘴边，那油气也跟着逼近，她登时胃部翻江倒海，“哇”地吐了一地清水。

“怎么了？”他忍不住上前抚她的背，越是抚，她越是呕得厉害，便急着将他推开，脸色煞白地瞪了他一眼。

“自己在我身上作的孽，还问我怎么了？”她突然眼泪汪汪起来，像是满腹满腔的委屈，盯着指甲盖上苍白的细月牙，就再也没有理他。

他定定站在那里，说不出一句话来，像被木桩子从脚心板纵穿到头顶，每一寸都动弹不了。

两人就这么样对峙了好一阵儿，起初只是被尴尬与惊讶弄得无法回神，后来却渐渐演变成了赌气，都刻意要用冷战来逼对方退步，结果却陷入了更深一层的焦虑。

“按理讲，我也未必一定要这个孩子。不过你也知道，如今白小姐去了，要再找个靠得住的人来处理也挺难，我可不想让古郎中来做！”

“古郎中”是指青云镇一家药房里雇的一个叫古瑞生的江湖郎中，成日里酒壶不离手，每次出诊都满身酒气，谁都厌他。尤其女人家要看个妇科病，自然都是选白子枫的，人清爽，医术也高明得多，口风也紧得不得了。如今她这一死，像是把青云镇女人中间某个隐私而又关键的环节给切断了，她们表面如常，却心如油煎。

“哈！哈哈！”他仰面大笑，像是要将从前的抵死缠绵悉数毁灭。她在那笑意里嗅出了一丝愤怒，遂觉得毛骨悚然，面部肌肉却纹丝不动，以扭曲的平静应对他的癫狂。

他好不容易停住笑，将两只红彤彤的眼球对着她，哑着嗓子道：“你何不去问问房里那位的想法？我们不是当着他的面做过吗？所以他也应该有份儿！”

她想也不想，便掴了他一掌。他如释重负地转身走了，像专为候着她的耳光，好借此走掉。她气得怔怔的，两只手不住发抖，想把台面上的两包点心捧起，那些花生酥、核桃饼却在黄纸里不住蹦跳。

点心捧到里屋，放在桌上时，已碎了好几块，她觉得不怎么呕了，便拿起一块，捏碎，再拿起一块……

“这可是给我吃的？”田贵从床上坐起来，眉梢划过一道残忍的弧线。

她不由站起来，后退了几步，指尖的饼屑落在石砖地上，仿佛已预知生命也即将出现如此破碎的陨落。

面对这样的艳尸，李常登连呼吸都有些滞塞。

唯有死了的秦氏，才会面容坦然地躺在李常登眼前，一丝不挂，每寸每缕都肥瘦得当，乳房微微外扩，均匀地摊在两侧，中下方一条细细的勾线将皮肉绷得极为紧密，唯小腹那道浅浅的妊娠纹出卖了她有过生育的秘密。他竭力将眼睛避过尸体有稀疏体毛的私处，那是他和乔副队长，及镇上几位闲男子在茶馆千万次意淫调侃的部位，如今却以近乎荒谬的形式偿其所愿。秦氏的皮肤呈淡蓝色，喉咙上有个小洞，那里曾经流出许多的血，滋润了地砖缝里的青苔。

李常登不明白，这样的女人怎么会死。人们每次路过油盐铺，往里张望的辰光，都仿佛在朝拜一尊玉雕观音，时光仿佛是绕着她走的，所以他们恍惚以为，秦氏是青云镇的一个永恒。这“永恒”现在竟被交到了他的手里，让他给她一个说法。他茫然失措，灌了半瓶烧酒，这种失控的情形，唯多年前张艳萍出嫁那一天才有过。而更让他难以释怀的是，即便是死了的，正在腐烂的境况下，她依然是一具值得男人觊觎的肉体，生前拿长衣厚袍裹住的美，在此刻肆意绽放，变成气势汹汹的姿色。

秦氏的死，令青云镇所有成年男子都陷入某种微妙的恐慌。他们努力维持往常的作息，与自己的妻子亲热，心却已偷偷碎了一个角，再也弥补不上。而女人们则长吁短叹了许久，生怕会有“嫉妒之嫌”，更有甚者还会抹泪，戏做得过了，便也假了，只是旁人无暇拆穿。

根据现场的情况来看，秦氏像是死于自杀。一个婆娘进铺来，要买两包盐，却见里头空无一人，以为是老板娘去如厕了，便站在那里等。孰料等了半晌都没人出来，只她养的花斑猫从里屋慢吞吞地走出来，嘴里叼着一根细棍子。婆娘以为这畜生又是偷了筷子之类的东西，便上去将它捉住，终于看清楚这分明是女人挑头路用的象牙簪子，上头缠了几道红丝。她当下便发觉事情不对，于是边喊秦氏的名字边摸进屋子里去，只见人已倒在血泊里，两只眼睛直勾勾瞪着天花板。婆娘下意识地想晕，突然想到身边也没有人救，忙强打精神，软着腿跑出来叫人，等隔壁正蹲在家门口给鱼刮鳞的男人上来询问了，她这才往油盐铺一指，说声“出人命了”，随后不省人事。

更蹊跷的是，长年瘫痪在床的田贵也不见了！

谎言是谎言，但流言却多少带有一些真实性，虽然掺假的成分也极高。青云镇居民自黄家丫鬟和白子枫被害之后，又掀起新的一拨流言潮。说的是田贵家中必定遭了附近的水匪打劫，秦氏为保清白，才用簪子自尽，而田贵则是水匪为掩盖罪行，将他掳去沉湖了。这种说法源于桂姐丈夫的事情，所以强匪从来都是镇民幻想中的阴霾，闻风便丧胆，却谁也没有见过。

夏冰将这一噩耗告知杜春晓的时候，声音都是哽咽的，原已打算好要受她几句奚落，孰料她眉头锁得比他还紧，脱口道：“都怪我那牌解得不好……”

“你又替她解过牌了？什么时候？怎么说的？”他即刻来了精神，表情像要把她的脑袋囫囵吞下。

杜春晓最后一次见秦氏，天阴着一张脸，乌云挤挤挨挨地随风而动，欲哭无泪的模样。她一面担心这雨势，一面却还是硬着头皮往油盐铺赶。因是傍晚，里屋飘出米饭的香气，与酱油味儿混在一道，有股温暾暾的暖意。她不由得放松情绪，站在店堂里等，过不久，秦氏果然从里头走出来，手里还握着一只汤勺。看到铺子里有人，先怔了一下，遂笑起来，说声“杜小姐，你等一歇”，便回转身去，待二次出来迎客，已摘了烧饭用的围兜，汤勺也不见了。

“杜小姐，大老远跑来，不会只是买瓶醋吧？”

杜春晓能从她的语气里嗅出秘密的幸福，这幸福令她百感交集，一时也不知如何反应，只得愣在那儿。

夕阳余晖从云缝里钻出，透过油盐铺大门，落在秦氏脚下，光芒暗淡得教人沮丧，却让杜春晓松一口气，起码一时半刻是不会下雨了。秦氏将一张倾城的脸隐在暗处，声音像是从地狱的某个花园传来，只问：“来给我算命的吗？”

“是，上一次没让你算成，所以特地赶来再算，免费。”杜春晓周遭的空气已变得清甜，有夏去秋来时特有的舒爽，可她体内的神经却一刻没有松懈，生怕漏过一点儿关键的东西，至于那东西是什么，她自己都还没底。

“她要算什么？”夏冰哑着嗓子追问。

“算她几时会死。”

那副小阿尔克那里的每张牌，杜春晓都刻骨铭心。

过去牌：正位的命运之轮。意指她生命力旺盛，原是可以长寿的。

现状牌：逆位的节制，正位的倒吊男。情欲放纵，内心矛盾，加速了她的死亡进程。

未来牌：正位的死神。死神已悄然贴近，正在不远处对她微笑，手中执一把锃亮的镰刀……

她想起在英伦念书的时候，与几位同样好奇心过盛的同学一道加入所谓的“邪教”，亲见膜拜死神的族群，清一色黑斗篷蒙住全身，面孔仿佛都藏在夜幕下，只露出一对儿发亮的眼球。两名祭司用长柄镰刀刺穿乌鸦的一对儿翅膀，将它钉在教徽上，那乌鸦发出歇斯底里的惨叫，像一个疯子拿十根手指狂按管风琴的白键。

那是杜春晓头一次如此真实地触摸到死亡的轮廓，后来它停在秦氏的眉宇间，便再也没有消退。

“你是怎么推断出她要死的？是自杀还是他杀？”

杜春晓默然，她不想告诉夏冰，并非所有推理都是凭她思维敏捷，有一些无法解释的灵感会与手中牌心有灵犀，冥冥中已给出了真相。只是她清楚，但凡精确的预感，必定是有原因的。

-11-

“可惜了，镇上又少一位美人儿。”

黄梦清掰着指头算给杜春晓听，边说还边笑几声，表情毛骨悚然的。

所幸杜春晓已习惯她的“冷酷”，也不大计较，只抱怨黄家的早餐没有咸鸭蛋，威胁说若再不供应，便要搬出去。

“哼！快别说这个话。”黄梦清冷笑一声，戳穿她的“西洋镜”，“也不想想你是怎么又回到我家的？我娘那个事儿算你掩饰得好，能糊弄过去。可你也得在别的地方出点儿力，比如现在家里闹鬼，你可想到法子捉了？”

黄梦清提及“闹鬼”一事，说大不大，说小不小，只不知从几时开始，三位太太屋子的门槛儿上都会发现一只死雀，像是有人从门廊上挂的鸟笼子里掏出来活活扼死，再放上去的。起初几个丫鬟以为是谁恶作剧，也就没有跟各屋的主子说明，后来连少爷小姐的门槛儿上都出现，甚至大老爷也没被放过。于是佣人私底下传开，说是死去的原屋主薛醉驰阴魂不散，才做出这些事儿来。因那些鸟笼子也出自他的手，后来人被赶出去，做工精美的笼子倒是全留下了，只换了些合新主子口味儿的珍禽，所以黄家豢养的鸟雀接连被害，有人便臆测可能是薛醉驰用这法子控诉，隐喻黄天鸣拿卑鄙手段鸠占鹊巢。这些话自然也是从镇上一些略微知情的老人嘴里听来的，经过整合加工，竟也传得像那么回事。

所以黄家因那些鸟雀的死，所有人都变得有些惶惶然，说话走路都是端着心的，生怕做错一点儿，挨心浮气躁的主子一顿打。张艳萍疯得愈发厉害，老爷已教人跟上海的大医院联系，下个月就要将她送过去治疗。而黄慕云则瘦得脱了形，可以几天不讲一句话，饭量小得同喂鸟无异。黄莫如虽还做些常规的事，却显然心不在焉，有一回竟把未熄灭的烟蒂摁在一个丫鬟的肩上，过后只说是不小心。虽然没有人挑明，但这个家的确正濒临崩溃边缘，唯大太太孟卓瑶，还仗着原配夫人的身份主持大局，制造天下太平的假象，以安抚人心。最不可测的人，反而是苏巧梅，突然讲要信佛，从此吃斋守戒，惹来众人称奇。

这些不正常的人里头，除孟卓瑶之外，其实还有一个正常人，便是素来不受关注的黄菲菲。倒并非她低调，而是身份地位都不如其他三个，反而乐得自由。

“其实这个鬼，要捉住还是不难的。”杜春晓每次坏笑，便是“胸有成竹”的表现。

“那可好了，不如你现在就算一算，找出那个‘鬼’的来路。”黄梦清趁机用上“激将法”。

无奈杜春晓却一口回绝："现在不能说。"

"为什么？"

"你又不是不知道，在弄清这个'鬼'的目的之前，我会一直把秘密压在肚子里。"她一面将扁平的肚皮拍得"啪啪"响，一面从桌上拈起一张隐者牌，放进黄梦清手里。

夏冰找到黄家二小姐的时候，她正一个人站在庭院里玩射击，手里握一把不知从哪里弄来的长杆猎枪，把几只玻璃空瓶依次列在盖井的石板上，然后挨个儿打，每打一枪便震天响，竟也没人过来管，反而逃得一个不剩，可见佣人已经习惯了，也怕了。按黄梦清的说法，菲菲是性压抑，将枪当那话儿来疼，话讲得虽粗鄙，却不无道理，只当事人还自以为特立独行，神气得很。

"讲过几百次了，我晚上只要一睡下，电闪雷鸣都轰不醒我，哪里还会出来乱逛？你问了那么多，无非是怀疑我。"二小姐眯着一只眼，把枪口往夏冰脸上一指，唬得他当即退后两步，"我若要杀人，就用这个，方便省事。"

"二小姐，若杀了人还不想吃官司，可不能用这个。"夏冰假装哆哆嗦嗦地移开枪管，他已从杜春晓那里知道对付黄菲菲的秘诀，那便是假装弱势，满足她自高自大的心理。

黄菲菲一脸委屈，将拿枪的手臂放下，低声道："怎么你总是问这个问题呢？"

"也没什么，只是有下人在案发当晚和案发以后，都看到你半夜出现在那儿，所以照例我都要问问。你放心，我们保警队查案都一视同仁……"夏冰不想出卖桂姐和小月，少不得打了马虎眼。

她点了点头，突然把枪往地上一摔，骂道："这可奇了！既然有下人半夜看见我在院子里乱转悠，那敢问他们出来又是干什么呢？难道你不查查？"

他觉出她的异样，愤怒里流露出的那一点儿没底气，便回说：“你放心，我都问了。大家讲的话，我们都要进行核对，不针对二小姐你一个人。”

“睡觉！”她擦一把额上亮晶晶的汗珠，怒气冲冲道，“那几天，我都在房里睡觉！”

“若真的是在睡觉，也没什么。不过……”他决定将上一军，“家里一下死了好几个人，晚上还能睡得熟，倒也难得。”

她果然急了，捡起枪抵住他的下巴。因动作来得突然，他毫无防备，但心里竟真有些隐隐的怕。

“你这话讲得有趣，不晓得咱们家里的人个个都生了铁胆了吗？若不是做什么都心安理得，当初就不该住这儿！”

这番话倒带了几分出人意料的血性，他不禁怀疑起自己的判断来，女性之复杂程度，是夏冰怎么也上不完的一堂课。

“我再给二小姐一句忠告，”他硬着头皮，假装不曾吓倒，以表现一点儿所谓男子气概，“枪是男人玩的，女人最好不要碰。不是怀疑二小姐会动杀心，只是一时走了火，殃及无辜，也是有的。”

“你们懂什么叫无辜吗？死的那几个人，就一定无辜？”她脱口而出，显然是有些压抑太久，不得不爆发的感触。

“二小姐从何说起？难不成你知道那些死人有什么不清白的地方？”

“有没有，你把案子破了不就真相大白了？兴许不是哪一个人不清白，却有那些脏人儿把她们玷污了呢。”她露一半藏一半，说得很慢，措辞都是字字斟酌过的，意思是只抛出一个线头，接下来还得夏冰他们自己往里探索。

李常登与黄慕云面对面坐着，问的也只有一桩事情：“田雪儿死后不久，听说你娘和二太太大吵过一架，你娘当下还放出话来，说要把见不得人的事情捅出去。你可知道是什么事？”

黄慕云保持苦笑，两只眸子也已深深陷进去，若把脸皮剥了，便成了不折不扣的骷髅：“我也不知是什么事儿，我娘从没跟我讲起过。”

李常登直觉他有所隐瞒，口吻便有些不客气：“二少爷，如今什么阵势，你不会不清楚吧？人死了那么多，凶手还逍遥法外，每一点线索对我们来讲都是好的，有用没用另当别论……”

“真不知道什么事儿，可能是下人嚼了什么舌根，被我娘听见了，信以为真吧。”黄慕云摆摆手，似乎已筋疲力尽。

“那么，二少爷，你有没有见过丫鬟做针线活时，用的纯金顶针呢？”

“顶针？”黄慕云怔了一下，遂垂下头，露出茫然的表情，“有倒是有，我见从前碧仙用过，当时就猜她被外头什么扮阔的男人给骗了，还问过一句，她说只是死去的外婆传下来的。我觉得她骗人的，家里穷成这样，能卖的不能卖的都典出去了，哪里还会剩这样的贵重物。”

“那除了碧仙，还有谁用过？”

黄慕云摇头，皱眉道：“想不起来。碧仙是我娘房里的，我去得多，自然看到，其他几房的丫头我哪里能成天盯着？”

“不过……”李常登决意要玩个花样，“好像有些下人不是这么讲的，说你二少爷去其他几个房里也挺勤快。”

“胡说！我哪里有这样的闲工夫去跟丫头嬉闹？又不是我……”那后半截话，他硬生生吞回去了。

李常登假装没听出味儿来，继续道：“下人中间有人讲，说黄家几个丫头中，就属田雪儿长得最标致，男人看了没有不动心的。所以二少爷想必也……”

黄慕云又气又急，一时憋不住，便脱口而出：“雪儿明明是跟我哥好上了，怎么还赖在我头上？”

“多谢二少爷。”李常登站起来，向脸色苍白的黄慕云拱了拱手。

这是他接这案子以来心情最为愉快的一天。

原本他就把重点怀疑对象锁定在黄家两位少爷身上，除他们之外，没有人能让几个丫鬟都如此确信自己能飞上枝头变凤凰。但打开突破口却又是难的，他们谁都不像是沉不住气的人，所幸白子枫的死与张艳萍疯病发作两件事，显然将黄慕云变脆弱了，何况他对白子枫的深情，那天去认尸时的表现，已等于昭告天下；而黄莫如那里却还似铜墙铁壁，掘不出一个小窟窿来。

如今，漏洞终于有了，由那洞内透出一丝曙光，令李常登欣慰无比。

-12-

苏巧梅胃里空得难受，自从斋戒以来，她便总是处于空腹状态，胃袋都是冷的，酷暑竟也蒸不倒她了。但饥饿也让她暴躁，偶尔会想要把观音像摔出窗外去。更教她不安的是门槛儿上的死雀，尽管后来各房到了晚上便将鸟笼子都统一收进一间通气的空屋里，早上杜亮再让下人挨个儿挂出来，可阴影到底还是有的。她对养鸟不算热衷，起码不像张艳萍，每次路过那里，便看到她仰着脖子逗她的鹦哥儿，手里握一把细黄米。

这样的多事之秋，本该是苏巧梅发挥“长处”的时刻，却忽然选择了退隐，这其中自有她的道理。正如黄梦清私下和杜春晓分析的那样，如今怪状况有些多，太冒头儿了也不好，何况她心里还在为某件事心生愧疚，要夺权也得风声过了再说，现在要以逸待劳，静观其变，一切复杂的意外都让孟卓瑶去承担便是。至于是什么愧疚，要逼得她吃斋念佛，其实她自己也竭力不往那个地方去想，某些念头就像潜伏的野兽，是摸不得的，一碰就抓得你遍体鳞伤。

所以李常登浑身冒着烟味走进来的时候，她的心都抽紧了，尤其是对方的问题，简单干脆，却让她哑口无言。

“二太太，听说前不久……哦，就是田雪儿刚死没几天，您跟三太太吵过一架？”

她只得寒下脸来，表示默认，实则心脏已提到喉咙口。

“听说吵得够凶啊！三太太硬说您做了什么见不得人的亏心事儿，你可知道她指的是什么？”

果然要问这个！她死抓住兰花椅的扶手，怕一松手整个人都要滑脱出去。

“不瞒李队长说，三妹的疯病肯定不是一时发作，应是潜伏好久了吧。所以您说我们吵的那天，她也是突然地便冲起来了，指着我鼻子骂了好些难听话。也不只说我做亏心事儿之类的，有许多呢。我当时便觉得奇怪，也想叫她说清楚，可她激动得很，语无伦次的，哪里还有句像样的话？后来也就没再计较。您如今倒来问我这个事儿，叫我可怎么回答好呢？”

虽是肚肠里的油水均被斋菜刮干净了，她倒还保持冷静，讲话滴水不漏，只一个劲儿暗示张艳萍是早有症结。

“听说，大公子和死去的丫鬟还有些秘密来往，你可知道一些？”

苏巧梅“扑哧”一下笑起来：“这话说得可是没谱儿了，你说黄家两位少爷都正当壮年，心里没点儿想头才奇怪呢！莫如纵真的跟下人有什么，我们也只当不知道，心里有数就好。”

“如此说来，二太太倒也不排斥自家公子和下人来往咯？不知三太太是不是也有这个念头。”

“她怎么想我可不知道，若是为了莫如和丫鬟的事儿就鸡飞狗跳的，那可就错了主意！也不想一想，自己是怎么混上来的！”她说完便吃了一口凉茶，将先前的慌乱统统压下去了。

在李常登眼里，苏巧梅只是个外强中干的泼妇，与张艳萍的直爽泼辣有云泥之别，然而如今看她掩饰秘密的功力，又不得不服，果然是见过世面的女人，到底讲心机的。于是，他便打起十二分精神，誓要从她嘴里套出关键的东西来。

“呵呵，那还是二太太开明，默许大公子和丫头的事儿。原本可有想好要怎么和老爷挑明，把姑娘娶过门儿呢？”

“这话说得稀奇，莫如是什么身份？田雪儿又是什么身份？哪里配进这个家？”

“那田雪儿若是怀孕了呢？”

“那谁又知道是不是莫如的孩子？”

“田雪儿”三个字一出口，苏巧梅便意识到自己败了，只好绝望地看着李常登脸上堆起的菊花纹，手指不停打战。

“多谢二太太了。今天得请大公子跟我到保警队去一趟，没什么事儿，只是聊聊天，套套情况，请放心！”

李常登临出门前抛下这一句，算是为张艳萍报了“一箭之仇”。

依乔副队长的经验，审讯黄莫如最多一天就能有突破。首先对方虽是个后生，却是细胳膊细腿，一看便是吃不住苦头的，至于是否经得住吓就难讲了，只能走一步看一步。但黄莫如在保警队的一举一动，尚属于“沉着镇定”的范围，因审讯间设在临时牢房东侧最里一间，通风不好，闷热无比，这是李常登刻意为之，就是要让疑犯难受。当然，在审讯黄莫如之前，乔副队长与夏冰私下商量过，认为在没有确切证据的情况下便开堂私审实在不妥，即便从旁得知黄莫如与田雪儿有过什么，也不代表杀人的就是他。无奈队长坚持，说死的人实在太多，拖不起了，还是来点儿硬的，只要看着不像屈打成招就行。言下之意，就是要用阴招儿逼供。

所以从进审讯室那天开始，黄莫如每天的食谱都是固定的：霉干菜扣肉、爆鱼、酱油皮蛋，外加一碗白饭。表面看也没什么不妥，但倘若不给水喝，却是要人命的。他开始也不大明白，吃完东西，乔副队长便和他聊天，反复强调的只有一句：“你和田雪儿到底是什么关系？”他自然是不认的，坚持说没有关系，说到后来嗓子有些干，想要凉茶，结果只换来嗯嗯啊啊的敷衍，追问愈发紧迫，茶水迟迟不来。撑到傍晚，又是那几个菜摆上来，他已没了力气，含一口干巴巴的米饭在嘴里，连忙吐了，其余的更不敢吃，只拿一双喷火的眼睛瞪着乔副队长。

“嘿嘿，大少爷，辛苦的话就躺一歇，不过辰光不能太长，我要回去吃饭了，接下来是李队长。好好保重。早日交代，早日澄清，也好早日出去。”

才躺倒一刻钟，果然李常登便打着饱嗝来了，嘴边还咬一根牙签，看到黄莫如身边那顿晚饭还纹丝未动，便笑道：“大少爷，嫌菜不合胃口啊？”

他没有理会，翻了个身，拿背对着李常登。突然肩上一紧，整个身子已被两名警员拎在半空，就这样拖到桌子跟前，一只白炽灯吊下来，在眼前不住打晃。他闭着眼，不敢叫一声，怕蒸发了体内的水分。其实他也不晓得自己能撑多久。累和饿是次要的，要紧的是能不能从这里出去，他心中已开始隐约怨恨起爹娘来，原来预计自己当天就能出去，可待得越久，就越茫然，当初满满的信心已被饥渴交加的现状渐渐削平。

气势明显变弱的黄莫如，在酒足饭饱的李常登面前，全无招架之力，他的舌头像枯纸一般苦涩，每动一下，身上每个毛孔都会疼痛。所幸心里的绝望多少也有一些化作了悲愤，所以嘴风更严，干脆问什么都不开口，只是将额头抵在桌沿上，后颈被白炽灯照得热烘烘的，蚊子不断攻击他裸露的皮肤，背上的汗液结成干松的盐粒，然后被新沁出的汗液融化。他尽可能不动，保持体力，明知这么做也撑不了多久，却仿佛要跟谁赌一口气。

“大少爷，这样可不行啊。若想早些回去，就把知道的都讲出来。咱们还是从老问题开始，你跟田雪儿，到底是什么关系？她是不是你的情人？她肚子里有了，你知道吗？那是不是你的种？”

李常登说出的每个字，都对黄莫如造成很深的刺痛，但他继续选择默然，不承认也不否认。

“大少爷，听清楚了没有？没听清楚，我就再问一遍。”

他闻到很浓的酒气，耳边也多了一些热量，明白是李常登正俯下身贴着他的太阳穴追问时，便干脆闭上了眼。此时，嘴唇已像烧焦一样难受，好像与空气摩擦便会着火，身体正歇斯底里地呼唤水源，幻想自己已回到家中庭院里的那口井边，纵身跳下，让阴凉墨黑的井水将他吞没……这样想着，绷紧的灵魂也稍稍有些解脱。可酒臭又将他熏回现实里，还是那间方正的审讯房，一盏灯，一个面目可憎的保警队队长。

这一夜，对黄莫如来讲，抵得过十年苦役，他其实一直醒着，却假装已经睡着。中途的确有一段时间失去过知觉，他猜想其实只是晕厥，但李常登拿了一杯水，给他拿了一杯水！

那杯水放在离他不到一尺的地方，人渴到一定程度的时候，原来与骆驼无异，连水的味道都闻得出来。他舔了舔舌头，干裂的唇皮快要刺破舌尖，半个身子已扑在桌面上。此时却感觉背后的椅子被移向桌沿，他的胸膛牢牢贴在桌沿动弹不得，若想再退回去，恢复刚刚的卧姿，已是不可能了。

如今识破这个阴谋，早已来不及了，只能眼睁睁看李常登拿起杯子，一口将水喝尽。他盯住他的喉咙，看金子一般珍贵的东西白白流进敌人的体内，却连恨的力气都没有，只能沮丧地趴在桌上，摆出一个乞讨的姿势。

“求……求求你……”他终于开了腔，头一句就践踏了之前辛苦累积起来的自尊。

李常登笑了：“大少爷，不就是水嘛。何必要用求呢？直说就行了。不过，你跟田雪儿到底是什么关系呀？”

他突然发现，眼前这个人，其实只是打着审讯的幌子逼供，尽管无任何凭据，直觉却告诉他，这个人是在报复。至于报复些什么，是他完全想不到的。

-13-

黄梦清已三天没有跟杜春晓说话，连步行绕一大圈去饭厅的路上都互不搭理。其实杜春晓是想和解的，无奈对方怎么都不肯，一张冷若冰霜的脸把什么都挡在外头了。二人冷淡的原因不言自明，黄莫如被保警队带走以后，黄天鸣走了许多门路，想把儿子保出来，孰料李常登硬得很，只说死了太多人，所以点滴线索都要挖掘干净，若再发生命案，罪责担不起，所以无论如何不肯放人，连见都不许。除了老爷和二太太正竭力奔走之外，最急的便是这个姐姐，提议要杜春晓通过夏冰，让弟弟回来。

谁知杜春晓非但没点头，还讲了一句无情话："其实我也觉得大少爷可疑，让他在里头待几天也好，没准还能招出些什么来。"

金兰交就这么样决裂，杜春晓却依旧厚着脸皮，每日在黄家吃喝，夏冰都觉得不好意思，劝她回书铺去。她两眼一瞪，骂道："所以说你这书呆子就是呆！我留在黄家自有我的道理。梦清那臭脾气过几日也就好了，你着什么急？"

夏冰果真也是"皇帝不急急太监"，怕她们真的从此生分了，也是可惜。与此同时，他也惦记着黄莫如的事儿，要求参加审讯，却被乔副队长挡了回去，只说大少爷嘴硬得很，什么都不招，只能拖着。他一听便来了气，直觉不能把一个人拖死在保警队里。乔副队长冷笑着回他道："傻小子，这个事儿你莫再操心，黄家大少爷现在好得很，既没缺胳膊少腿，身上也没掉块肉下来。只是死的人太多，县里都惊动了，给我们的时间不多。"

"那……让我去跟他聊聊，说不定能套出话来。"他大着胆子提议，头顶当即挨了乔副队长一下。

“你小子犯浑犯到什么程度啦？李队长都问不出来，你比咱们还能些？赶紧回去查查别的线索，不要放过一个男下人，懂了没？”

倒不是挨了这一下子让他不服，夏冰多少还有些关心黄莫如的情况，进保警队两年半，从未见过两个队长正儿八经审讯嫌犯，都是公然踢上几脚，嘴里凶一些，那些扒手就什么都招了。所以单单那份好奇心就很重，馋得他无论如何都想探个究竟。因临时牢房是由两名警员轮班看管的，值夜班的顾阿申恰好是他从小玩到大的赤膊小弟兄，有了这条门路，他便提了一包猪头肉和一斤黄酒，大摇大摆跑去跟人家攀交情。顾阿申弄明白他的来意，笑道：“看不看都是那么回事儿，每天都不亏待他的。谁都晓得他什么来历不是？”

虽说那些囚室从前未关过半个人，石灰墙却还是黄的，裂缝里刺出一些稻草，夏冰可以想象顾阿申每天无所事事坐在椅子上，将椅背往后仰靠于墙，然后一根根拔出那里的稻草，动作悠闲得一如等死。如今有个活人可关，于他来讲多少倒还有些兴奋。所以他夜里真的舍不得打盹，期待与那疑犯一同呼吸。顾阿申也试图要跟黄大公子聊天，可李队长下令不得供水，所以他便断了浪费疑犯口水的念头。其实他从来不相信他是凶手，尤其他刚跨进牢房的瞬间还被隆起的泥块绊倒，这样手无缚鸡之力的人，绝对下不了狠手。顾阿申的爷爷从前在县里当民兵，亲手拿刺刀捅死过几个共产党，回来后，眼神都不对了，看什么都有种哀伤的淡漠，让他直起鸡皮疙瘩。但黄莫如没有那样的眼神，像竭力在掩饰恐惧，来这儿不到一个钟头，便差不多要把铺上的稻草扯光了，那种焦虑里隐含着愤怒。所以他跟夏冰讲：“看起来挺可怜，几天来只喝过两口水，用来吊着他性命的，若真是他干的倒也罢了，若不是他……”

夏冰已听不见顾阿申后头说的话，只怔怔地望着黄莫如那张灰暗的脸，他整个人缩成一只老鼠的样子，一动不动，不晓得有无呼吸。

“大少爷？”

他叫了他一声，声音怯怯的，很快便融化在空气里。

“大少爷？”

他又叫，未得到半点儿回应。

“怎么还要这样审吗？”

夏冰明显把气出在顾阿申身上，那是唯一能让他甩脸子的人。

“别跟我急呀，上头的命令，又不能不听。”顾阿申径自折回，将那包猪头肉打开，拈起一块放进嘴里。

杜春晓对夏冰的倾诉无动于衷，继续玩她手里的几张牌，排了一副中阿尔克那，再对着它沉思良久。

贵人牌：愚者。

敌对牌：皇帝。

她歪着头，慢慢把牌收好，掏了一下耳朵眼儿，神色却半点儿也不悠闲。按牌理来讲，能助她一臂之力的是最不受人关注的一个人，碍事儿的却大权在握，极难应付。她从不信牌，却会在里头找灵感，这一次，灵感似乎离她远去，解出的答案都狗屁不通。

“你说他都半死不活了，宁愿挨一刀也要喝口水，到这节骨眼上还坚持自己是清白的，那应该没有问题了吧？”夏冰贼心不死地盯着她的牌。

她瞥了他一眼，笑道：“你果然对黄家人的脾气不了解。”

“那你又了解多少呢？”他不服。

“首先，”她索性将牌打乱，一副欲提点他的模样，“你最好查一下这些尸体是在哪里被切去腹部的，呈尸地点都不是案发现场，那么凶手又是在哪里作案？”

“你错了，尸体没有做过大的移动，除了田雪儿死的当晚下雨，痕迹被冲刷掉之外，其余三个人，痕迹都不明显。”夏冰扶了扶镜架，正色道。

杜春晓声音极响地拍死一只停在她左臂上的蚊子，说道：“你还记不记得，不止一个下人讲，半夜看到黄菲菲站在案发地点，也不晓得做什么？”

“记得，可就是问不出什么来。”夏冰脑中又浮现出那把抵在他下巴上的猎枪。

“其实我现在心里一直有三个疙瘩，一是如果四个死者里有三个已经怀孕，那么她们的孩子到底是谁的？都是黄莫如的？二是黄菲菲的奇怪举动究竟意义何在？既然看到她的人不止一个，说明事情是真的，可这姑娘看起来又不像个有心眼儿的人，所以事情也就复杂了。三就是……”

杜春晓顿了一下，突然直勾勾盯住夏冰，吐出几个字来：“田贵究竟到哪儿去了？”

“你是说，秦氏的死跟黄家的几宗命案有关系？”夏冰擦去鼻尖的油汗，又长叹一声道，“其实我也早就怀疑……”

“怀疑你个大头鬼！”杜春晓硬是将他的话堵回肚子里去，径直道，“其实倒不为别的，只有一点牵着我的心——她肚子里也有个孩子。”

“这我都没告诉过你，你怎么知道的？”夏冰瞪大眼睛叫道，“可别告诉我说拿牌算的！”

“还真是拿牌算的！”

杜春晓忍不住嘴硬起来，其实是不敢告诉夏冰，自己经常私下翻阅他那个查案记录用的小本子。夏冰小心翼翼将它放在随身带的灰蓝色小布袋里，那袋子却经常落在杜春晓的书铺。

已至夏末，天气似乎一点儿都不想放过谁，虽然青云镇今年又热死了两位八旬老人，但魔爪还在继续延伸。日头不烈，却照样毒，鱼塘街上晒烫的青石板踩在脚下，那热气灼得人路都行不稳。夏冰与杜春晓在保警队附近的水果摊前挑西瓜，一过七月，瓜便怎么都不甜了，红瓤沙到泛黑，咬起来一股子霉味儿。他们吃了两块便吃不下了，将瓜皮用来抹脸抹手，眼睛却是盯着保警队那间平房的大门，专等李常登与乔副队长出来。傍晚时分，李常登先回了，直到夜色深浓，乔副队长才满面倦容地出现。因那水果摊早已回家歇息，夏冰只好花钱请杜春晓去旁边的茶楼待着，虽然更加隐蔽，观察动静却也愈发吃力。尤其杜春晓看到乔副队长这么晚才回家，已猜到这二人在对黄莫如轮番审讯，心便沉了下去，后悔当初不听黄梦清的话，早该想法子把她兄弟从里头弄出来的。

见到黄莫如的时候，他已形同鬼魅，眼神都是呆呆的，脸上布满蚊子咬的块，嘴唇缩成鱼口的形状，头发了无生气地贴在额上。即便是这样狼狈的模样，他还是保持曾经养尊处优过的标记，举止里有干涩的傲慢。夏冰将切成片的西瓜一块块隔着铁栏杆递进去，他却一动不动，只是看着，显然已经对周遭情况失去辨别的能力。

“吃啊！吃。”夏冰拿起一块瓜，放在嘴里咬一口。

他这才爬下稻草铺，身后飞起几只巨大的蚊子。

才吃了两口，便扶住墙，全身痉挛，在角落里呕了一阵儿，这才苍白着脸，又吃了两块瓜，汁水顺着手指流下来，滴在结块的绸衫上。

“大少爷，我们不是来审你的，你什么都不用讲，只要坐着听就可以了。”

杜春晓笑嘻嘻地将塔罗牌举到表情木然的黄莫如眼前，他盯着那牌，刚刚被浸润过的嘴唇缓缓舒展、上扬……

他看到正对着他的那张牌上，尖长耳朵后头生有一对儿卷曲羊角的恶魔正在狞笑。

第三章　皇后疑云

“你的意思是，她的死与简政良的死果然是有联系的？”
“没联系可就怪了！经过前边那一桩事，
任谁都想得到他们之间有联系。”
杜春晓翻开最末一张牌——正位的皇后，
心里便“咯噔”一下，暗自惊疑，
“怎么跟给黄莫如算的未来牌是同一张？”

-1-

黄莫如的抗拒，在杜春晓面前似乎没什么用，他只能坐下洗耳恭听，脚底板沾满了西瓜籽。

“大少爷，其实事情应该没有咱们想象的那么难，对不对？”杜春晓坐在牢房外的板凳上，将塔罗牌放在膝盖上，均匀地分成两叠；空气依旧灼热，月亮的残光经由小气窗投射进来，仿佛在窥探她牌中的秘密。

她举起的第一张牌——恋人。

“虽说都是含金钥匙出生的，可人和人到底还是不一样，有些是天生痴情种，比如你弟弟；另有一些则是脂粉堆里打个滚儿便出来了，最是有情却无情，大少爷你如今可是被保警队疑成这样的人呢？”杜春晓似乎有些乐滋滋的，让夏冰浑身不自在。

第二张牌——魔术师。

她喜得拍了好几下手，“啪啪”的爆响唬得顾阿申连忙跑过来，手里还端着一杯梅子酒。

“好牌啊，好牌！”她仰面向天，一脸的感激，遂又转向黄莫如，笑道，“这张牌，可是替你妹妹洗冤了。有下人说令妹曾深夜在呈尸地点徘徊，是误会吧。其实是大少爷您穿着女装，出现在那里吧？大少爷是要做什么事？”

她终于点中他的要穴，两根手指夹起魔术师牌，戏蝶一般在空气里舞动。夏冰则激动得不停推整眼镜架子，生怕看漏了她装神弄鬼的动作。

月光不知何时已悄悄抽走，将黄莫如整个身子隐在夜色里，宛若墙上一块深浓的黑影。看不清他的表情，可从肩部细微的起伏揣摩出他是平静的，甚至还能从这静默里嗅出一丝的感伤。

杜春晓却是未知未觉的样子，像正从野兽身上剥皮，是绝无可能替手中猎物喊痛的：“还有，陷害三太太和陈大厨有一腿的，其实正是少爷您吧？虽说甲套是二太太拿去给老爷的，可发现它的丫头也是二太太外屋的人……哦，不对。该不会是用这法子绕着圈儿陷害大太太吧？不逼供红珠也罢了，一旦逼供，她招出的幕后元凶必定是大太太。不用猜都知道，您必定允诺了她什么终身大事了。大少爷，您心里打的算盘倒也奇怪，不过我知道两位队长折磨您那么多天，都没把您的嘴撬开，我是断不会再费这个劲儿的，无非是把这副牌告诉您，跟您知会一声，免得到时您真上了刑场，都还喊冤。

“其实呢，您扮成女人模样，可能是有什么见不得人的癖好，这个我就不追究了。但田雪儿与你私通该是事实吧？三太太不知从哪里得知你和这丫鬟的事儿，于是拿她作要挟，让你娘不敢打她的主意。可惜这姑娘死了，嫌疑早晚要落到您头上，所以您才变着法儿陷害栽赃三太太，原本是想让你娘在老爷跟前吹点儿风，把三太太给逼走，没料到事情发展出乎意料。藏书楼命案一出，保警队反而来得更勤，吓出您一身冷汗吧？事后甚至你娘自己都有些担心是冤枉了三太太。可你倒好，又私下买通红珠，把大太太都咬出来了。至于要害大太太的缘故，自然是因为田雪儿怀了你的种，被白子枫查出来了，她头一个必须向大太太汇报，所以黄家上下就只大太太与你知道那丫头珠胎暗结的事儿，你这才利用你娘去跟大太太结梁子。是不是这样？”

“可他又怎么能骗大娘吃饭咬到钉子呢？”夏冰像是在替黄莫如辩解，同时消除自己的疑虑。

“那是大太太自己糊涂的，我原也以为她是自编自演的戏，但后来想到一件事，蛋羹里的确埋不下钉子，但米饭里却可以。”她翻开第三张牌——审判，“当日负责盛饭端菜的又是红珠，她可以选择让哪个人咬到钉子。大太太吃蛋羹有个习惯，要搅着米饭一起吃，这才在咬伤的时候误以为钉子是从蛋羹里吃出来的，无意之中反而被疑作贼喊捉贼。你这样害大太太的起因，是怕她把田雪儿怀孕的事情讲出来，因大太太从前是小店铺老板的女儿，没念过几年书，大字不识几个，所以不可能把知道的事情写出来，只会不小心讲漏嘴。所以要她封口，这法子是最有效的，顺便还能离间三位太太的感情。呵呵，其实她们原本就不讲姐妹情分，连表面功夫都做得极一般。只是这一来，矛盾更深，你坐山观虎斗，倒是能加速扫除障碍。可是这个道理？”

听到这一声质问，黄莫如总算抬起头来，虽已槁颜枯爪，两只眼睛却是犀利的：“杜春晓，不要以为单凭你的胡乱推测就能破了这案子，事情有你想到的一层，还有你想不到的一层呢！”

“那就劳烦大少爷把我那想不到的一层讲出来听听吧？”

杜春晓借机追问，对方却没入圈套，只冷笑道：“不是说我只要听你讲，可以不回答问题吗？”

语毕，他复又折回草铺，缩成一团睡下，宛若幽灵暂时安歇。

黄莫如被送回黄家那天，苏巧梅哭得死去活来，紧紧握着手中一串玉佛珠，边抹眼泪边念《金刚经》，饭也不吃。的确，宝贝儿子那副受苦受难的模样，谁看了都心疼。黄梦清也忍住哽咽，亲自拿了两只蜜瓜过去，还骂道：“爹也真是，竟把井给封了，否则定能放在井水里镇一镇呢！”

洗过澡，换过衣裳，坐在冰桶旁喝了两碗莲子汤，黄莫如才缓过劲儿来，多少将之前在保警队经历的噩梦从体内逼出来一些。只要回到家里头，那蝉鸣听起来竟也不觉烦躁了。苏巧梅命唐晖将她的东西搬到儿子房里，说要好好照顾几天，实则只是在外房摆一尊观音，嘴里不停地念“阿弥陀佛”。

临近傍晚，他突然起身，绕过这无数个“阿弥陀佛”走出去，小月忙追上来问大少爷要去哪里。他头也不回，只压着嗓子道：“啰唆什么？”口吻之凶，令小月再不敢多吭半声。他沿着生满绿萝的院墙走到黄清梦屋前。玉莲刚擦了席子，端着水走到门口，见是他来了，行过礼便要转回去告诉大小姐，却被他止住：“你做自己的事儿，我马上就走的。”

黄梦清见他进来，笑容尤为明艳，那双细眼都变得妩媚了。虽是同父异母的兄弟，然而有些感情仍是无法遏制的，会由颦笑间暴露极微妙的丝丝缕缕。

“还有脸来这里？被人疑成这样了，回来也不诉个苦，可叫下人怎么看得起你？”她嘴是硬的，心却已柔成一片湖泊。

他不回应，径自坐下，因领子是敞着的，从脖颈到胳膊肘处因外皮剥落，已呈晶亮的粉色。黄梦清疼得坐立不安，当下便捧出那梨花木盒子打开，拿出护脂膏给他。他倒没有拒绝，接过来放在桌上，只说拿在手里不方便，等明早玉莲给送过去好了。她奇怪他的反应，却讲不出口，于是讪讪笑着，问他身体怎样，那蜜瓜喜不喜欢之类的，看他答得心不在焉，便不再多话，只等他透露真实来意。

孰料这一沉默，时辰竟比两人预料的都长，她隐约察觉他是想她先开口的，可又不知道他要什么，所以只好干等。一时间，空气中涨满透明的疑问，双方一个猜，一个藏，场面虽冷清，内里却是热闹的。

“我想跟姐姐借一样东西。”还是他沉不住气，像是下了决心要打破神秘。

“什么？”

“就是小时候我们经常拿来玩的那个东西。”

她登时有些辨不清状况，甚至有些想念杜春晓的牌，这个古怪的女人肯定能用它做出一番合理解释。只可惜此时此地，她是茫然的，甚至这个茫然能经由黄莫如深棕色的瞳孔里折射出来。于是她便不想问，也不敢问了，只默默从木盒子底层挖出他要的东西，握在手心板里，再将手摁进他掌中。他的手掌薄而宽长，不像是有福的。她模糊地猜想黄慕云的手掌会是怎样的境况，她从前都没有注意过，因本就不信摸骨算命那一套。

可现在，她却急于想知道自己兄弟的祸福，可恨无从下手，就只得等事态发展，发展到她能看明白的时候。

苏巧梅已很久没睡得那么沉了，整整一个时辰都没有翻身，腕上的佛珠串在黑暗里发出幽冷的光。黄莫如蹲在床边，仔细观察她的表情，接着抚起她一只手，放开，手臂重重落在铺席上，珠子隔着竹篾与木板碰撞，发出单调的“咚”一声，她依旧呼吸均匀，畅游太虚。随后他移至铺尾，捉起她的右脚踝，再松手，脚趾骨在板上擦过，该是很疼的，却不曾换来半点儿反应，她双目微阖，面部神经都松弛得很。

他这才放下心来，走出屋子，因怕被巡夜的下人撞到，连牛皮灯都不带，只凭月色及对庭院的熟悉程度摸索前进。这一次，赌的是运气与勇气。这次，他可谓“轻装上阵”，再不扮成妹妹的模样，只穿黑色宽松绸衫，为方便行动，还将下摆扎进腰间，似欲将自己融进黑暗里去。

通道内还是那股子令人窒息的腥臭，他知道它的来源，却竭力不去想，只举着一个火折子往前探。虽然酷热被结结实实地挡在外头，然而他第一次在这里探索，都宁愿早些逃出来，承受烈阳曝晒。里边的墙壁干燥而阴凉，火光画过的瞬间能看到大片的褐色污迹，脚下偶尔会踩到一些细鹅卵石般大小的颗粒，发出“咔咔”的尖叫，所以每走一步，都将他体内的神经绷紧一环，足音的空响与颗粒在脚下爆裂的声音让他恨不得尖叫。

火苗一直往后逼压，几度欲舔到手背，他不由得松弛下来。风力渐强，表示快要找到出口。他的手再不敢离开通道顶部和周壁，一寸寸摸索，每块凸起的砖头都会让他犹疑半天，直到完全确认没有异状，才继续前进。

很快，他的脚趾便踢到硬物，火折子上的苗头愈来愈低，快要烧尽，他吹灭它，又拿出一根来。磷硝与空气摩擦后发出刺鼻的气味，这气味几天都洗不掉，只能拿蔷薇粉来掩盖。他紧张得快要呕吐，远比在保警队里受缺水的折磨要深，心脏在胸腔里发出震耳欲聋的脉动。火折子灼热的光照在硬物上，原来是一级台阶，往上还有许多的台阶，一层层往上，仿佛直通天界。他踏上第一步时，台阶回以沉闷的呻吟，是木板，他拾级而上，已顾不得火折子舔到指尖的疼痛，也未曾想过自己如何回去，只考虑眼前的光明……

-2-

简爷原名简政良，之所以被称为“爷”，兼因年长，资历丰厚，系青云镇最早一批跟黄天鸣做生意的养蚕户。他从不贩湿蚕，均是自行烘干之后拿出来的，丝质饱满滑润，一看便知蚕宝宝必是经过精心养护的。所以镇上的人都晓得，简爷挣的是“良心钱”，他手头宽裕，谁也不会讲半句闲话，哪怕这些钱多半都在风月楼花销掉了，都是理直气壮的。到老都是单身，偶尔在外头找个把野草闲花也算正常。

所以简爷每逢月头月尾，都会去荒唐书铺背面的杀猪弄转悠。虽年龄六十有九，他依然头发乌黑，眼明心亮，身材健硕，挑一担水能脸不红气不喘地走上十里地。也正因如此，作为男人最基本的欲求也没在他身上断过档，他还是会大摇大摆地走近弄里那些神秘兮兮的小窗，往那木格子上敲两下，通常会有个老婆子将窗支起，皱着一张脸笑道：“简爷，今朝有新货，来试试看哇？”他对暗娼其实也挑剔得紧，花五块钱，非要耍出五十块的效果。

但光顾杀猪弄亦只是权宜之计，心里惦记的自然还是风月楼这个“销金窟”，那里的姑娘就算姿色平平，却都懂欲擒故纵，房术也要高明许多，急缓有致，很会吊人胃口；不像杀猪弄的下等货，拿了钱就只求速战速决，稍微拖一点儿时间便甩脸子。虽然好色，简爷却还是个有计划有节制的人，每个月的用度一分一厘都是打算好的，从不乱花，这是注定要孤独终老的男人的必要的准备。杜春晓曾给简爷算过命，讲他是老而弥坚，有享不尽的后福。他从此便识破这姑娘的假把戏，再不理了。有些人的过去宛若莲子，都是积在心里的苦，天真稚嫩的后辈又怎么看得出来？无非人云亦云罢了。

所以简爷不信命，只信自己。而这份自信，是被一个叫桃枝的妓女打碎的。

原本简爷到风月楼快活，老鸨都是又敬又嫌，敬的是他“德高望重”，嫌的是他为人吝啬，所以酒菜都不敢多备，只收行价。好歹他从不赊账，倒也清爽。原本简爷在风月楼的相好珍珠突然有一天和客人打起来，拿碎酒盅子刺了人家的脸，被老鸨关在柴房里反省，所以他只得换人。老鸨叫了几个姑娘过来，他看了一圈儿都不满意，只说还要再挑。老鸨有些不乐意，当下冒出几句刁话来，意思是这点儿钱就只能选这些货色，难不成还要黄花闺女或者红牌呀。这下触了简爷的心筋，当即拿出一沓钞票往桌上一摔，吼道：“把你们最红的姑娘叫来！”

说到底，他还是个不知行情的主，连过夜费都说不出准数，这把钱摔出去自然要遭耻笑，所幸老鸨还算口下留情，便命人去把桃枝叫出来。谁知桃枝早被黄慕云宠坏了，哪里肯去。老鸨少不得私下劝她，说不过是个老人，那玩意儿还不知有没有用场，不过顺着他的意假做一番就糊弄过去了。桃枝这才勉强同意，唇脂都不补一层便下来招呼了。

简爷冷冷朝桃枝看了一眼，便对老鸨发难："就这种货色也敢给我？"

桃枝厚着脸皮坐下，只是笑，怕稍露一点儿不满又得挨顿打。老鸨这才尖声道："简爷，也不过才看了人家一层外皮儿，又没验过里头，怎就知道是什么货色？"

他皱着眉头又打量桃枝一番，还是半信半疑。

老鸨忙将嘴贴到他耳根上，悄悄道："知道这是谁吗？黄家二少爷的心头肉！抽这会儿空子留给您的一口好菜，您还摆谱不吃？"

"黄家"二字灌进耳朵里，他顿时百感交集，精神也来了，身子不由颤了一下，眼睛都发出绿光。老鸨只当他是中意了，便让桃枝扶他入房。

简政良坐在桃枝床上，让她一件件脱得精光，边看边不住冷笑："哼！哈哈！没想到我一把年纪，还能玩黄天鸣儿子的女人！"

桃枝将身体打开，接纳他冲撞的辰光，方知上了老鸨的当。压在上头的男子虽然面颊上生了老人斑，还散出一股典型的老人臭，做那种事却勇猛如壮年，竟比黄慕云还弄得舒服一些。

虽说"婊子无情"，却多少还是有点儿念及快感，所以桃枝当晚便主动邀简爷留宿，没加一个子儿，倒是简爷觉得过意不去，翌日晌午还是多塞她三十块。这一来二去，桃枝便多了一个老主顾，干这行的，脚踏几只船非但没有羞耻，还值得拿出来炫耀。于是很快，风月楼几个姐妹都笑她"老少通吃"，灵动得很。

自白子枫死了之后，黄慕云找桃枝的次数便多起来，如今又来一位简爷，在她房间出入频繁的境况下，她亦是竭尽全力周旋，哪里都不得罪。只那老的似乎有些狡猾，有时像是刻意挑黄二少来的辰光点她，老鸨应付话说得少了些便不痛快，还拍桌摔凳的。某一回，他脸膛黑红地走进来，显然有些喝高，没坐稳便扯着嗓子叫"心肝"，老鸨只得表情尴尬地将他扯到里边一个喝花酒的私间，叫他坐一歇。他自然知道是怎么回事，偏要赌气，牙关一挫，偏大步流星走回外边大堂等着，也不要姑娘陪酒，自斟自饮起来。大约一个钟头以后，桃枝满面潮红地将黄慕云送下楼，走到一半便被两三步蹿上楼梯的简爷拉住，径直便往楼上拖去。

黄慕云一时反应不过来，便怔了一下，倒没说什么，欲继续往下走。简爷却得便宜卖乖，回头笑道："二少爷玩够了？下次麻烦再快一些，下边还有人等。你可莫要欺老！"话毕，还当他面儿在桃枝屁股上掐了一把。

孰料对方也不气恼，双眼冷冷盯住他，话却是对老鸨说的："李妈妈，这可不对了，桃枝有了新相好也不说一声。你知道我平日最忌讳玩这些不干净的。得，下次有了鲜货，记得报个信儿，我头一个来挑，价钱不计。"

一番话说得桃枝脸上白一阵儿红一阵儿的，她断想不到黄慕云会就此将她抛弃，心中自然懊恼，可又不敢表现，怕再有闪失，连老头子都保不住了，只得咬牙切齿地缄默。

然而最不服气的却是简爷，只见他高声大气地对老鸨吩咐道："李妈妈可听清楚了？下次有鲜货，派人给我报个信儿，价钱不计！"

空气瞬间冰结，众姑娘与嫖客都安静下来，围观好戏。看黄家二少爷和简爷到最后哪个占先儿，这是气势的问题，说得再透一点儿，就是钱的问题。所以梁子结到后头，吃亏的必定是简爷，为了与黄慕云争风头，那些苦苦恪守四十年的计划与节制瞬间化作烟云，居然也学着纨绔子弟玩起一掷千金的把戏。黄慕云到风月楼自然来得更勤，只是一次都不叫桃枝，他不要，简爷肯定也不要，双方都把红牌给晾起来，专挑干净的下手，十五岁雏妓的开苞费抬到一千块了，还相持不下。最后简爷满头大汗地叫出了"一千二"的价钱，然后绷紧神经看黄慕云的反应，孰料对方竟悠悠然吃了一口茶，笑道："那今晚我就叫桃枝了。"

于是当天，简爷生平头一次赊了账。众人都看明白了，知是黄慕云变着法儿耍他，却不敢点破，忍着笑给那小姑娘做开苞的准备。黄慕云却理直气壮地搂着桃枝进房去了，顺便还替楼下的嫖客付了一轮酒资，反而换来众人一片叫好。

不久，简爷欠债的事儿风传整个青云镇，老鸨叫人去收了几次都没收回来，便亲自登门来讨。他气哼哼坐在门槛儿上，扒着手里的半碗咸肉豌豆饭，半眼都不看那讨债的。老鸨一急，便翻了脸，扬言若三天之内不还，就别指望平安过这个年了。简爷冷笑道："反正我一把年纪，也早活得不耐烦了，你们要怎样就怎样，难不成还怕你们？"

老鸨也不甘示弱，回道："简爷言重，倒不敢要你的命，只是我开这窑子，手里姑娘是经过不少，想逃的也不是没有，个个都要弄死，岂不亏煞老本？我自然是有那教人生不如死的法子！"

那最后一句，勾起了简爷要逃命的欲望，往后的三天他果然是不见踪影，家里但凡值钱的也早就搬走，也不知去了哪里。气得那老鸨回去掐了桃枝好几下出气，嘴里骂："小贱人！性子浪，花样儿还多！跟这老头子睡了那几天，也没探出他底细来，害我白白亏了个黄花闺女，你可赔得起我？"

稀奇的是到了第五天，简政良又抬头挺胸走进风月楼，一千两百块票子甩得哗哗响，老鸨忙接过去，娇声抱怨他怎么失踪那么多日，怪招人想的。

"李妈妈，今后不用再想了，我天天来。"简爷又恢复那一副"爷"的派头。

"哟！你可是到哪里发了财了？"

"何止发财？我是找到棵摇钱树啊！"他兴奋的语气里隐约杂带一缕悲凉，接着喃喃道，"其实早该去找他的……"

简爷突然发达的事又成了青云镇奇谈，大抵此时，唯黄家某个大人物才知道真相。他把那两千块的票子交到简爷手里时，心里恨不能杀人。

-3-

因分不出白天黑夜，黄莫如已不知躺了几天，只觉浑身骨头都是断的，动一根手指都要用尽全力，且还痛到锥心。尤其后脑勺，一直处于麻木状态，微微抬动下巴，便能清醒地认识到头发从木地板上拉扯起来的刺痛，他晓得那是血水在发梢凝固，将头皮粘在地上的缘故，竟稍稍有些放心，至少血是自动止了。

一开始，他总是想爬起来，刚坐直，便天旋地转，复又倒下，额头一次次与木阶梯相撞，遂又昏死过去。因此他不敢再试，只保持一动不动的姿势，整张背都压在阶梯上，因辰光太久，梯沿已深嵌进皮肉里，所以每每想要翻身，都要伤筋错骨，力道用得不对，后脑好不容易被血凝合住的伤口还会崩裂，再让他失一次元气。他是想到过死的，百般挣扎之后，终于耗尽了性命，在伸手不见五指的地方慢慢腐烂，直到立秋那天祭祖，要清扫整个宅子的时候才会被发现，那时他已变成干尸，眼球被老鼠啃了个干净……

老鼠……

他突然想到自己竟没听见过半声“吱吱”的鼠叫，这说明什么？难不成他落难的地方已荒芜到小东西都养不活了？绝望此时才缓缓爬上来，他像初生婴儿一般，试图把自己蜷缩起来，再找一根营养管含进嘴里，吮吸生命赖以延续的汁液。无奈什么都没有，除了后脑壳上凝结了又脱落再凝结起来的血痂。他只好费力抬起手，抚了一下后脑，背上的筋即刻绷紧，幸亏手已摸到干硬的血块，他把它放进嘴里，闭上眼，口腔旋即充满铁锈味道，但还要强逼自己不吐，奢望能再熬一熬。

又不知睡了多久，他以为自己已恢复一些力气，便颤巍巍地往台阶下方移动，眼睛适应黑暗之后，勉强能看到一些东西的轮廓，譬如阶梯底下约十尺远的地方，有个门，上边吐环的铜狮头正对他怒视。他奋力将自己摔离那阶梯，身上每块肉都已不是自己的了，它们落在地上，灰尘很快扑来，捂住他的口鼻。他咳了两声，胸腹剧痛无比，想是肋骨断了，至于断了几根已无从猜测，此时要紧的是能让手摸那两只铜环，它是他唯一的救命稻草。

在尘埃里匍匐前进，最麻烦的地方是皮肤上都是棉絮状的脏物，即便是软的，那些细小的颗粒还是会钻进毛孔，让人浑身不自在。他并不畏脏，事实上，记忆里他一直是个扛得住脏的人。呼吸已变得艰难，灰尘在鼻孔里舞蹈，将原本便闭塞的空间堵得更狭窄，他生怕自己爬的方向错了，舌头已紧张到麻痹，可唯有十根手指抠住地板裂缝的触感是真实的，借着那微弱的真实，他不断往前移动，直至摸到那堵厚厚的门。他欣喜若狂，将整个身体趴在门上，右臂伸长，摸到一个浮凸光滑的硬物，遂从指缝间发出“咣当”一声。

“救……救命！”

他撕扯着嗓子，却只听见一个出奇喑哑的闷声在自己耳中回响，根本传不到外头去。他当下心冷了，对自己破音的喉咙沮丧不已。于是只得拍门，也不知力道轻重，只知门在不停抖震，但很微弱。铜环与门壁不断碰撞，他的肩膀亦一次次靠在门上，这已是最积极的突破姿势，断不可能做得再多。

“救命——”他有些急了，后脑壳的伤疤再次崩裂，一股温热的液体已渗过头皮，流到后颈，再直达背心……宛若生命也随之陨灭。他只得拼命撞门、拍门，将自己托付给门外那些渺茫的过路客。

突然间，他全身扑了出来，抬头时一大片白花花的光线刺穿了眼球，他发出一声惨叫，俯在地上。如此向往光明，待它真的来了，他却几乎要被它弄瞎，只得这么样回避着。

“莫如！莫如！你怎么了？”一个女人的声音在他头顶飘荡，他不敢再抬起头来，烈阳烧灼着他流血的脑壳和满是污尘的背脊。

“赶紧叫人把他抬回去，他头上有伤。”另一个粗声大气的女声响起。

他慢慢睁开眼，用双手护着，转过头来，透过指缝看到两张错愕的面孔，都是女人，一个梳着油光光的短卷发，妆化得很端正，只是并不漂亮；另一个只胡乱扎了两根粗辫，垂在胸前，土蓝色的旗袍上发出浓浓的烟味。

“莫如！你这是怎么了？”短卷发的年轻女子双眼含泪，想将他的头颅支起，又怕触到伤口，只得在一旁束手无策。

那绑长辫的倒也镇定，将一只手放在他颈下，用手绢包住受伤的后脑壳，还顺便翻了他的衣袋，从里边拿出一根火折子。

“你们是谁？”黄莫如怔怔地望着那两个女人。

短卷发的登时睁大眼睛，泣道：“我是你姐姐，梦清啊！你不记得了？”

他对这个答案回以困惑的表情。

绑辫子的女人却皱眉道：“可能是在里边摔糊涂了，一时脑子发蒙了，先送回去再说。”

他这才有些惶然，开始努力回忆一些逃生之外的东西。譬如他是谁？现在何处？眼前这两位姑娘与他又是什么关系？

头颅瞬间像炸裂一般痛楚，他忍不住捂住双耳尖叫，可声音却如锯子锉过树干一般沉闷，嘴里的铁锈味甚至还在不断提醒他刚刚经历过的地狱之旅。

黄家大少爷竟在由外锁住的藏书楼里找到，可谓“奇迹”。郎中诊断讲他是从高处坠落，不小心磕了后脑，伤得有些重了，这才摔得失忆。杜春晓冷眼旁观，也不说话，只将手中一张男祭司牌放在脸上蹭来蹭去。苏巧梅哭得眼睛跟核桃一般，想不通自己都供奉佛祖了，佛祖为何反而不保佑自己的儿子，让他三番两次地遭横祸。

“杜小姐，听说你的牌准，可否给莫如算一算？”这是念完经以后，二太太说的头一句话。

“二太太的意思是，我在你家白吃白住这几天，却没将害大太太吃钉子的元凶找出来，所以这次得还您儿子一个公道？”杜春晓竟不依不饶，口气冲得像吃了几斤火药。

苏巧梅没料到会碰这样的硬钉子，当下瞠目结舌，讲不出半个字。

黄梦清忙上来劝道：“折腾了一天，大家都累了，还是回去歇着，这里有小月和红珠轮流陪夜，都散去吧。”

大家这才陆续散了，唯苏巧梅还抓着儿子的手不肯放，黄梦清便将随行来的唐晖拉到一旁，讲等歇让厨房送些点心过来给几个下人垫饥，可一定要把人看好，有什么要帮忙的只管过来开口。交代完之后，才与杜春晓回屋去了。

杜春晓似乎还在气头上，玉莲服侍二人擦洗之后，她便将牌往睡席上一摔，嗔道：“这么大的事，为什么不告诉我？！”

黄梦清假装吃惊，强笑道：“什么事我没告诉你了？要冲我发那么大脾气？”

“你还瞒！”杜春晓到底憋不住，竟走到背对着她摘耳坠子的黄梦清跟前，狠掐了一把对方的肩膀，并将手里的一件东西拍在梳妆台上，质问道，“这是什么？”

是从黄莫如袋里翻出的火折子。

黄梦清怔了一下，这才长叹一声，说道：“难道弟弟出了事儿，我这个做姐姐的不会担心？你又凭什么气我？”

“这种火折子，镇上是没有的，纵有也都是黄纸做起来的。不像这个，用了磷硝，完全就是我跟你在英伦念书的时候，专门去丛林里玩探险游戏时备的东西，你当时间久了我就认不出来？他跟你要这样的东西，必定是用在冒险的地方，你倒好，竟就这么让他去了！”她浑身冒着火气，却还是尽量压低声线。

“你以为我想让他去吗？你以为我不想问吗？”黄梦清抬起头，

两只眼圈儿都是红的，“他的脾气你不清楚，我可是知道得很，越是逼他，他越不会讲，但做什么事都自有他的道理在。你若这次因他不讲原因，便不肯帮，下一次他就要走更极端的路子，到时我后悔那才叫来不及！”说毕，已止不住哽咽。

“那他落得现在的下场就是来得及了？算你救他一命了？”杜春晓怒气渐消，口吻也温柔起来，想再多辩两句，见黄梦清已哭成泪人，到底还是不忍，便反过来哄她。

那一夜，杜春晓竟失眠了，千言万语想吐个痛快，却又硬生生堵回心里去。同时，她亦悄悄做了个决定，那便是还要想办法在黄家待更长的时间。

-4-

夏冰用铅笔在小本子上写了几行字：黄莫如在藏书楼内坠楼受伤——火折子——藏书楼的门由外锁住——失忆。

诸多不明之处，几乎要将他的脑袋撑爆，他只得抬头做了个深呼吸，将身体嵌进书铺柜台后边那只藤椅里去。杜春晓不在，他的思路似乎也不通了，但很明显，黄家大少爷的这次“意外”太过蹊跷，既然发现他的时候，门是由外反锁的，他又是怎么进到楼里去的？还有后脑的伤口形状根本不像是在木楼梯上磕的，分明就是受硬物击打所致。如此说来，黄莫如必定是通过什么方式潜入楼中，随后受到袭击，从楼上滚落，醒来之后摸到了门，拼命敲打，引起注意。他在黄家无故失踪了两天，众人都是掘地三尺地找，所幸黄梦清与杜春晓运气甚好，刚巧在藏书楼边转悠，听见微弱的拍门声，这才将他救出。

可是……他总觉得哪个地方有些别扭，讲不出来，直觉却是在的。他深信杜春晓与他一样，有神秘的东西潜伏于体内，令二人变得敏感、尖锐、聪慧却又有些不可理喻。

下午闷热，人易疲睡，他手中捏着本《李自成传》，却怎么都看不下去，不消一刻的工夫，那书便从手中滑落。可能是书的原因，梦里都在血战沙场，他披着大盔甲，骑汗血宝马，耳边杀声震天，只觉底下的兵蝼蚁一般渺小，却怎么都碾不死。才战了一会儿，却闻战鼓声换成了女人的叫骂声，他有些不信，定下神来细听，这一听便醒过来了，叫骂仍没有停，原是后头杀猪弄传过来的。他打了个哈欠，对暗娼与嫖客为那几块钱吵吵闹闹也见怪不怪，便埋头又要睡去。孰料弄堂里又拔起一声尖叫："杀人啦！"

他犹豫了一下，当下还是走出来，拜托旁边卖香烛的替他看着会儿铺子，自己便拐去杀猪弄看热闹了。

转了一个弯，远远便看见顶着一头乱发、身穿水红短衫的齐秋宝整个人趴在地上，死死将简政良的左脚抱在怀里。旁边接生意的老婆子已是束手无策，站在旁边瞧着，也不知该劝谁。见夏冰来了，忙上前求助："哎呀，小哥儿呀，快劝一劝，要出事情了呀！"

"出什么事儿了？"夏冰硬着头皮上来调解，朝简爷眼睛一瞪，喝道，"两个人拉拉扯扯做什么？很光明正大是怎么的？"

简爷借机一脚把秋宝蹬开，整了整簇新的长衫，手里那把折扇摇得呼呼响。见来人是从小看到大的夏冰，他即刻抖起来了，回道："什么事儿，你问这婊子！哪有强拉客的道理？"

"呸！"齐秋宝忽地爬起来，手指头点到简爷的鼻头上，"简爷你自己说说，到我这里来光顾了几年？我秋宝可是个强买强卖抠客人小钱儿的主？分明是他如今有了新欢，把这里几个旧相好都丢脖子后头去了。丢就丢了，也没什么，还巴巴儿过来逛，我自然以为是要服侍的。结果不过来调排我几句，叫我别做了，还把先前不知哪里弄来的脏病赖在我头上。我是要做生意的呀，哪经得起熟客这么诽谤！今儿你不把话讲清楚，就休想走了！"

夏冰倒是不讨厌齐秋宝，她今年四十三岁，年轻时是有名的"绣坊西施”，风姿曼妙得很。其丈夫亦是富足的蚕农，却不料某一日突然失了踪，她伤心过度，导致小产。从此变得自暴自弃起来，绣坊也不开了，倒是搬到杀猪弄做起皮肉买卖。不出几年，人便老了二三十岁，额上阡陌纵横，眼角眉梢尽是苍凉。虽是干这下九流营生，她却是个脾气坦率的人，去菜市场买东西都理直气壮地跟贩子讨价还价。有一回张屠夫嬉皮笑脸道：“叫我给你便宜些，那你怎么没给我算便宜过呀？”说完便挨了她火辣辣的一掌。所以齐秋宝的泼辣强悍是出了名的，偏偏男人骨子里都有些贱，就爱夜半无人时揣着银洋摸来弄堂里孝敬这“胭脂虎”。所以这样的女人被简爷调戏说有脏病，这口气哪里忍得下，自然要冲上来跟他拼命。

简爷如今财大气粗，心想我随便取笑一下婊子又如何，于是更不服气，只回骂说她淫病发作，身上早就生满梅疮，不信就脱光了让大伙儿验证一下。因动静太大，此时弄堂里已挤满了人，连王二狗都丢下烧饼摊来这里凑热闹。

“好了好了！这事儿没什么好吵的，一个大男人，跟女人计较什么？还是回去喝口老酒，等夜了去茶楼听戏。”夏冰同情的虽是秋宝，话却是哄着简爷说的。

围观的却不肯了，不知哪个好事儿的丢过来一句话：“有病没病，真脱下来看看啊，不然今后可怎么让人放心呢？”

说毕，人群里发出一阵哄笑，纷纷迎合叫“脱”。

齐秋宝冷笑一声，劈腿叉腰对着那些人，道：“好！今天老娘让你们开开眼，若我身上没病，姓简的你就跪下来给我磕三个响头！”

夏冰欲上前阻止已来不及，她嗖嗖嗖将身上的短衫领扣一解，直接从头将它扯出来，同时还腾出一只手来扯下肚兜，速度之快，叹为观止。众人一时反应不过来，吵闹声瞬间停歇，都望着眼前一丝不挂的人，连原本想要嘴皮子的都忘记开口。

她便这么样在太阳底下转了三个圈儿，因长期在屋内的关系，皮肤苍黄如纸，肚皮上的皱纹也触目惊心，这些瑕疵平常在灯光昏暗的房子里是看不到的。简爷这才开始惊讶于齐秋宝的老，暗暗感慨当年的“绣坊西施”如今已成了不折不扣的半老徐娘，然而她竟一点儿不羞于被岁月折磨，仍是傲慢的，要自尊的。

“如何？看清楚了没？还不给我磕头？”齐秋宝弯腰拾起衣衫，并不急着穿，只搭在右肩上，拿眼斜睨简爷。

“磕头！快磕头！”人群里又爆出一记唤喝，大家像是登时回过神来，纷纷倒戈，要简爷磕头。

简爷红着脖子骂道：“起什么哄呀！我说要磕头了吗？是这娘们儿自己讲出来的，我可没答应！”

一句话引得无数嘘声。夏冰还要再打圆场，却怎么都张不开口。

齐秋宝听到这耍赖的话，眉毛一竖，冲上来便要抓简爷的衣领子，他反应够快，一把将她推倒在地，她也不示弱，没再抱住对方的腿脚哭闹，反而坐在地上大笑：“亏得镇上的人叫了你十几年的爷，不过就是个欺负女人的软蛋，比长舌妇还不如！”

简爷当下无话，只铁青着脸转身走了，出弄堂的间中，背后仍回响一片喝倒彩的掌声。

“逼烂的贱货，早晚收拾她！”这是他给自己发的毒誓。

简爷一离开，好戏便也散了场，齐秋宝拍落膝上的灰土，突然往夏冰身上一靠，压声道：“晚上老地方等。”

夏冰转头看了眼瞬间变得空荡荡的弄堂，没有作声。杀猪弄就是这样，平日似乎人烟稀少，像块荒土，然这里的暗妓衣食还是有着落的，可见光顾这里的嫖客均是不可见天日的幽灵，上风月楼的才算得上光明正大。简爷就是这么样“死而复生”，摆脱了“幽灵”的嫌疑。

齐秋宝所谓的“老地方”，实则是镇河西口原先她开过的绣坊旁边那条巷子，如今绣坊已被一个寡妇顶下开了间胭脂铺，并带出售各色梳子，极受女子青睐。齐秋宝刚到铺子门口，身后便有人叫住她，回头一看，竟是桃枝。虽说同是粉头，却多少还有些差异，桃枝看起来要比秋宝略“尊贵”一些，客气也都是口头上的，实则不过听说白天她脱光身子闹过一出，于是想从事主那里再套些谈资。只可惜秋宝显然有些心不在焉，聊了没几句便说有事儿要走，桃枝哪里肯放，笑道：“你这是急着去会哪个情郎呀？可别是简爷吧？”

秋宝立刻往地上啐了一口，道：“你哪只狗眼看到我去会情郎啦？别以为你是风月楼的就了不起，还不是跟我伺候一样的男人！”

说毕，也不管桃枝脸上挂不挂得住，转身便要拐进巷子里去。

桃枝也不动气，只望着那急匆匆的背影，笑道：“若是去会情郎，另选个时辰也介绍给我，可别吃独食！”

秋宝听见，转过头冷笑道：“稀奇了，谁规定杀猪弄的婊子就不能吃‘独食’了？老娘偏要吃！”

此后几天，简政良走在街上，但凡迎头碰上叫他“简爷”的，口气都微妙得很，仿佛含了千万个讽刺在里头，让他如芒在背。

那是桃枝最后一次看见齐秋宝，之后她便凭空不见了。杀猪弄的小窗格子上只系了一块她揽客用的绸帕，绣着彩蝶戏牡丹的图案，手工细巧，色泽艳丽，栩栩如生。

老婆子急得满头汗，说秋宝不可能突然离开镇子，找了两天未果，只得去求夏冰帮忙。夏冰心里隐约知道这个事儿该先疑到谁头上去，便满口答应下来。因青云镇的娼妓也不分在哪里做的，有个三长两短保警队都不会过问，只当是活该，这已成了暗规；谁若要帮着去查，是要挨板子的。所以夏冰对老婆子千叮咛万嘱咐，莫要让队里的人知道，甚至秋宝不见了的事儿也不可四处张扬，否则谁都不讨好。老婆子自然是懂的，当下塞给他两包烟，十块钱，便匆匆离开了。

要找简政良，只投准三处地方即可：镇西头的茶馆，风月楼，他自己家。夏冰大致估摸了一下时辰，这个时候应该在窑子里乐着，于是便去了那里，可远远看见风月楼的招牌便停下了。他一个后生，进这样的地方，即便是来找人的，也在众人眼皮子底下，难听不说，事儿也不一定办得成。因此牙一咬，便去找了杜春晓，女人进去总惹不出闲话来吧。

谁知杜春晓听完后，当场给他后脑拍了一掌，骂道："你还真是缺心眼儿！这种时候，简爷怎么还会去风月楼？前不久刚被一个婊子弄得下不来台，如今还去会婊子，这不是触自己痛处吗？茶馆那种人多嘴杂的地方他也断不会去，讨人取笑不成？这几天若还是个正常人，保准在家里待着清静几天，待风头过了再出门的。亏你还是个警察，脑子没一天灵光的！"

夏冰这才像"开了天眼"，拉着杜春晓便往简爷家里赶，敲了半晌的门，里边也没个动静，只得问他的邻居。邻居讲也是几日没见到人了，跟从前躲妓院的债一样，所以见怪不怪了，都觉得他不定哪天就突然又冒出来，所以也无人在意。杜春晓却还是觉得不对，怂恿夏冰硬闯，他到底还是不敢，只站在门前发愣。杜春晓狠狠瞪他一眼，拿出一张牌来，插进门缝里，拨弄半日，只听"咔嗒"一声，门杠落地。

"你进去，我在外头放风。"杜春晓下了命令，夏冰只得乖乖照办。

不消一刻钟便出来，面色煞白，神情紧张。

"怎么样？"杜春晓不知什么时候在路边买了枝莲蓬，正剥里边的莲子来吃，脚边落了一地白白绿绿的壳。

"人在，不过死了。"

-5-

简政良的脑袋埋在半只西瓜里，头顶围了一圈儿苍蝇，已臭得让人屏息。

杜春晓却还在挖莲子，嘴巴不停嚼动，像是对尸体已经习惯的样子。夏冰一脸稀奇地看着她，问道："你居然还能吃得下东西？"

她对他翻了个亲切的白眼，遂四处转悠起来，像在找什么特别的东西。简政良的家宅不大，只有一个外间并一个里间睡屋，左边耳房专用来开灶烧饭。简政良便坐在外间的饭桌上，一张脸埋在西瓜里，后脑勺插了一柄利斧。屋子里收拾得相当齐整，打开衣柜，里头挂着几件干净的长衫、冬天穿的长大衣和棉袄，抽屉里摆着十几对儿雪白袜子，还有一些短裤汗衣。旁边一张大床上，盖着油光光的竹篾席子，摸上去滑腻腻的，那衣橱上长绿锈的铜环片亦一样碰不得。

待杜春晓出来，夏冰已粗粗检查过尸体，正色道："你可记得黄家一个叫吟香的丫头，偷了三太太的东西逃去县城，后来被发现死在镇西河滩边上，也是头顶挨了一斧死的。"

"没错。"杜春晓点头道，"手法差不多，只一点不同。"

"哪一点？"

"那凶手必定是与吟香很亲近的人，所以她才会深夜在那里等这个人，并且对其也不防备，才被正面劈中。但凶手对简政良来说可能本来就不认识，或者其不受简爷欢迎，所以才带着斧子从背后袭击他。"

她手中的莲蓬已变瘪变轻，莲子吃得精光，肚子却一点儿不觉饱。有些更奇特的东西吸引住她，只是一时半会儿，还不能让夏冰知道。

简爷的死，在保警队的李常登他们看来，与"寿终正寝"无异。无论男女，"老孤身"对青云镇的人来讲，都像是多余的，反正也不具备传宗接代的条件，换言之就是个"废物"。尤其像简爷那样的，终日吃喝玩乐，过得有些太过逍遥，且谁都好奇他的钱从哪儿来，但都不去问。所以李常登到简政良家中进行第二轮搜索的时候，讲白了便是找钱。他和乔副队长敲遍了每一块地砖，摸索了每一块家具的木板，最后在后院的墙根下边踩到一个银洋，顺势挖下去，竟掘出两只黄瓷罐，一罐里装了满满的银洋，另一罐却是用橡皮筋绑着一扎扎的钞票，共有一百扎，也就是一万元整。这笔巨款让保警队长瞠目结舌，都说就算养几辈子的蚕也断不可能挣出那么多来。

更蹊跷的是，齐秋宝此时却出现了，就漂浮在镇河上，与浮萍和菱草缠在一起，稳稳地随波逐流，依旧像那日要证明自己的干净一样，是赤身裸体的，腿踝上圈着一根粗红线。几个蹲在河边台阶上洗衣裳的婆娘远远看到一只白色水鸟停在绿萍上，还当好玩儿，捡石头打了几下，水鸟惊飞之后，尸首缓缓移近，肚皮已被啄开，翻出粉色的肉。

青云镇即刻沸腾起来，李常登此时却正忙于和乔副队长瓜分简政良的私房钱，连验尸都有些懒，但还是骂骂咧咧地去了。草草看过之后，从脖颈上一圈黑紫的印迹看，乔副队长断定齐秋宝系被勒毙，夏冰在一旁自言自语道："那不是和黄家那几个丫鬟的死法一样……"

李常登听见这话，两眼一瞪，恶声恶气道："哪里一样？她的肚子又没被切掉！"

桂姐将药吹凉之后，端到黄慕云手边，他淡淡一笑，拿起来喝了，因从小灌到大的苦水，已经习惯，连眉头都不皱一皱。所以他不爱与家人一道吃饭，嫌饭菜味同嚼蜡，往后十年间，均是桂姐偷偷嘱咐厨子特意做了重口味儿的东西来满足他，只是越这么样的吃法，越是伤身。她本是想劝的，可一想到真正能让他听劝的那位白子枫都已死了，三太太又得了失心疯，如今他还能听信谁呢？她自认没这个资格来管束，只能由着他去。

刚想到这一层，二小姐房里的素芸走进来，手里提着一个黑底漆金的食篮。

桂姐端起空了的药碗，跑出来迎她，笑道："怎么这会子想到要过来了？"

素芸将食篮递给桂姐，脆生生答道："这个是二小姐从大少爷房里拿来的。因这几日来探望大少爷的人太多，送来的东西都快放不下了，只能匀一些出来给其他房的少爷小姐。如今二少爷遇上这些事儿，日子过得艰难，房里也只你一个人派得上用场，哪里抽得出空过来拿东西？别看二小姐平素粗枝大叶的，这会子倒也想得周全，让我到那大少爷房里挑一样好的送过来。”

桂姐听罢，心中无比感激，要素芸进来坐一会儿聊聊天，对方推说天色晚了，便急急地走进里屋，向黄慕云请了安，说明来意。他当下便命桂姐塞了一块钱给她，她也不推托，拿了钱便告辞了。

素芸一回屋，便见廊檐下站着一个人，走近了才发现是黄菲菲，急吼吼的样子，见她来了，便一把拉住，拖进里屋，遂哑着嗓子问道：“可看清楚了？”

“看清楚了。”素芸点头。

“有没有？”

素芸轻轻摇了摇头，仿佛将黄菲菲的希望都摇空了。她只得呆呆坐回椅子上，喃喃道：“难道我猜错了？”

黄菲菲与黄梦清的关系有些高深莫测，她们平素不大往来，甚至往往是其中一个人出现的场合，另一个就尽量不出现，除非一家人用餐，抑或参加祭祖一类的活动，否则是决不碰面的。下人们起初有些诧异，辰光一长便也见怪不怪了，她们地位身份确是有些差别，只是无人愿意点破，假装不知道。

因此黄梦清主动来找黄菲菲，确是把素芸吓得不轻，以为自己看错，于是“大小姐”三个字也叫得很响，像是在跟自己确认。大小姐来得突然，二小姐却一点儿都不意外，反而过来挽住她的手，姐妹俩亲亲热热地进到里屋，还让素芸切了些西瓜进来吃。

黄梦清果然好久不来妹妹这里，跨进她的睡房便四下打量一番。墙上没半幅字画，倒是挂了两杆雕花包银手柄的西洋猎枪，法兰西铁架床上纱围幔绕的，看着便觉得热。更衣用的陶瓷屏风上画着偌大的荷花图，上头搭着件日式和服，樱花如血喷溅。

她忍不住笑道：“你这里确是见不得人，不伦不类的。”

“走出去见得人就好了，至于里头怎么样，都是看不到的。”黄菲菲大咧咧地往地上一坐，黄清梦这才看到原来竹席是铺在地上了，方想到原来妹妹早已不睡床，酷暑天气都在地上纳凉过夜的。她即刻也有些兴起，便也一屁股坐到地上，两人相视而笑。

“听说你今天去看莫如了？”黄清梦开门见山地问。

黄菲菲点头，补充道：“还让素芸去慕云那里走了一遭。”

“难得见你走动得那么勤快，必是有什么缘故吧？”她团扇轻摇，竭力装作问得很不经意。

孰料黄菲菲将头一歪，回道：“看他在藏书楼里摔成那样，自然是想知道个究竟。又听大夫说什么都记不得了，生怕他连我这个妹妹也不认得，就去看他。还问他怎么会去藏书楼里，你猜他怎么回的？”

黄梦清不搭腔，只以眼神示意她往下说。

“他说他知道我是妹妹，还说去藏书楼的原因也记得。”

“什么原因？”

“他说……”她顿了一下，继续道，“是有人叫他帮忙去楼里找本古书，他才去的。”

“是谁叫他去的？”

“说是慕云。”

“所以你才让素芸去看慕云了？”

“不止做了那些。”黄菲菲咧嘴一笑，露出一排森然的白齿。

黄梦清的心不由得抽紧，她早就晓得这个妹妹有些隐秘的“长处”，是黄家多数人都不知道的。

她十岁那年，黄菲菲八岁，两个人一道在井边玩耍，后头跟了个腿脚已不太利索的老妈子。原本只是站在那里挑花线绊，挑到一半，黄菲菲突然指着坐在井沿儿上打盹儿的老妈子道：“姐姐，咱们把她推下去可好？”黄梦清知道这样做不对，便摇头不肯。黄菲菲又道：“那姐姐，这次挑花线绊我若赢了你，你替我做件事好不好？”她当即答应，因妹妹玩这个从未赢过她。结果不知怎的，红线偏就这次在黄梦清手里散开了，她只得无奈地看着妹妹，妹妹却仰起天真的面孔，不时望望井台，再看看姐姐，意思很明显。她瞬间有些气恼，要再来一盘决胜负，于是又挑了一次，线依旧松脱在她手里，妹妹像是突然被附了什么魔法，心灵手巧的程度突然超出了姐姐的想象。

玩过三盘之后，她只得认输，于是蹑手蹑脚地靠近那老妈子，老妈子丝毫不曾察觉，甚至发出有节奏的鼻鼾，身子随甜蜜的呼吸缓缓起伏。黄梦清却愈来愈紧张，人虽已走到井边儿，腿还是抖的，可心里也有些莫名的兴奋，想象老妈子扑通一声掉到井里的模样，必定是滑稽可笑的，竟悄悄期待起来。老妈子当时还不知厄运临头，睡得死死的，黄梦清的手已触到她的腰际还浑然不觉。

她心里盘算着，要怎么出力，往哪一侧用力推，老妈子才能准确无误地掉进井里呢？突然发现计划都有问题，动作不由得也迟疑起来。

就在这时，黄菲菲突然发出一声歇斯底里的大叫：“小心！”

老妈子登时被惊醒，口水都还来不及擦，整个人惊跳起来。由于井沿过窄，她苏醒的动作幅度又过大，两脚随之扬起，人已失去平衡，不偏不倚朝后翻入井口。

黄梦清还不晓得怎么回事，她梦寐以求的“扑通”声已然在耳边响起。接着便是黄菲菲撕心裂肺的尖叫哭喊，没完没了，似乎要把空气都扯破。众人应声赶来，见她边哭边指着井口，即刻明白出了什么事，七手八脚忙乱了一通，总算把湿淋淋的老妈子拉了出来。

当黄天鸣问及老妈子是怎么落井的时候，黄梦清看到妹妹的手哆哆嗦嗦地指向了自己。

-6-

食盒最底层，放着几颗压扁泛黄的蚕茧。

黄慕云面容麻木地将蚕茧拿出来，放进衣裳侧袋里，回头对桂姐道："我去看看哥哥。"

蚕茧于是又落到黄莫如手上，非常干瘪，透过裂缝可窥见里头嫩褐色的蛹，轻摇一摇，会发出"咔咔"的响动。他茫然地看着弟弟，似乎在希冀他能透过这些茧给出某个答案，无奈弟弟却以类似的眼神看他。

"可记起什么来了？比如我是谁？"黄慕云观察哥哥的神色，眼睛睁得极大，生怕错过一丝异样的反应。

黄莫如却还是淡淡的，突然将茧子丢在地上，抬脚踩上去，用力蹍了几下，茧壳在布鞋底下发出轻微的"噗噗"声。它钻进他的脑子里，伸出一只透明的手，努力拉扯他陷入黑洞的记忆……

"家人和几个下人，都已经认得了，只是受伤那日究竟发生过什么，我这里还是一笔糊涂账。"他指指自己用纱布绕过一圈儿的头颅，苦笑道。

"哥哥是真想不起，还是假想不起？好似你跟人家说的可不一样。"黄慕云单刀直入，透露了自己兴师问罪的来意。

这一句，将黄莫如彻底逼进迷雾，他竭力回想，却怎么都记不起自己跟谁讲过什么，但直觉那必然是很重要的话。可如今他非但认不得自己的亲娘和兄弟姐妹，甚至连先前发生在黄家的几件凶案都已忘得一干二净，偶尔有几个名字会从他脑中跳出来，譬如"雪儿""春晓""梦清"，还有一个奇特的名字，只一想起来便心如刀绞，像鸦片剂一点点锥进脊髓里去，冰冷、潮湿、甜蜜……

"晓满……"

那说不得的名字，在喉间绕了一圈儿，终于吐出来了。他不由得站了起来，要追随那称呼而去。他不晓得二字该放在谁的头上，直觉该是个女人，更该是肤若凝脂、指若柔荑的，周身罩着白兰花清爽羞涩的香气，否则便配不起肝肠寸断的渴盼。

"哥哥你刚刚在说什么？"黄慕云追问过来。

这一问，把刚刚勾起的记忆线头硬生生扯断了，他只得又坐下，低垂着头，怅然若失。

黄慕云却丝毫未有放松，继续质问："哥哥可是跟菲菲讲，说我要你去藏书楼找一本古书？怎么我倒不记得这个事儿了？"

"我……有说过？"

"你我都知道菲菲平素十句里有九句都是假的，但她如今这么斩钉截铁地赖我，我总觉得必是有什么缘故在里头。妹妹到你屋里来的时候，可有说过些什么？"他越问越急，似要强行将对方的记忆拉出来。

"晓满……"

他喃喃自语，突然头痛欲裂，像一根神经突然被揪起，拿剪刀戳绞一般。他只得号叫、翻滚，身上每个毛孔都是炸开的，恨不能将这层皮撕下来，让自己透一透气。空气瞬间变成匕首，刺穿他的灵魂，接下来连呼吸都是僵硬的，感觉喉咙已灌满咸腥的血浆，吐出来却是稠白的黏液。随后他将头埋在地上，嘤嘤地哭起来。小月抚着他的背脊，回头对愣在一边的黄慕云道："二少爷回去吧，大少爷已经累了。"

黄慕云出去的时候，发现走动起来鞋底有异样，于是翻过脚掌来看，一颗污脏压扁的茧子正牢牢贴在脚心。

晓满……

黄莫如行走在梦林深处，一个叫晓满的女人站在青云镇镇河中央向他招手，手中执一把湖绿绲金边的绸面伞，胸前一颗蜻蜓扣上挂着两朵白兰花。他跟着她，踏过河边每一寸茂盛的芦草，天上飘落的雪珠打在他的头顶和手背，竟是温温的，仔细一看，竟是晶莹雪亮的蚕茧。他丢下茧子，仍随着她的背影前行。她的脸始终是一片模糊，被密降的蚕茧虚化了，可依稀看穿她半掩半张的嘴，下唇瓣正中那一道细微的咬痕，将它变成兜蜜的花瓣；他记得这样的唇是尝过的，令他愿意豁出半条性命。

整个青云镇已是白茫茫一片，河中生嫩的菱角缠着几络白丝，他愈追愈快，她却行得不紧不慢，指尖系着一条白丝，像是与那河水连在一道的。他觅着那丝踪迹，生怕它不小心断了，便与她从此诀别。

“晓满！”

他忍不住唤了她一声，她似乎没有听见，仍踏水而行，波光在足下分出一道黑色弧线，他于是跟着那弧线行走，每一脚都踏在污泥上，一步步深陷，拔得很是费力。他愈走愈慢，总觉得两只裤管都收紧了，往下一看，竟有七八只惨白的枯手正争先恐后抓他的脚踝，他恐惧得嘴唇发干，却叫不出声来，只得奋力迈开步子往前。那些手疯狂地向他蠕动，爬行速度极快，不消一刻便又在撕扯他的小腿。他几乎想索性就此跌倒，埋进那裂缝里去，让恶灵早点儿安歇……

“来，带你去一个新地方。”

她总算停下来，那句话也似曾相识，他再低头，那些手不知何时已缩回裂缝里去了。他两条腿布满碧青的指印，是刚刚那些恶灵留下的，它们灼伤了他的勇气。她依旧面目不清，眉眼如聚散不定的云层，唯朱唇半咬，轮廓分明。他吃力地向她靠近，她却将头颅垂下了，长及腰身的黑发轻轻在半空飘浮。他能看清她背部右侧的细痣，臀部中间那条深幽的沟缝，扁圆而微微下塌的曲线在分割处又变得顺长起来，他知道自己正在勃起，只得用力压住那里。她却像是洞穿了他的秘密，莞尔一笑，又道：“我们试试这个。”

镇河不见了，眼前是一条被日光照得眼花的短街，空气发出馋人的咸味，很熟悉，却又想不起出处。只知……只知那间铺子是小的，满是纹路的长木板架子上摆满瓶罐，都发出各色咸津津的气息。他躺在床上望着她，她的脸在那片咸气里渐渐有了线条，眼角飞翘入鬓，两条短厚的眼袋将眼睛衬得更大，金棕色瞳孔里藏了两汪春水。她俯下身，仿佛要吸走他的魂魄，他一动都不敢动，咸腥气塞满了肺腔。她将披垂的长发挽起，透薄的皮肤上到处镶嵌有湛蓝色血管，肚脐上一道妊娠纹皱绞如织，像缠满了亮晶晶的蚕丝。

她的嘴，在与空气交缠舞蹈的蚕丝网里微微张合，仿佛在问："知道了吗？"

"知道什么？"他想坐起来，腿脚却好像已自动脱落，半分都挪移不得。越过她的肩膀，他看到黑黄相间的木方桌上那盏煤油灯，正发出鬼火般青绿的光。

"知道了吗？"

她又问。

"知道什么？"他喉咙痒得难受，却又咳不出来，只得定定地看着她。

她将脸逼近，蓦地两只眼都没了瞳孔，剩下一对儿瓷白的珠子，正对着他冷笑，喉间一个血洞渐渐扩大，如绿豆，如鸽卵，如春桃，最后整只脖颈都血肉模糊，"咔"的一声断裂，头颅滚进他怀里。

"啊——啊啊——"

他狂叫，想把头颅掸下去，手臂却被人扯住。

"大少爷！大少爷！"

有人在不远处唤他，他猛地睁眼，发现小月正拼命推他的右臂，不由得松一口气。然而咸气却依旧充塞鼻腔，于是爬起来四下张望，却是床边茶几上摆着一碗已冷凝成雪白晶亮的小米粥，并一只浸在酱油里的皮蛋。

小月见他坐起，便替他脱了睡衣，拿了件银灰绛丝薄绸长衫出来，他懒懒地套上，拿起洗脸盆边沾好牙粉的牙刷漱起口来。才漱到一半，只听得外屋吵得很，次等丫鬟银霜尖细似针的嗓门不停扎着众人耳膜。

黄莫如皱了一下眉，示意小月出去瞧瞧。她走出外屋，大抵是压低声音讲了些什么，银霜的声音便弱下来，但还是隐约有几个字眼儿飘进他耳朵里，譬如"死"，再譬如"闹鬼"。他终于忍不住，将牙刷一丢径直走到外屋，见银霜白着一张脸，小月亦是紧张兮兮地咬指甲，便问出了什么事儿。

起先两个丫头都不敢讲，他有些恼了，口气也凶起来，小月这才强笑道："又不知哪里的孩子恶作剧，搞出一些事儿来，再这样，这里今后都不用……"

话未说完，黄莫如已走到门口，见一个男仆手提麻袋，表情半惊半恐，正将地上的死雀一只只拾起来。系各式各样的鸟，画眉、鹦鹉、娇凤、绣眼……曾经挂在各屋沿廊下的珍禽，几乎全成了硬邦邦的条尸，挤堆在他那里，宛若一座雀坟。那些鸟或半睁着眼，或双目紧闭，漆黑色瞳孔黯然无光，有些凄怨的神色。他腿脚当下有些打战，想要折身回去，已来不及，在"雀坟"上"哇"地吐了一口黄水。被小月搀扶进去的时候，他看到那男仆有些怨恨的眼神，原本"收尸"的活儿已够让他懊恼的，如今再加上主子的秽物，可不是为他添堵？

黄莫如有些愧疚，叫小月拿两个大洋出去赏了下人，并吩咐她跟老爷通传一声。当天下午，杜亮便将临时做鸟屋的空房子检查了一通，发现除少数几只极度珍稀的品种未遭毒手之外，其余的都已没了。他不由得擦了擦额上的冷汗，心想幸亏三太太疯了，已不知世事，若是还清醒着，依她这样钟情花鸟的人，保不齐就得肝肠寸断，要与那鬼魂拼命。

于是，薛醉驰生前精心制作的鸟笼子被堆在宅院里，一把火烧了个干净。夏末的炽热与火光融在一起，整个黄家都像被埋在蒸笼里了。杜春晓与众人一道围观这样气氛诡秘沉重的"奇景"，一面将西瓜皮往脸上颈上抹着。

黄梦清悄悄道："你说那鬼魂这一招可是想错了？据说原是想报复咱们黄家鸠占鹊巢，未曾想我爹更狠，将他那些宝贝鸟笼子都烧掉了。这下可要把鬼急坏了，说不准会做更出格的事儿。"

杜春晓笑回："不过关系也不大了，做得再出格，目前也只针对某一个人。"

黄梦清一听，当即沉下脸来，道："又在那里放屁！莫如从小就是个气性高的人儿，因此做事情光明磊落，如今被鬼缠上，也是没道理的。今儿缠的是他，明儿也不知道是谁。更何况世上本就没有鬼的，你也讲说自己早知是怎么回事，现在不揭穿，还等到什么时候去？”

“等更适当的时候。”

杜春晓望着庭院空地上那一捧升起的黑烟，表情随之竟也变得凄楚。

-7-

李常登总觉得事情有些不对头，虽说查简政良的案子让他和乔副队长发了笔横财，却怎么算都觉得有矛盾。一是简政良生前曾因付不起风月楼那一千多块的开苞费而四处躲债，可是却从他家天井里挖出这么多财产，绝对不像是手头拮据到要赖账的样子；二是对他家里那个只种有一株老槐树的天井充满兴趣，搜查那日太过匆忙，又怕被夏冰他们看见，所以挖得不够仔细彻底，食髓知味以后，心里还痒的，想再去死者家里抠一抠、刨一刨，没准还能再找出些惊喜来。

想到这一层，他自然不得不去找乔副队长，二人一拍即合，便趁夜半无人时又去了简家。在槐树下刨土的时候，乔副队长说了一句：“我怀疑，天井里有这些钱的事儿，连简爷自己都不知道，若是知道，他早就拿出来摆阔了。”

李常登也附和道：“跟你想到一起去了，可我就更不明白了，谁能到他家院子里藏东西呢？”

乔副队长默然不语，只垂头挖掘，他不是个健壮的人，每一铲下去都要费不少力气，因为赤膊的关系，动作幅度略大一点儿，细密的汗雨便溅到对面的李常登脸上。铲子撞到树根的辰光，洋槐上的白花纷纷落下，宛若轻雪初降，这情致该是美的，却笼罩了一层浓厚的欲望与凶险。汗珠从李常登的眉头震落，落进眼里，遂涌上一股酸涩，他也顾不得，只拿挂在颈上的毛巾胡乱擦了一把，又继续挖掘。

一记“咔”音，将两人的神经擒住了，像赌场玩花牌时揭宝，几家欢喜几家愁的时刻看似快到了。乔副队长兴奋地将铲子丢在一边儿，跪在地上用双手迅速拨开松土，边拨边笑道：“开宝了！这下开宝了！”

李常登也跑过来，与他一道用手刨起来，果真是不折不扣的“膝下黄金”，让他们自觉自愿地长跪于此。

是乔副队长先行摸到了东西，可手指触及的时候，心已凉了半截，因为挖出的“宝”太轻、太硬，必定不是金银，更非钞票。待捧出来，借那煤油灯的光一看，才知是一枚人头骨。乔副队长当即满面怒容，擦了一把汗，将那头骨摔在一边，骂道：“简政良这个孬货，原来还谋财害命！”李常登却猫着腰走过去，将头骨捡起，翻来覆去看了个仔细，自言自语道：“看情形，是死了几十年了，若真是这老小子干的勾当，亦属旧债。”

“长凳啊！”乔副队长突然挤出一丝奸笑，说道，“你小子不会是早就知道简政良这里另有隐情，所以变着法儿哄我来替你查案的吧？”

“胡说！”李常登放下头骨，回道，“若是哄你，分你的那些钱，还有现大洋，可是假的？”

乔副队长当下也觉得自己不妥，忙赔笑道：“跟你开玩笑的，还当真了！我只是在想啊，倘若简政良不知道天井里埋的钱，那么这屋子里的某处，必定还藏了他的体己。我们要不再找一找？”

“早就想到了，还用你讲？”李常登笑回，“你可觉得，一开始搜这屋子的时候，有什么不对劲儿的？”

“哪里不对劲儿？”

“简政良是个单身汉，屋子却收拾得过于整齐……确切地讲，不是屋子收拾得整齐，而是屋子里的某些地方太过干净，干净得让人放松了警惕。”

乔副队长点头，道：“没错，炉灶间里都是黑灰，窗纸也都是发黄的，像几年没糊过新的，睡房里的竹席很油，显然也是长久不擦的缘故。只有……只有那大衣橱里，衣服都挂得整整齐齐，抽屉里的裤袜也全是叠好的。为什么？为什么只有那里是整齐的？其他地方都像只是匆匆用抹布之类的东西抹去一层浮灰，只有那里干净过头了……”

他还没分析完全，李常登已丢下铁铲径直进屋去了，他将烟头一扔，也跟了进去。

当初因财迷心窍，二人将整个房子的地砖和木板都敲了一遍，连缝隙都不放过，但如今看来，还漏了一个地方——墙壁。

李常登将衣橱打开，把里头的衣裳全部扯出来。腾空的橱子如黑红色的蚕茧，静静张开怀抱，仿佛在迎接贵客，散发着一股檀木特有的清气。李常登敲了几下内壁，那里报以“嘟嘟”的单调回音。他再摸索了橱内底部的四边，摸到右侧一个突起的硬方块，像多出的角。

是木匠活做得不够细道？他很快打消了这个设想，在那硬方块上乱按起来，当手指不小心将它往右推移的时候，木块便略略有些松动。于是他强捺住欣喜，握住方木，往右用力旋转……

只见那内壁发出刺耳的“咔啦”声，像木头之间用力摩擦的缘故，但在李、乔二人听来却尤其悦耳，犹如开启宝山的福音。内壁两块原本拼合得天衣无缝的木块像门一般洞开，露出一方神奇的黑洞，没有尘埃随之落下，甚至里头的空气都是阴凉的，足以避暑。

乔副队长努力抚平惊讶的表情，说道：“莫不是一个密室？简爷也太有门道了吧！”

孰料李常登竟笑得一脸释然，说道：“这下，总算找到要找的了！”

话毕，乔副队长感到耳边的空气有了剧烈震动，一阵强风扫过耳畔，遂眼前一黑，便倒下了。意识昏迷之前，他知道自己额头已受到重击，只是觉不出痛来。

黄莫如打开箱子的时候，对着里头的东西，竟有些不知所措。那是只极不起眼的樟木箱，红漆斑驳，像是很久不用。自从出事以后，他发现有诸多本该属于自己的秘密，已成了彻头彻尾的“秘密”，他若找不出答案，恐怕便永远没有谜底。譬如眼前这只樟木箱，兴许便是他未曾失去记忆之前保有的一个重要物件，如今却对它的来龙去脉毫无头绪。他心里是愤的，想拿什么东西出气，甚至还找下人的茬儿，刻意发泄，以至于几个丫鬟都躲他老远，宁愿在外屋做针线、挑花线绊，断不肯在他跟前多待半刻。因此他焦躁得像头野兽，翻箱倒柜，寻找失落的记忆，床底下放着的箱子这才显形。

从箱子里翻出一件绣着桃红花边儿的黑色女褂，一条缀纱边儿的宽褶长裙，长裙里落下一个黑长的东西，像是人头，却是扁的，轻飘飘盖在他鞋面上，他登时吓得冷汗直冒，再仔细一看，才知是个长发的头套。头套内还兜着一管唇脂、一盒蜜粉，因落在地上，已滚出老远，撞到凳脚才停住。

脑中突然闪过一丝雷电，将这些东西照得雪亮，他恍惚看见梦中的晓满，身披银白蚕丝，坐在那里微笑。

“晓满……”

那花瓣状的朱唇，妖异的妊娠纹，玉白脊背上的细痣……在镇西的茶楼后巷里，她回过头来，对他说：“今朝，我们玩个新鲜花样可好？”

他坐在镜前，看自己那张被失忆折磨的枯槁面容，还是俊俏的，额角至下巴的线条亦愈加犀利，双眸埋在深黑的眼窝之中，似在隐藏一段前尘往事。

这样一张脸上，该如何涂抹出魂牵梦绕的记忆来？

他将发套戴上，遮住略显粗犷的双颊，突出尖细的鼻头与端正的眉眼，那种美，竟有一丝骇人的狰狞荡漾其中。他直觉镜中的“女子”还不够柔和，顺手拈起一块蜜粉往脸上抹，黑眼窝被覆盖住了，于是变得媚眼如丝，人中与下巴的灰暗处也变得白皙干净，只是苍白得犹同鬼魅，教人看着揪心。唇脂点在唇上，着实费了他不少力气，点得重了，会往艳俗里靠，点轻了，又嫌黯淡，尤其是，要在他那张细薄的唇形上画出丰厚感。稀奇的是，他做起来竟是驾轻就熟的，不消一刻钟，他面对的便是神色恍若梦游的黄菲菲，只是要更消瘦一些，脖颈也粗一些，到底还是有男人气，尤其那两道剑眉，尚有待修整。

所幸他并不急，修眉的手势极慢、极稳，其实这道工序有些多余，因发套上的齐刘海儿足以掩盖眉宇的瑕疵，然而他还是力求完善，心平气和地削拔。待镜中人已有八九分黄菲菲的模样，才露出满意的表情，把脂粉收拾起来。镜中那张长发飘垂的脸，突出的喉结，底下是一对儿触目的锁骨及平如荒原的胸膛。刻意修饰的面孔配上未加遮掩的裸体，竟释放出古怪的、触及灵魂的美感。

那件黑色女褂套上身也变得方便了，他较从前应是更纤细了些，胸部与腰腹都松垮垮的。丝绸滑过皮肤，如泉水流淌，抓不到一点方向，他再转身看镜中人，像刚卸了一半妆的戏子，慵懒，却精致。

“大少爷这身打扮，是要去哪儿？”

镜中出现另一个人，扎着蓬松的辫子，个子高挑，一股聪明相。

“去……”原本已在心中反复念叨了百遍的答案却在出口的瞬间卡壳，好不容易才吐出三个字，“找晓满。”

杜春晓举起手中的塔罗牌，笑道：“少爷慢些再去找，我先帮你算算那个晓满如今在哪儿。”

四张塔罗牌已摆出菱形阵势，杜春晓与男扮女装的黄莫如面对面坐着，原本依这样的境况，她必然是要借机取笑的，可黄莫如周身散发的妖异之气居然是那样严肃、雅致，叫人不由得心生敬意，又沉迷于这样的美。

过去牌：正位的恋人。

她心知肚明，他有过甜蜜狂热的性事、刻骨铭心的恋人，那只贵重的象牙挑子上百次地划过她青白的头皮，仿佛要为爱情分出一个经纬。

现状牌：正位的死神，逆位的女祭司。

显然，飞来横祸令爱情无法实现，这祸里，包含挣扎、背叛、仇恨，可谓凶机乍现。

未来牌，杜春晓没有翻启，却将手盖住，正色道："最后一张牌，谁说了都不准，还请大少爷自己去找个正解出来。只是少不得要提醒一句，人心叵测，世事难料，一切小心为上。镇西那家关掉的油盐铺消磨了你的锦年华时，只是你不找到秦晓满，怕要抱憾终生，可是这个道理？"

他朦朦胧胧地听这些半劝告半怂恿的说辞，脑中只锁住了两个词——镇西、油盐铺。

-8-

连续七天，张艳萍都在干号，两眼瞪着房梁，双手握拳，披头散发地站在那里。阿凤被唬得哭出来，只得去找桂姐求助，说已按郎中开的方子吃过两服药了，非但病情未减，还愈发严重起来。起初还只是白天叫几声，现如今已没日没夜，像极了某种鸟类，发出单调平板的长音，没有感情，也无跌宕起伏，只是平直地从喉咙里抖震出来，听得久了，正常人也要发疯。

黄慕云带着桂姐到张艳萍屋子里的时候，见几个丫头均捂着耳朵蹲在门口，里头断断续续传出张艳萍的号叫。二人当下竟吓得不敢进去，黄慕云拎住阿凤的耳朵将她揪起，骂道："你们一个个是死人吗？也不进去伺候着！"

阿凤委委屈屈地辩道："哪里是死了的？就是因为伺候不好，才告诉桂姐。三太太这个样子，大家心里都不好过，我这几天连觉都不敢睡，生怕出岔子呢！"

走到里屋，张艳萍坐在床上，素面朝天，大张着嘴，唇边流下一道长长的唾液丝，粘在胸口。原本俏娇风韵的一个妇人，此刻看起来竟老了十岁。

“娘？”黄慕云叫了一声。

“啊——啊啊——”

“三太太？”

桂姐上前，将手扶在她背上，欲止住叫声，却不料被她一掌推开，力气出奇的大。桂姐往后一个踉跄，结结实实地倒在一个人身上，她以为是二少爷，忙转过来，却见孟卓瑶站在那里。

屋子里有一刹那的安静，随后被张艳萍打破，她像被剜去了心脏和脑浆一般，成了只会播放一张唱片的唱片机。

不知为何，孟卓瑶看起来不似往日那般嚣张，竟从骨子里透出镇定与强势来，她眼是冷的，平日里那些狭隘的腔调亦没了踪影。这样脱胎换骨的大太太，走到张艳萍跟前，气势上已给人压迫感，但疯子是不懂的，她只会叫。

“三太太这样有多久了？”

尽管张艳萍吵得震天，孟卓瑶讲话依旧不曾提高声音，反而教人竭力去听她说了什么。

阿凤也已掩到里屋的门槛儿边上，见大太太发问，忙进来答：“七天了。”

孟卓瑶也不言语，径直走到张艳萍跟前，对准她脸孔狠狠掴了一掌，拍肉声又脆又响，足见用力之猛。

张艳萍奇迹般地停住叫，茫然地盯着前方。众人都大气不敢出，只等大太太发话。

孟卓瑶神情威严地扫了一圈儿屋子里的人，怒道：“你们这帮子缺心眼儿的，平常没教过你们看眼色行事的吗？怎么一连这么多日被主子调戏着都不吭一声？明知道三太太在这里装疯卖傻，害全家为她一个操碎心！二太太成天吃斋念佛替她祈福，我也头疼了好几天，因知道家里发生的事情多，怕添乱，都不敢讲出来。还有老爷，别看他面上还是安坦的样子，其实最操劳的就是他了。你们倒好，还四处宣扬说三太太病得有多重，要送去上海的大医院治疗，生怕咱们这儿丢人现眼的事情不够多吗？”

一番话令所有人都摸不着头脑，却又如醍醐灌顶。

黄慕云到底忍不住，问道：“大娘这话说得可稀奇了。我娘在藏书楼受了惊吓是大家都晓得的，这会子竟还污蔑她装疯卖傻！”

“哼！”孟卓瑶看张艳萍的眼神已如狼一般锐利，笑道，“何止是装疯卖傻？简直是装神弄鬼！”

“孟卓瑶！饭可以乱吃，话不能乱讲！你说我娘装疯，可有凭据？”黄慕云已气得浑身发抖，似乎克制不住，竟直呼大太太全名。

孟卓瑶也不怕他，转过头来点住黄慕云的鼻子，不紧不慢道：“她若没有装疯，前些日子每个屋子门前那些死鸟又是谁造的孽？若要人不知，除非己莫为，干出这样的事来儿，也不怕被雷公劈了？！”

“大太太是不是误会什么了？前阵子各房门前都被放了死雀，可是包括三太太的屋子在内……”桂姐怕黄慕云冲动吃亏，忙替他辩了。却是话音未落，便也吃了孟卓瑶一记耳光。

孟卓瑶像是潜伏多时，已悄悄藏足了底气，要在今天喷发出来：“你也是猪油脂蒙了心了，连自己什么身份，干的什么活儿都不知道了！黄家的工钱是三太太给你的，还是二少爷给你的？自己做‘老孤身’也罢了，还厚脸皮在这里替疯婆子撑腰？”

“孟卓瑶，今天可一定要把话讲清楚，要不然，一道去我爹那里理论！”

黄慕云满面通红，眼里涨满血丝，对于这样的剧变，他大抵也是惊讶多过愤怒，竟气得说话都带了哽咽，惹来孟卓瑶几声嗤笑。

唯张艳萍对周遭置若罔闻，反而一脸恬静地看着自己的亲儿，见他有些哭意，甚至嘴角还微微上翘，做出满心欢喜的模样。

“哎哟，二少爷这可是真急啦？要到老爷跟前去讲也可以，不过到时莫怪我不留情面把她拆穿。二少爷，你仔细想想，各屋门槛儿上放着的死鸟，都是廊上挂的一排里头最珍稀的那几只，唯你娘门前放的，却是便宜的娇凤。众所周知，你娘除你之外，就只拿这些鸟雀当心头肉一般养着，即便她要搞花样儿出来，也不会碰自己屋子里那些宝贝。怎么样？三太太，我可有说错你？”孟卓瑶得意地仰着头，直逼张艳萍而来。

屋内瞬间又回复寂静，都像是在等着张艳萍现原形，连黄慕云都忘了愤怒，竟呆呆看着母亲。

此时，张艳萍嘴角的笑意更深了。她蓦地抬起头，与孟卓瑶对望，一双眼燃起明亮的火焰，也不知是喜是悲，连孟卓瑶都被这对儿眸子震住，一时竟顾不上“乘胜追击”，愣在那里也不发话。

直到张艳萍一声怒吼，扑到孟卓瑶身上，两只手死死掐住她，众人才反应过来，顿时乱作一团，想拉开不知真疯还是装疯的三太太，却都被她挣脱。孟卓瑶面孔由白转紫，额边青筋隆起，十根尖长的指甲不断抓挠张艳萍锁在喉咙上的“铁钳”，想让对方因痛放手。孰料张艳萍像是已失去知觉，非但没有松动，反而愈抠愈紧，龇牙咧嘴的一张脸几乎已贴到她鼻子上。

孟卓瑶这才意识到，原来恨果然是火焰状的，可以烧灼一切敌意。接着，原本周围那些或高或低，或造作或真实的惊叫渐渐与她的耳膜隔了一层，渐飘渐远。甚至依稀还有一片模糊的影子罩在头顶，她听见血液轰然作响，全身每一寸血肉都已麻木，感觉肺部挤作一团，正拼命寻找空气……

砰！

震耳欲聋的巨响在屋内回荡，孟卓瑶猝不及防，一大口空气蹿进胸膛，当即咳了好几下，待回过神来，见骑在她身上的张艳萍双手抱头，肩膀不停哆嗦。于是她奋力抬了一下腿，坐直身子，将张艳萍推到一旁，再往身后看去。

黄梦清正站在里屋正中央，怀里抱一把雕花长柄猎枪，枪口冒出一缕青烟。旁边站着杜春晓，双手食指都插在耳洞里，眼睛闭得紧紧的，半天才睁眼，环视一周后笑道：“大小姐，这回惹的祸可不轻了。”

闹剧收场时，谁也没占到便宜，孟卓瑶也是窘得恨不能找地洞钻进去，而张艳萍依旧哭哭笑笑，不晓得是继续装疯，还是久病不愈。黄家宅院似乎又回复宁和，如此大事，众人竟心照不宣地瞒着黄天鸣，没再提起。唯杜春晓对黄梦清怨声载道，怨她怎么把自己疑张艳萍装疯的事儿透露给大太太了。黄梦清也是一脸委屈，回道：“你何时见过我这么多嘴多舌了？都是我娘自己猜出来的，你可别以为她见识短，她聪明得很。”

正说着，夏冰走进来了，显得无精打采，也不说什么，径直坐下，拿起杜春晓的茶杯，一气喝干。

杜春晓笑道：“呀？我才往里边吐了口水，你就喝了。”

夏冰也不计较，抱怨道：“别提了，最近乔副队长突然回了老家，害我四处跑，也没空照顾你那铺子。”

“她的铺子哪里还要人照顾？你可是多虑了。”黄梦清也暂收起先前的幽怨，竭力表现得轻松。

“你忙进忙出？那你们队长是干什么吃的？就知道欺负弱男子！”杜春晓刻意将“弱男子”三个字强调了一番，暗讽那位让黄梦清牵肠挂肚的弟弟。

“还不是去办简政良这桩案子，要我负责齐秋宝那条线。这几天，我可算把杀猪弄所有的窗户都敲遍了，不知道的，还以为我是老嫖客呢。”夏冰竟也破天荒地自嘲了一番。

杜春晓即刻皱眉，拿出牌来，两三下便摆了一副小阿尔克那。过去牌是逆位的星星，现状牌是正位的愚者与正位的战车，当下脱口而出："明明两个案子该放到一起来查的，怎么还分开了走？"

"你的意思是，她的死与简政良的死果然是有联系的？"

"没联系可就怪了！经过前边那一桩事，任谁都想得到他们之间有联系。"杜春晓翻开最末一张牌——正位的皇后，心里便"咯噔"一下，暗自惊疑，"怎么跟给黄莫如算的未来牌是同一张？"

更奇的是当夜，李常登带着顾阿申来找夏冰，说要他去保警队接受盘问。夏冰自然不肯动，非要问个原委，李常登冷笑一声，将他像拎鸡子一般拎起，拖到顾阿申跟前绑了，再告诉他："小子，早就知道你办事不牢了。前儿有镇上居民举报，齐秋宝尸体被发现的前一晚，你跟她在镇西脂粉铺后头的巷子里幽会，可有这事儿？"

夏冰咬牙不应，态度却已软下来了，竟没再挣扎，任凭顾阿申将他双手反剪，押去保警队的审讯室。

一路上，他便已抱定宗旨：无论怎么问都决不透露半个字的真相！

-9-

李常登花了一天一夜，总算把简政良的天井收拾平整，幸亏泥地湿润，容易翻松，把乔副队长埋进去的时候并没有费多少力气。将事情办完后，他仰头望了一下那洋槐，上头的白花已震落大半，跌进土里，连同枯骨与新鲜的肉尸一道缓慢地腐烂。李常登从来不相信水淹，在尸身上绑块石头再丢入镇河，绝对是冒险的行为，万一绳子被黑鱼之类牙尖嘴利的东西啃断，抑或缠住水草翻浮上来，罪行便大白天下了，齐秋宝便是最有力的证明。所以他钟情泥土，像胃袋一般，可吞噬一切，再慢慢消化干净。

一万块钞票和满满一罐的现大洋，让李常登通体舒畅，这是他为将来准备的，终有一日，他会离开青云镇，顺便把心爱的女人也一并救出去。这一天，他等得太久，直等到张艳萍变成疯女人，要被送往上海的精神病院，才开始急。失眠对李常登来讲，已是烈酒打不倒的顽疾，偶尔的，他会在闭眼的刹那看见乔副队长头破血流地站在洋槐树下，肩上落满絮状的白花，两人相视而笑。因他从不信冤鬼索命的传说，尤其在青云镇上，“报应”更是个虚幻的词，反倒是“冤情”，无时无处不在发生。

夏冰的个头较黄莫如要高一些，所以耗费体力也更多，没有水喝，他绝撑不过两天。李常登审他的节奏更是不紧不慢，只问他与齐秋宝私下往来了多久，两人在镇西的巷子里做了什么，可有起什么冲突。夏冰不似黄莫如那般清高傲慢，只说那日好好在家睡觉，并未去过什么巷子，更不会找那些下三烂的流莺做交易。

无奈李常登哪里肯放过，不但严禁供水，连食物都换成每顿两块硬锅巴。顾阿申每每来送餐，都少不得劝他：“兄弟，男人在外头风流快活都是平常事儿，你若是怕被春晓知道，我去替你说话，还是赶紧招了吧！”

一番话，讲得夏冰心里暖融融的，看样子顾阿申是完全没把他疑作凶手，只当是他怕狎妓的事儿让杜春晓知道了难受，才这般嘴硬。他只得道：“别傻了，我哪里是怕春晓这样的疯婆子了？只是大男人一言九鼎，答应了不能说的事儿，只好不说。你如今与其劝我，倒不如想办法给我些水喝，免得到时死在你跟前不好看。”

顾阿申一面贼笑，一面将藏在袖子里的两只梨掏出来，放到夏冰手里：“你当这么多年兄弟都白做了？”

“镇西……油盐铺……”

虽未到秋至，镇河却已变成冷峻的墨绿色，日光落在青瓦黄墙上，照出一个暧昧的影。黄莫如执一把油纸伞，伞柄上刻的是“荷塘月色”的图，与眼前受曝晒的小镇黄昏相去甚远。这样的光景，本该是往那一缕青白炊烟升起的方向赶，沿路闻到韭菜炒蛋的香气与米饭热腾腾的甜味，心都是酥的，懒的，被河流湿气蒸着。

只是他踏在青石板的脚步却迟疑得紧，西埠头脂粉铺里的寡妇正在吃一碗小馄饨，柜台上放着两片刀切馒头和一碟腌黄瓜，表情那么样满足，似已坐拥金山银山。他不由羡慕起来，鼻腔里充满甜腻的脂粉气，那情景，仿佛熟得不能再熟，却又无从将它串起。寡妇额上一缕长发落进馄饨碗里，看着亦不怎么脏，反添了风韵，她自然地抬起左手，将那络发抚到耳后，刚要低头，却见黄莫如站在门口看她，便用略带讶异的语气问道："少爷可是来替心上人买些脂粉的？"

他像是心脏被什么东西闷闷地锤了一下，竟讲不出话来，只觉胸口疼得慌。好似也曾有那么样一句温柔，在灵魂里又啃又咬，让他抵死难忘。他当即脸有些红了，涩着嗓子问道："这附近可有个油盐铺？"

寡妇眼中的讶异更深了些，然而还是替他指了路，叹道："来回都要小心，莫走失了。"像是玩笑，听起来却又无比真实。

廊沿下一排黄杨木柱子上，刻满坑坑洼洼的记忆，他有些羡慕起来，因最起码它们的经历均是痕迹鲜明，无法轻易因什么打击而被抹去。他却是模糊、压抑，脑壳里有一些零碎的光点，可依稀窥见几幅重要的场景，但不能看到全貌，所以才需要探寻。

"油盐铺……"

他在一座招牌被麻布蒙住的铺子前停下，因捕捉到了由内散出的那股咸香。它就是了？他脚步困惑，心神不安，踏进第一步时，却蓦地心跳了一下，脑中的某个亮斑扩大了。透过这块斑，可以看见某个玉雕观音般端丽的侧影，坐在那落满尘埃的柜台后头，偏着头，眉间挂满忧郁，像在嗟叹如水的流年。

这柜台，如今定是关在那扇拿纸条封住的门里。

他撕破封条，门"咿呀"一声便开了，像是专等他"破茧"，只是里头没有飞出蝴蝶来，反而是扑面的灰土。阳光从木板缝里射入，令漫天飞舞的尘粒无处遁形。那柜台与他咫尺之遥，却是空的，像被提早掏挖干净了，一如他的过往。

绕到柜台后头，还是无人，地面黏湿，旮旯里倒着一只碎成两半的酱缸，鲜臭扑鼻，几十只苍蝇在淌出的稠渍上飞舞。他不由捂住鼻子，刚想退出去，却听得“喵”的一声，柜台后头的暗门启了一条缝，从缝里挤出一只花斑猫，懒洋洋地跳上柜台，对他舔一舔舌头，便蜷成一团，闭上眼睛不再搭理。

“今朝和你玩点新鲜花样。”她口吻里吸满了情欲。

他推开那暗门，跟着她走进，熏黑的灶台，油腻的饭桌，再进一层便是睡房……他无端地勃起，如梦中亲吻她被蚕丝轻裹的脚踝。

煤油灯就放在桌角，箱式大床上挂着一网风干的香柚。他眼前浮现床上躺着的那个人，紧闭着眼，面上每块肌肉都在抽搐，却不肯看看发生在跟前的现实。她却还坐在桌角上，十根手指紧紧抓住他的背，牙齿深深陷进他的肩头，赐予他销魂蚀骨的痉挛……

“呵！”

这冷笑冰寒如锥，将他体内那簇似火激情瞬间冻僵。

箱床上空荡荡的，却因床身侧板上描龙刻凤的华丽，竟不显凄凉，反倒有一股繁华的拥挤。他抚摸凹凸不平的床沿儿，因手工粗糙，细看时发现不少地方已掉了漆，还有些未刨平掉的木刺根根竖起，沥青也上得不够均匀，触感极差。可中间那块绘了“鸳鸯戏水图”的瓷片极为惹眼，画工尤其精致，鸳鸯彩翅上的羽毛都是一根根描出来的，一点儿敷衍的意思也没有。

手指抚过雄鸳鸯的眼珠子时，瓷片竟松脱了，发出“咯嘚”一声，遂传来“咯吱”怪响，箱床板缓缓裂成两半，降落，露出深渊般的黑洞。

他紧张得手心冒汗，背后却有什么东西抚过脚跟，忙拼命按住尖叫，回转身来，却见花斑猫正用一对儿金玛瑙似的眼睛看他。他恨恨地朝它踢了一脚，它“喵”地抱怨了一声便扭身跑出去了。他再转回身来，那黑洞还是真切地暴露在那里，宛若引诱、召唤着他的邪咒。

“晓满……”

他口中轻念她的名字，拿起了桌角的煤油灯……

杜春晓一对李常登坏笑，他便不由得心里发毛，何况今天她身后还跟着个杜亮。

“李队长，不如让我来审这小子，比您审起来痛快多了。光不让他喝水不行，渴哑了嗓子，您还是什么都问不出来。由我审，不出半个钟头，包他什么都招了！”杜春晓将胸脯拍得贼响，杜亮还是绷着张脸，手中紧握一包现大洋。

李常登慢条斯理地啜了一口酒，笑道：“春晓啊，你跟夏冰都是我看着长大的，哪里还不知道你俩的感情好？不过这小子落到今天的地步，我心里不比你好过。我也不信齐秋宝的死跟他有关，可他明显有什么重要的事儿瞒着，不讲出来，我对全镇的人都交代不过。”

“所以嘛！”杜春晓忙将杜亮手里的现大洋拿过去，迅速拍到李常登手里，“这件事我也是想帮忙的，所以您就给我个立功的机会，让我来审，如何？”

“春晓啊，你心里头打什么算盘，以为我不知道哪？一个女孩子，乱七八糟学这一套，竟还把你叔都牵连进来，昏了头了！”说毕，李常登把那包现大洋重重往杜春晓手掌心里一放，便再也不理。

此时杜亮也在一旁发话：“春晓，死心了吧？我就说李队长是软硬不吃的，还偏不信。赶紧回去，别再闹了。”

孰料杜春晓竟笑得更甜了些，转头对杜亮道：“叔啊，你可看到了，这钱咱们也给了，李队长若再不放人，我可要告诉镇长去！”

李常登将酒杯往桌上一碰，骂道：“扯什么淡呢？我哪里收了你的钱？还要去找镇长说话？”

“刚刚你正是收了我的钱，我都有人证在的。”杜春晓理直气壮地指了指身后的杜亮，杜亮忙垂下头，显得心虚。

“杜春晓，你什么时候长了副铁胆，居然敢用诬陷的法子来逼我？可当我这个队长是白做的？赶紧滚回去，不然连你一道抓！”

杜春晓当即将一张毛孔粗大、皮肤黝黑的素脸逼近李常登，压低声音道：“那李队长可有凭证说自己没拿这个钱？现如今……乔副队长也回老家去了，至于是不是真回老家，只有天晓得。所以您也别急着喊冤，也没个见证。”

李常登果然被挑起了火性儿，冷笑道：“我李常登还要什么见证？我这个人就是见证。前年桑地被人砍了一大片去，不都是我出头去要回的赔偿？镇长能做什么？你当人家都是缺货，能听你一个嫁不出去的老姑娘胡诌？去，直管去，去整个镇子喊一圈儿，你前脚喊完，后脚就跟夏冰关一个牢房，你可信？”

杜春晓也不争辩，自兜里掏出一张塔罗牌，高高扬起，系恶魔牌。

“倒也不必劳您驾，牢房我自会去的。只是这张牌，可是特意为李队长您挑出来的，这背后有些事情，你我心照不宣，讲出来大家都没意思，如今还有我叔叔在场，若你真不怕砸了前程，我就更没什么。”说毕，便将牌举在李常登眼皮底下，如“尚方宝剑”出鞘，见佛杀佛。

此时杜亮已捏了两手的冷汗，恨不能撇下这胆大包天的侄女落荒而逃，可又想起春晓先前给他的交代：“无论碰到什么情况，只要站在那里不动便算帮忙了。”

如今却是不动比动了还难过，可君子一言，快马一鞭，又不好日后被晚辈取笑不讲信用，也只得强迫自己定在那儿。

周遭空气都似乎凝成铅水，吸一口都是艰难的，尤其李常登眼里的凶光，已溢流杜春晓全身。她像是不曾察觉险境，只直勾勾盯着他，心里不断自我暗示：莫回避，莫逃开！

这短短的一刻，竟比天荒地老还长的样子。李常登终于发出两声干笑，猛地拍了一下桌子，将杜亮的神经几乎拍碎，杜春晓还是亮着那张恶魔牌，神情威严，似乎在行什么天大的壮举。

出来的时候，杜亮才发现整件绸衫都贴在身上了，湿漉漉地难受，当下也顾不得，只悄悄问杜春晓："长凳到底有什么把柄捏在你手里了？被你这轻轻一唬就放了人？"

杜春晓大口吸着气，喘道："我哪里有他什么把柄？只是猜想越是这样道貌岸然之徒，越是私底下干些见不得人的勾当，所以我赌的就是他心虚！"

-10-

王二狗一直盼望天气可以凉起来，最好从盛夏即刻跃入初冬，那是他热烘烘的饼炉最受青睐的辰光。那些清早对着门前阴沟刷牙的妇人、怀里掖着布包的教书先生，路过他的摊子时都会投以馋涎的目光，仿佛看到的、闻见的系山珍海味。酷暑驱走了他不少生意，日日收入都是减半，唯开书铺的女人还是雷打不动地在接近中午时分向他买两个臭豆腐夹烧饼，吃得满嘴甜酱直流。可自从开天韵绸庄的黄家发生连环命案以来，这个女人的书铺便时常关门大吉，偶尔有个戴眼镜的年轻后生来照顾一下，不是在里边睡觉，就是粗粗打扫一番，抑或躲在柜台后头看书，只当那里是休憩用的"避暑胜地"。这令王二狗无比失落，直到后边杀猪弄的一个婊子在那后生坐镇书铺的辰光频频光顾，才让他又打起了精神。倒并非那婊子生得有多好看，她与其他暗娼一样，时常跟他买几个烧饼当晚饭吃，他将她们给的钱都用黄草纸擦过，怕沾染了什么脏病，可她身上总有那么一股凶巴巴的、娇俏的韧劲儿。

可那后生却像是不怕这个，两人总在铺子里鬼鬼祟祟，不晓得做些什么，但有一点他可以确定，那便是那后生与婊子之间并没有乌七八糟的关系，因每个从杀猪弄绕出来、顺道在他那里垫饥的嫖客都有一种既满足又龌龊的特殊表情，那后生却始终是干净的，额角闪烁坦荡的光芒。所以在王二狗安闲清苦的小日子里，书铺的懒女人和杀猪弄里那个一脸凶相的婊子便是他意淫的全部。

这种意淫，直到婊子的尸体抬过巷子，在他的烧饼摊前停了一下，从门板上盖着的白布里垂下一条水淋淋的胳膊，才彻底煞住。他是怎么都不敢相信，这样气焰嚣张，活像能吞下一只老虎的女人，怎么转眼便成了软绵绵、白惨惨的尸体。婊子与简爷吵架那天，他亲见她皮糙肉厚的身子在阳头底下招摇，没一丝羞愧的表情，就是这样浑圆的紫褐色乳晕和丰茂的耻毛，让他在床上辗转了三个晚上。于是拿出压在枕头底下的几张残破纸钞，选在一个月镶金边的媚夜，鼓起勇气去了杀猪弄。他敲了那扇属于一个叫齐秋宝的暗娼的木窗，窗子翻起，老婆子露出一张松垂皱黄的面孔，见是王二狗，热情当下便减了一半，只问有无带钱。他举了举手里的纸钞，老婆子态度也好了许多，便随手拖过一个打着哈欠的姑娘，问好不好。他摇头，说要秋宝。

“她还在做生意，且等一等。”老婆子推开那姑娘，靠在窗子上抽起烟来。

过了约莫一刻钟，里头还是没有动静，老婆子突然恼了，隔着身边的门帘骂了几句，还威胁要加钱，这才有个男人畏畏缩缩地提着裤头走出来，往那窗户瞪了一眼，便径直走了。

齐秋宝敞着外衣，露出里头的碧绿色肚兜系带，拿汗巾不断擦着脖子。老婆子忙唤王二狗进来，他入房的时候，已激动得站不稳当。齐秋宝的房间里弥漫一股古怪的药味，他问是什么，她笑着拿出一个装了清水的铜脚盆，往里面撒了些白粉，这才知原来是白粉的气味儿。随后，她当他面褪了裤子，蹲在那脚盆上洗下身，边洗边笑道：“这样就干净了，也省得不小心留种。”

他紧张得嘴唇发干，什么都讲不出来，只坐在床沿儿上。

她洗完后，又将裤子穿好，在腰间系了条红绸带，说道：“我现在有事情，要出去一会儿，你可愿意等？”

“那……等你回来不认账了怎么办？那老婆子要算时辰的。”他微微挣扎了一下。

她莞尔一笑，掀开帘子走出去了，很快又回转来，将他也拉出去，走到窗前，那窗格子上已系了刚刚她擦脖子用的汗巾。她指着那汗巾道：“瞧见没？这条巾子系在这里，我就是你的人，你只守着这个便成，赖都赖不掉的。”

他便这样信了，站在窗前，守着汗巾，仿佛在守一个要紧的承诺。

从窗口望出去，月亮稀疏的光笼在齐秋宝身上，她在他眼里就是仙子，渐渐变得透明，随后消失不见。

“这贱货怎么又去会简爷了？前儿闹这么凶！谁说婊子无情？还是有情的嘛。”老婆子摇头晃脑地走进来，半眼都不看他。

倘若他知道那是她最后一天享阳寿，断不会由她这么去了，定会将全部家当砸在这里，买她一夜，他可以不动她毫发，只是看着，让她始终在他身边两尺的范围内活动，兴许悲剧便不会发生。

可惜他的悲恸再感天动地，都挽不回她的性命。于是只得夜夜陷入苦梦，梦里都是她的彪悍，她粗硬如煤球的乳房和旺盛的耻毛，她苍白无力的胳膊从白布里伸出来，紧紧抓住了他的阳具……

所以王二狗的幽怨是清晰而隐秘的，想做些什么，又觉出了自己的渺小，有时连几个烧饼钱都算不明白，又怎么去替齐秋宝讨回公道？那段辰光，连擀出的饼都有一股子莫名的苦味儿。生活竟比认得那婊子前还要枯淡一些，绝望一些。

可今朝，他复仇的心又死灰复燃，因开书铺的女人竟与那后生到他摊子上买了两个萝卜丝饼嵌烧饼，吃得油光满面，汗涔涔的额头泛着红光。可见他们与王二狗一样，都是不怕热的，只专心享受烧饼的味道。

“奇怪，怎么你这里的饼如今不但做得小，还苦了？”杜春晓一如既往地挑他的刺。

王二狗因没有心情玩笑，只敷衍道："可是姑娘你这些日子不知在哪个好人家养着，嘴吃刁了？"

"没错儿，就是吃刁了，今后你那饼里不夹些海参鱼翅，怕是打不倒的。"夏冰也跟着贫起来。

杜春晓横了他一眼，骂道："且别得意了，齐秋宝跟你的事儿还没跟我讲明白，你当就这么算了？"

听见"齐秋宝"这三个字，王二狗心惊肉跳，擀面的手都有些不稳当。他原想假装没听见，可到底忍不住，便往夏冰咬了几口的饼里头添了一勺甜酱，讪讪笑道："小哥儿是干哪一行的？"

夏冰听他问得突兀，自己嘴里那口饼还没咽下去，只得含糊地说了几个字，谁都听不清楚，倒是杜春晓急了，答道："他呀，号称是在保警队里行侠仗义的，偏巧上回逛杀猪弄被看见了，被李长凳抓回去尝了点儿苦头，这会子刚放出来呢。"

"呵呵，"王二狗又赔笑道，"那我斗胆问一声，小哥儿逛杀猪弄，找的可是齐秋宝？"

"对，不过人都死了，有些事情再讲都没用。"夏冰苦着脸，用力咬了一口烧饼，碎渣纷纷落在他那件长久不洗的蓝衬衣上。

"哟，听起来，你这里可是有什么事情要讲？我再买你十个烧饼，你跟咱们讲讲齐秋宝的事儿？"杜春晓赶紧拿出身上仅有的一个现大洋，抛在擀面板上。

于是王二狗便将那晚齐秋宝撇下他，去和简爷见面的事儿一五一十讲了出来。

夏冰听完，当下便骂："死老婆子，前些日子托我找她的时候都不把这桩事讲明白！"

语毕，便拉着杜春晓要去杀猪弄，被王二狗叫住："这钱我不要，只希望姑娘今后多照顾生意便可。"

简政良的房子已由族长并几个老的商量决定，要拿出来拍卖。族长原想把田贵的房子也一并卖了，却有人提出如今田贵只是失踪，死活不知，这样贸贸然卖了他们的房子实在不妥，于是决定只处理简政良的。因房子旧，且破小，要重新整修都是麻烦的，还是凶宅，所以众人都打算它要被长久搁置起来。孰料出售的牌子才挂了一日，便有人拿了钱来买，此人便是李常登。

杜春晓听说此事，便与夏冰商议："杀猪弄那老婆子被你逼供，倒是招了些情况，可见齐秋宝与简爷倒不完全是生意往来。不过李长凳更奇怪，怎么巴巴儿地买了这破房子去？"

"说是要拆了重造新的，也不知他哪里来的钱。"夏冰一提李队长便不由得憋闷，因齐秋宝的事儿，自己竟被保警队除了名，如今他正愁怎么向住在镇东远郊的爹娘交代。若不想回去当蚕农，也只有再找份工，可小小一个青云镇，到哪里去找适合他的活儿？所以他正盘算着离开镇子，到大地方闯荡。只是走之前，还得了却一桩心愿。

"说到李长凳的钱，的确来路有些不对，何况他既有钱，买幢新房子也是可以的，怎么就偏偏看中这幢老宅？又脏又破，简政良一个单身老头子，平素除了喝酒，也不知在里头干些什么龌龊事儿……"

杜春晓自言自语到一半，猛地抬起头，眼睛发亮，对夏冰道："你说齐秋宝与简政良密会，地点可是在他家里？"

夏冰此时一只脚已跨出书铺外，回头道："正是这么想的，趁房子还没交给李队长，咱们得去赶这一趟。"

-11-

黄家祭祖用的祠堂在藏书楼左侧，地方竟比镇上开族会的庙堂还大一些，因那天要广布善缘，在天韵绸庄大门口给叫花子发米粮，过来帮忙布施的孩子每人还能拿到一块梨膏糖并一袋爆冬米，所以当日必是热闹的。

因规矩多，来客更多，少不得要提前忙乱一阵儿。以往十年，掌控祭祖事宜的均是苏巧梅，可今次却是孟卓瑶主动请缨，将大权揽了过来。苏巧梅自然有些不悦，可又不能直说，只得冷眼旁观。更绝的是，孟卓瑶也不独包，竟要黄梦清与她一道操持，更显母女连心。黄梦清对这些杂事却表现出了厌烦，她宁愿在自己房里看书练琴，抑或找黄莫如聊天，心里哪里还装得下这些多余的东西？于是少不得被孟卓瑶训斥："你是真不知道，还是假不知道？现在黄家的两个儿子形同废物，一个是什么都想不起来，另一个也是短命鬼，柳暗花明的日子就在眼前了。但凡你这大小姐勤力一些，让你爹顺心，谁能说女子就不能当家？到时招赘都是可以的！"

黄梦清听得心惊胆战，欲找杜春晓诉苦，差人去书铺堵过两回，都吃了闭门羹。于是索性躲在屋里不出来，只将原本该她监管的事体统统托付给杜亮。杜亮这几日也是忙得晕头转向，这边厢大小姐又悄悄撂了挑子，他又气又急，可到底还是忍下来，将安排膳食与宾客名单的事情都揽下来了。可惜孟卓瑶哪里是容易哄的人，她很快便洞悉了女儿要的把戏，劈头盖脸便是一顿训，甚至还气出泪来，吓得黄梦清赶紧逃去黄菲菲那里暂避。

"原来也有姐姐怕的时候。"黄菲菲借机取笑，一面还在给那两管猎枪上油。

"你这里是什么味道？"黄梦清顾左右而言他，只四处打量，边看边道，"这味道我可熟得很，可别做过了头了。"

黄菲菲歪头道："姐姐这话讲得可是奇了，从小到大，我都是做过头的那个人，我爹都管不了，你倒来管我？"

"哪里敢管？"黄梦清冷笑，将刚上完油的猎枪拿起来，瞄准前方，说道，"这东西倒也管用，只可惜你一个女孩子家，用这些到底不合适。"

黄菲菲一把抢过猎枪，道："哪里不合适？前几日姐姐不是还用这个救过亲娘的命吗？"

说毕，便把猎枪小心挂好，黄梦清在背后看着，眉宇间竟有些愁绪。

二人一时无话，又东拉西扯了一番不紧要的东西，便散了。

桂姐帮杜亮核对菜单竟对到大半夜。自从孟卓瑶吃到钉子的事儿最后查到陈阿福身上后，这位大厨羞愤交加，竟不辞而别，只在厨房砧板上留了封信，诉说自己受到的冤屈，可谓字字血泪。无奈自张艳萍疯癫之后，早已无人关心陈阿福的处境，黄天鸣看过信之后，亦不过听之任之。只再请了一位大厨，名唤施荣生，菜做得不如陈阿福一半好，小聪明却是有的，自那人掌管厨房以来，上等食材便总是短缺。杜亮曾旁敲侧击地警告过几回，收效甚微，所以便与桂姐商议，这次祭祖活动的菜单要亲自盯，按单子上的菜色及数量进购食材，一分一厘都抠着，欲掐得施荣生难过。

菜单核完之后，桂姐便按规矩将所需食材盘了个明细，拿到厨房里去。因已是深夜，众人都睡下了，原本菜单可以次日一早再交到施荣生手里，可转念一想，后头那一堆事儿还等着她，怕是几步路绕到厨房的时间都没有，交得晚了，又属她的不是。于是索性连夜将单子钉在他的菜牌上，免得到时讲不清。

桂姐举着灯笼，刚走到离厨房不到三尺便停下，因恍惚见有人影在窗纸上一掠而过。她起初以为是疲累看错，也没有多想，径直走进去了。厨房内特有的青葱与油腻混杂的气味扑面而来，桂姐将灯笼托高，找灶头上施荣生的那块菜牌，才刚找着，便隐约觉得气闷起来，好似偌大的空间里还有一个人在同她一起呼吸。她长期失眠，耳根子特别灵敏，知道有些不对，即刻猜想是有人潜伏在那里。至于原因，也猜到七八分，想是那施荣生财迷心窍，摸黑进来捞偏门。随即又想到下午才进来的几包鲍鱼翅，若没估错，必是收在里间的储藏室里，便蹑手蹑脚往那里走去，盘算着倘若逮个正着，也不急着交出去，姑且放过一回，待顶过了祭祖的日子再说。这样的关键时刻，少个人便多件事，耽误不起。

于是她轻轻走到储藏室前，刚一推门，只听得“呼”一声，空气变得凛冽起来，耳边扫过一件锐利的东西，她当下右半边身子便麻软了下来，灯笼掉在地上，火烛刺破牛皮往外蔓延。借着那火光，桂姐看见红水滴落在手背上，她再抬头，努力睁眼要看一看那贼，对方早已给了她第二次重击。

弥留之际，桂姐脑中浮现丈夫与那卖生煎的女人，正并肩走在鱼塘街上，她欲上前理论，丈夫却突然回过头来，带一脸的血，伸出手，对她说道：“还是跟我一起走吧。”

她闭上眼，彻底安眠。

桂姐被发现的时候，几个小厨子吓得连连尖叫，步子都踩不稳，软着腿爬到杜亮跟前。杜亮听说死的是桂姐，一时也不相信，一面托人去叫医生，一面自己火速赶至厨房。之所以没有禀告老爷或者二少爷，是因他心里还有些奢望，奢望这只是个误会，所以万万不能讲出口，怕出口就成了真。

无奈厨房内的血腥场景却让杜亮彻底绝望，桂姐左脑被敲开一个洞，旁边丢着把铁锤，烧焦的牛皮灯笼已看不出原样，缩成焦灰。他登时喘不上气来，只觉心脏空出一半，无法呼吸，无法思考，甚至还有一些无助。她一走，他从此便真的是孤军奋战，在黄家再无半个知己。

凶手……谁是凶手？！

杜亮脑子里如今只得这一个念头，他要挖出让他丧失精神支柱的那个恶人，将此人千刀万剐，尝到多于他十倍的痛苦！

大抵是这念头已让他面容扭曲，目光残忍，一时竟无人敢吭声，只用惊惧的表情看着他。恰巧施荣生走进来，拨开围观人群看了一眼尸体，当即便捂住嘴巴，惊道：“怎么还出了人命了？”

这一句似乎提醒了杜亮，他对旁边两个小厨子道："去储藏室看看可有少什么东西。"

桂姐手里握着的菜单这才入了他的眼，他瞪了一眼施荣生，便跨过尸体，也跟进储藏室里。

拿油纸包着的鱼翅放在最顶层的架子上，是昨天下午进的货，一共十包，如今数了两遍都只剩八包。

"昨晚上你们可是一道收的工？"

"是一道收的工。"小厨子怯生生答道。

"谁最后一个走的？"杜亮此刻的威严已无人敢质疑，众人都竭力配合他的思路来走。

间中便有小厨子指了指身边一个男仆，道："是他最后一个走，因要打扫。"

那男仆有些怕，忙申辩道："小的拖完地，擦完灶台便走了，小的什么也没干哪！"

"储藏室的钥匙是谁收着的？"杜亮也不理会那男仆，继续问。

施荣生看看左右，懒洋洋地举起了手。

杜亮二话不说，突然扑向施荣生，将他压到地上，扬起拳头便一通猛揍，直打得对方哇哇乱叫。

"做贼便做贼好了，何必还要伤人性命？！"杜亮已成怒兽，两眼充血，两只拳头不停挥打在施荣生的口鼻上头，指骨在对方牙齿上碰撞出"砰砰"的闷响。

众人愣愣站在一旁，竟不敢上前拉劝。

而杜亮的愤怒，亦是怎么都释放不完，直到桂姐的眼睛突然睁开，引发一片惊叫，他才停下。

她还是死的，眼却从先前的紧闭变成微张，从眼皮里发出悲苦的光，仿佛在劝他停手，又仿佛在诉说自己生前积累的那些不甘不愿。

杜亮这才举起刺痛的双手，号啕大哭起来。

第四章　最后审判

这正是在刻意提醒他冷静，

要念及他好不容易留下的亲骨肉，

暗示他为了保住孩子，最好是将所有罪状一并承担下来。

可是这个道理？

正因为你肚里有了他的种，才成为主宰他命运的“皇后”！

-1-

夏冰兴奋得快要呕吐，只得强压住情绪，一路往前。杜春晓跟在后边，扶着墙，指尖有任何异常的触感便将手中的火折子仔细照一照左右两壁。二人都没有说话，并非不想交谈，只是如入宝山，各自均被刚刚开启的秘密牢牢吸住，忙于各自的探索，哪里还来得及倾诉感想？

这一次，杜春晓是得意的，因早就对简政良家收拾得过分齐整的衣柜子生疑，所以撬门之后，想也不想便径直往那里冲。夏冰却是一根筋，认为多半有什么要掖要藏的东西，保准能在天井里掘出来，还拿他前年逝去的奶奶为例，证实小户人家要护财，都是靠一个“埋”字。事实上，这亦是李队长从前的教诲，但凡办案子要搜个什么重要证物，习惯“掘地三尺”。

所以发现衣柜里的秘道要较乔副队长的尸体晚一些，杜春晓对夏冰的做法没有异议，因她记得天井的老槐树底下原本长了一蓬红艳艳的鸡冠花，这次来却看不见了，且脚下的泥地寸草不生，与之前来的时候看到的景致相差有些大，便也答应先刨地再说。果不其然，乔副队长那只被烟草熏黄的大手浮出地面的时候，二人喜多过惊，再刨下去，明确了死者的身份，便又转喜为惊，转惊为悲。尤其夏冰，脱口便骂：“这必是李长凳干的好事！”

他们坐在天井里对着尸首歇了一阵儿，杜春晓才提议再去那衣橱里看看，保不齐还能搜到些意想不到的凭证。结果这一搜，便搜出了一番新天地。

杜春晓此刻心中有一万个假设，却未曾讲出口。墙上潮湿的褐色印迹，踏过泥地时脚底发出粘鞋的“吱吱”声，仿佛在证实她的某些推论。火折子舔过秘道内阴凉的空气，她闻见似曾相识的腥味，却怎么都想不起在哪里闻见过。夏冰那竹竿似的背影随火光在她眼前明明暗暗，他一样沉默，却是极躁动的沉默，千言万语已从每个动作里吐露出来。

“咳！”她忍不住咳了一声，希冀能打破寂静，至少可以交流一下彼此的发现。

孰料这书呆子竟回过头来，将右手食指放在唇间“嘘”了一声，仿佛已知道秘道深处潜伏着暂眠的猛兽，怕她这一吵便要惊醒。

于是她只得闭口，跟着他走了老长一段路，却怎么都寻不见出口。在用了四根火折子之后，夏冰到底有些沉不住气了，回头道：“你说可怎么找出口呢？”

“出口？”

杜春晓剜了他一眼，往旁边的墙壁猛力敲了几下，竟发出木头的空响。夏冰这才看到，原来墙中间嵌着扇木门，惊道：“怎么还有这样的岔道？”

“何止只有这一条岔道？刚刚一路走来，两边都有这样的门，我粗粗数了一下，大约二十扇。”她使劲儿推了一下墙上的暗门，那门应声而开，又出现另一条密径，仿佛通往更隐蔽的世界。

“刚才为何不讲？”夏冰推推鼻梁上的眼镜，脸膛被火光照得通红。

杜春晓当即学着他刚刚的样子，将食指放在唇上“嘘”了一声。他有些恼了，嘴里嘀咕了一句“小心眼儿”，便要往那边门进去，却被她扯住衣袖，正色道：“咱们可只剩两根火折子了，若还要绕这些弯路，怕是有去无回，还是照原来的路线直走，将大致方向摸熟了，改日再来细查也不迟。”

夏冰觉得有理，便关了那门，继续往前探路，间中杜春晓向他要了记录用的小本子及铅笔，在上头画画弄弄，像是在记路线。他见她表情认真，便笑道：“这七绕八拐的，又是在地下，你哪里能画得清路线？不如拿出牌来算一算出口在何方，还顶用一些。”

“你莫要管我！”她拿出“黄慧如”牌香烟，叼在嘴上，凑近他手中的火折子点着，深深吸了一口，模样嚣张，然而可爱。他看在眼里，心底竟莫名地涌出温柔。

黄家上下又陷入一片愁云惨雾，虽说死的也只是下人，却是祭祖前夕出的事，不吉利自不用说，连刚聘来的大厨都被疑作凶手押去保警队审问，直接影响孟卓瑶精心计划的豪华宴。她本想硬着头皮保一下施荣生，不料在他睡房里搜出了遗失的两包鱼翅，还有一些零碎的珍贵食材，铁证如山的同时，亦让她回天无力。孟卓瑶心急如焚，兼因她清楚黄家之所以生意做得顺，多半还要归功于每年祭祖后办的酒宴，不但拉拢了关系，亦彰显气派与雄厚财力。无奈如今乱上加乱，眼看宴席都办不成了，厨房里几个打下手的到底撑不起台面，于是焦头烂额，看哪里都不顺眼，动不动便借机训斥下人，如刺猬一般恐怖。

黄天鸣知道以后，更是大发雷霆，一面说要火速将施荣生交给保警队严办；一面却有些责怪孟卓瑶的意思，讲她连个厨子都管不住，惹出这些事来。孟卓瑶当下气得要落泪，回道：“这会子怪起我来了，也不想想这些厨子都是谁请的，一个比一个心狠手辣。”黄天鸣脸上挂不住，当几个下人的面给了孟卓瑶一巴掌，夫妻俩彻底翻了脸，从此互不搭理。孟卓瑶临走时，可巧杜亮走进来，问佛堂里的跪垫破了几个，要不要换新的，她借着话头道：“你们一个个可都是瞎了狗眼了？这些事哪里是我能做得了主的？从今往后都别来找我，找那些能人去！”

杜亮一看形势不对，便退出去了。他这边要忙祭祖的事，那边还在张罗桂姐的丧事，已是心力交瘁，哪里还顾得上哄这些主子。刚走到藏书楼那里，却见黄梦清正坐在假山底下看书，于是匆匆打了个招呼，便要离开，孰料却被她拉住，问起祭祖的事来。杜亮的忧郁烦躁已太明显，何况黄梦清已看清他剃成平顶的短发都有一些花白，短短一个月，竟像过了十年，他老得如此之快，几乎像是某个人将流淌在他身上的青春洗劫一空。

“老杜，真是辛苦你了，桂姐也没个亲人，乡下两个老的又做不了什么事儿，也只有靠你。原本这个时候，我爹就该准你几天假，可偏巧都在节骨眼儿上……”讲到这里，她竟怎么都接不下去。

杜亮只得将老爷与大太太闹僵的事体略提了一下，黄梦清总算了解了他的心病，忙安慰道：“不过几席酒水的事儿，哪里就愁成这样了？等一歇我去香宝斋一趟，跟钱老板商量在他那里包十桌，菜单按咱们的来，灶台食材都是现成提供的，他哪里会拒绝送上门的生意？”

一句话令杜亮茅塞顿开，不禁感叹道：“还是大小姐想得周到，我即刻去办。”

刚要抬腿，却被黄梦清按住：“老杜啊，刚刚讲过这个事情我去办妥，你又非三头六臂，哪里顾得了这许多？且去忙别的事儿吧。”

杜亮当即千恩万谢地走了，黄梦清也回屋里换了身衣裳，直奔香宝斋而去。待她与老板谈妥菜单和价钱，回到佛堂找杜亮的时候，却发现那里已是天翻地覆。

苏巧梅正对杜亮颐指气使，几个打扫佛堂的下人均埋头打扫，扫帚与地面刮擦的“哗哗”声正表达某些愤怒。黄梦清已明白了几分，也只当不知道，上来给苏巧梅行了礼，笑问道：“二娘怎么也出来了？”

“还不是你娘突然撂摊子了，也总要有个人管。”苏巧梅语气虽无奈，神情却是耀武扬威的，但凡有眼睛的都瞧得出她的兴奋。

黄梦清当即为杜亮担忧起来，总管事换了一个又一个，且均是好强有主见的，上台头等大事便是悉数推翻前任的安排，以迅速建立威信，此举劳民伤财，更苦煞了一帮下人。

“可不是嘛，到底还要劳烦二娘。”黄梦清只得附和，同时悄悄向杜亮使了个眼色，表示香宝斋的事已办妥了，杜亮回以感激的笑容。

此时不晓得哪个角落里的下人嘀咕了一声：“可别到祭祖那天又出人命啊。”

讲得虽轻，却透过那一片杂乱的“哗哗”声飘进每个人的耳朵眼里，苏巧梅与黄梦清也僵在那里，假装没有听见，面上每一条肌肉都纹丝不动，却是心乱如麻。

“莫如现在如何？可记得清事情了？”

这一问，苏巧梅便再也绷不住了，沮丧即刻在脸上翻涌，可见儿子的病确是她的心结。尤其小月有一回神情诡秘地过来找她，只问张艳萍的疯病可会传染。她竖起眉毛说那是胡扯，这丫头便歪一歪脑袋，说这可奇了，大少爷好似也有些疯了。她当下狠狠戳了小月的脑门子，警告她切莫乱嚼舌根，小月捂着发红的额头，委屈道：“我若是要嚼那舌根，也断不会主动来找二太太讨打。你可知大少爷有时穿女装，抹了胭脂口红对着镜子发愣？好几次吓得我不敢进去。这不是疯又是什么？”

苏巧梅听得脸都白了，一把抓住小月的手腕，急道：“如今大少爷是摔了头，偶尔神志不清也是有的，大夫都说这个病好得慢，需要静养。再者说，保不齐是你看错了也未可知。所以嚼紧自己的牙口，若向外透露半点儿，被我知道了，可仔细你的皮！”说毕，还给了对方几个银锞子，算是软硬兼施。

小月是个聪明人，收了东西便满心欢喜地去了。苏巧梅却是辗转难眠，一是心疼儿子，二是怕黄莫如真患了疯病，终有一日会被发现，到时继承家业的重任万一落到那病秧子头上，她在黄家二十几年的辛苦便算是白费了。思来想去，都是一个不甘心，于是便有些后悔自己想出潜心修佛的把戏，以为可避人耳目，到时再想个法子一记将孟卓瑶杀倒，张艳萍被逼疯的事亦赖不到她头上。可事态发展却出乎意料，她再不夺回权来，恐怕就真要输个精光。正盘算着，像是佛祖开眼，竟在孟卓瑶眼皮底下出了这样的大事，她掌握时机，又上了位。

可惜儿子的隐疾却是一块挥不去的阴霾，凭女人的直觉，她模糊地预感还会有更大的灾难在黄莫如身上应验，只是细想却又抓不到它的踪迹。于是只得拿出勇气与野心，与那未知的恐惧、危险搏斗，如今胜负未分，她是绝对不肯低头的。虽是用这些念头鼓励自己，她却很长一段辰光都不去探望儿子，怕看见什么令她不安的细节，万一验证了自己的猜断，变成万劫不复可怎么办？于是这位强势聪慧的黄家二太太，便欲将那些惶惶和不祥烂在肚中，只等彻底扬眉吐气的那一天。

-2-

“果然是新鲜。”黄莫如自言自语。

手里的煤油灯已是亮光如豆，只能照亮身上的对襟绸衫扣子，及脚下那一小方湿滑的泥地。他心里暗暗叫苦，怕很快便要陷入伸手不见五指的尴尬处境，届时若再想回头，怕是连来时路都找不到。但终有一些特别的东西牢牢吸引住他，让他不由自主地往前走，不考虑后果，出不出得去不重要，前方那一片黑幕仿佛等着他上前揭破，如此，他脑中那些顽固的黑点便会被驱散干净。

这样的执念令黄莫如着魔一般前行，自受伤以来，他从未对暗处这般着迷过，只一次又一次从困在封闭高塔内的梦魇中惊醒。因怕自己真找不到出路，每走十步，他便用手指在墙壁上抠洞，这样回去的时候，还可以摸着墙上的洞眼回转。这地下的秘道想是与镇河相通，所以空气潮湿，墙壁都已被泡得酥软，指甲在上面挖掘也极为轻松，不消一会儿，指甲里已塞满冰凉的青色泥粉。抠了一段路之后，他摸到与墙壁截然不同的硬物，是木头！再仔细探索，敲击，才确认是一扇门。

一瞬间，耳边响起孩童的嬉闹声，伴以轻快轻巧的足音……他脑中遂画过一道闪电，雪亮、尖锐，刺痛全身。

“这里有，那里也有！”

脑袋仿佛已被劈开，一个奶声奶气的声音在头顶盘旋，指引着他的方向。

此时他已摸到锁门的铁钩子，将钩子拨开，轻轻一推，那门像是通晓他的心意，底沿儿沉默地擦过地上的湿土，竟开启得悄无声息。

眼前的岔路，让他有些失望，因没有什么“柳暗花明”，依旧是一片漆黑，熟悉的土腥味浓重得教人窒息。他犹豫了一下，看着玻璃灯罩里那一豆火苗，当下牙关一挫便跨进去了。亦不知为何，他越是走得急快，头上的伤口便越是刺痛，似在催促他快些恢复记忆。

轻微的，带有残忍杀意的脚步声，宛若钢钉，一颗颗钉入脊椎。他冷汗直流，蓦地想起后脑壳受到重击的那一刻，他扑倒在棉絮状的灰尘里，耳边发出莫名的轰响。所以这一次，他保持高度的戒心，时常往后看，可又无端觉得自己已熟门熟路，可以往任何一个方向游走而不迷失。

但隐身暗处的对手似乎比他更了解环境，那人不发出一点儿动静，却让他知其存在，正于不远处走来，愈靠愈近，却又是融化在空气里的，肉眼怎么都捕捉不到。

黄莫如开始急，开始怕。

手中的煤油灯几乎已没了热量，因吸了周围的潮气，火光外焰还有些发绿。他并非知机察微的人，此时却也嗅到了一线凶机，空气切割皮肤的疼痛几乎令他瘫软，于是抠挖墙壁的手变得无力，洞眼越抠越小，到最后他已不确定是否还能摸清楚那些自制的标记。

在这样逼仄的环境里，他张大的不止眼睛，还有耳孔，于是远远听得一记金属的亮音，像是与什么糙物摩擦引起的，本该让人牙根发酸的动静，如今却变得毛骨悚然，因它过分清脆、悦耳。

他竭力压抑住鲠在咽喉里的几百声尖叫，继续往前，但凡抠到木质暗门，便将它推开，再确认自己是否要进去。脑中有一只无形的手，正指引他的方向，该走到哪里，该忽略哪里，似乎都登着一本账。但金属划过糙物的声音，却如影随形，令他前方的每一个拐角，都似张开一个狰狞的怀抱，一旦投入进去，便死无葬身之地！

因越想越觉得蹊跷，他索性贴着墙根儿前移，欲寻到那金属声的出处。它切割着他的神经，令他心绪难安，且意识到今天唯有找出源头方可平安回转。

“这里有，那里也有！”

奶气的童声又在他背后响起，他吓得险些尿出来，所幸一根手指还紧紧卡在刚抠好的墙眼里头，多少缓解了一点儿紧张。待回过头去，微弱的灯光亦仅仅照到脚面，两边又是茫茫然、黑洞洞的一片。

于是他努力区分幻境与现实，听到的哪些声音是不存在的，哪一些又算真切。为此黄莫如头痛欲裂，暗沉的光线令他两眼酸涩，脚步迟钝，身后仍是鬼魅一般的“噌噌”作响。

这个辰光，他想起了秦晓满。

她丰艳的唇此刻若正贴住他的耳根，必能消除他现在几近满溢的仓皇。淡薄的酱香掩盖了特殊的土腥气，她可以靠在他怀中，讲一些让两个人都面红耳赤，然而又极渴望的私话……他每每面对她，都像是初识，又似已挨过了一个天荒地老。

迷乱之际，他又摸到一扇暗门，便小心推开，那门依旧哑然地开启，替他保着密。他掩进门内，将煤油灯吹灭，蓦地发现原来自己早已适应了黑暗，周边景物都能看出个大概，甚至还轻松绕过了门边堆放的几只竹编箩筐。

“噌噌”声正不急不缓地逼近，他将暗门留了一道缝，将一只眼睛贴住那缝隙。

来了，终于要来了！

他确定金属声并非幻觉，甚至已看到一团阴影慢慢往那暗门处移动。他屏息窥伺，激动得面孔发紫，但还是将煤油灯抱在怀里，权当是自卫用的“利器”。

虽是在暗无天日的地道，却依旧可以辨认出那黑暗中有个人的轮廓，手中执一长条状的东西，他依稀识别应该是斧头之类的东西，它被来人单手拎住把柄，另一头却在墙上刮擦，遂发出令他心惊肉跳的“噌噌”声。更要命的是，他记起先前在墙上抠的标记，竟被这神秘客一一毁灭，且不费吹灰之力。

经由这一点，他清楚地意识到，此人是奔他而来的！

关于如何对付跟踪者的法子，黄莫如在暗门背后想了好几个，最后决定等对方走近他掩藏的地方时，突然跳出来，用煤油灯将其砸晕。他从黄梦清那里借来的西洋侦探小说中，已看过太多这样暗算与反暗算的桥段。

打定主意后，他便不再焦躁，只努力贴着门板，等此人近一些，再近一些……斧刃划过墙壁的声音犹在耳后，连泥灰掉落的动静都清晰可辨。他不知为何，竟有些兴奋，隐约怀念起小时候的捉迷藏游戏，寻人的越是靠近藏身地，他便愈是提心吊胆，可一旦对方疏忽了那里，成就感便油然而生。人大抵是天生的“阴谋家”，喜欢算计自己，也算计别人。

来了！真的来了！

他在心里对自己狂叫，灵魂已然发颤发热，玻璃灯罩也快要在手中捏碎。实际上，令他振作的事情还有一件，他已听见对方绵长的呼吸。

只是，那咬人的斧音突然变了，成了“咯嗒”，他当下心里凉了半截，因知道那是斧刃擦在他藏身的暗门上发出的动静，这扇门，到底还是出卖了他！

他亦是豁出性命一般，猛地将门打开，高高举起煤油灯。刚一抬头，却已绝望。只见对方的利斧已举在他的头顶，下劈速度之快，犹似劲风扫过，同一时刻，他仿佛听见了死神的召唤……

-3-

夏冰的笔记本上已画得密密麻麻，杜春晓对画画一窍不通，所以线条曲曲扭扭，只能勉强看出个意思来。这是他们第五次摸进秘道，可谓经验丰富，夏冰还借了顾阿申的手电筒，只可惜太过费电，不如火折子烧得久，于是后来竟将灯笼也带去了，蜡烛火柴也备了一些。杜春晓还拿炭笔在每个门上做记号，代表已经进去过了，并标出那里通往何处。

不过很快，他们便发现，下一次进秘道的时候，门上墙上的炭笔记号都已被擦掉了，可见里头还有别的人，于是忙四处乱跑一通，想“捉活的”，可底下复杂如迷宫，东南西北都不知道，哪里还有能力追踪某个人。用杜春晓的话来讲：“宝是挖到了，只可惜带不走，赚不到钱。”

那些日子里，李常登也是忙乱的，将简政良的房子盘下以后，忙着把钱藏到安全处，更是借办案的名义，忙着进出黄家。张艳萍每回都是呆滞着一张脸招呼他，他却能从她枯萎的姿容里看出曾经的风华，如今她就像某件“纪念物”，只是蒙了灰，且被岁月磨蚀过了。但也由此，他对她的恋情，竟比年少时还要坚硬一些，这令他觉得安稳。

“你可记得我？”

因有下人在旁，他问得尤其隐晦，装作只是随意试探一下她的病情。

她抬起一双茫然的眼，望着窗外那蓬金盏花上一掠而过的灰雀，头发里散发的异味儿表示她已许久不曾受过悉心照顾，嘴唇起着倒皮，十片指甲都是秃的，皮肤上的纹路分明，周身上下的那股子寥落，仿佛直接被打上了“失宠”的烙印。阿凤更是无精打采，倚在桌子旁绣一个香包，每下几针便打一个哈欠。起初对李常登来访亦是诚惶诚恐的，次数多了，热情也便消了，只懒懒端茶上来了事，连续水的活儿都不屑做。

“等我，不消多久了！”

李常登将手中的菊花茶一气喝尽，自心里对张艳萍许下一个承诺，茶水的清甜凝成一滴苦泪，由眼角沁出，他胡乱用手掌抹了一把脸，便走出去了。

张艳萍仍是静坐在那里，宛若一座尘封住的残破雕像，阳光从她脸上轻盈地跃过，不留一丝暖痕。

佛堂内的祖宗牌位已被擦得快要脱一层壳，因黄天鸣是白手起家的孤儿，自己父母姓甚名谁都不晓得，所以祭的祖实是孟卓瑶娘家的人，包括她的父母、外公外婆，还有一位据说活过百岁的太公。佛堂虽大，只这几只牌位也确是寒碜了些，可明眼人都晓得，立下这样的规矩传统绝非一时兴起，而系黄天鸣的交际门道，要想家业稳固，无非人脉根基打得好，由此生意兴旺，一帆风顺。

家中虽人来人往热闹得很，孟卓瑶却显得尤其清闲，正坐在女儿屋里吃茶。黄梦清知她必要发一通牢骚，忙叫玉莲拿出些香瓜子来，以供母女二人聊天。

“依我看，母亲就安安心心坐在这里享清福，何须劳这样的心？二娘做得再好，还不是为母亲做的，难不成您都忘记了咱们要祭拜谁的牌位？”

黄梦清少不得这样劝慰。

孰料孟卓瑶却摇头道：“有些事情你们小的是不知道的，自古大家宅里总是要出些祸害，你以为这里没有吗？还不是老爷色迷心窍，只看到我的不好，看到别人的好。”

说毕，眼中掠过一丝凄凉。

正说着，却见玉莲急匆匆进来禀告：“杜姑娘来了！”

黄梦清先是一惊，遂摆出恼怒的神色来，只道：“且叫她进来，倒要问问她这几日是到哪里开坛作法扮神婆去了。”

话音刚落，杜春晓已自顾自跑进来，嘴里只喊渴，要喝茶。孟卓瑶哭笑不得，说道：“你说杜姑娘如今倒像是我们家的人，只不知当她女儿好呢，还是下人好。”

“不像女儿，更不像下人，而像咱们的老祖宗，要这么样服侍着。”黄梦清这一句，将在场的几个人均逗笑了，唯杜春晓没心没肺地只顾喝凉茶，完了还长长叹了一大口气。

黄梦清见她脸上身上都是泥，皱眉道：“看来不是去做神婆，倒是去种地了，脏成这样。”

杜春晓拿手背擦了擦嘴巴，笑道：“不是去种地，是去玩了通更神奇的把戏！”

“什么把戏？”孟卓瑶好奇心重，便急着问了。

“过几日再与你们细说，如今要保密的！”

黄梦清已笑得直揉肚子，嘴里叫着“哎哟”，孟卓瑶也一扫先前的阴郁，整个人都舒展开了，屋子里原本幽怨的气氛瞬间无影无踪。

张艳萍不晓得睡了多久，只知睁开眼的时候，浑身无力，动一根手指都是难的。甚至搞不清眼睛究竟有没有睁开，因捕不到一丝光线，周身似沉入一片黑海，摸不到什么边际。想开口叫茶，又觉得口鼻处闷闷的，面部每一条肌肉均被拉扯到极限。口腔里塞了一个滚圆的硬物，将舌头强行压住，她强迫自己发声，却只听见“呜呜”的闷叫，方发觉自己嘴上被布条之类的东西封住了。当下想坐起来，手臂却一阵酸麻，且是一直贴在臀部上的，腕部像是被一种坚韧的细绳缠紧了，脚踝也是，以至于翻身的辰光能痛出眼泪来。

她不晓得自己在哪里，是谁抓的她，只能缩在这个深渊里等待被救。只是谁会来救她呢？在众人眼里，她如今不过是个疯婆子，黄家的累赘、废物，唯一的价值无非是给了黄天鸣娶四姨太的理由。但她仍在坚持，李常登深情苦楚的眼神给了她信心，令她对这样前途凶险的抉择无比执着。明知装疯是要从此入魔道，经受阿鼻地狱考验的，她却以为这是唯一能挽回事态的方法。

可现在，这个本该消除了所有人戒心的疯婆子，却被捆得像只粽子，她直觉被绳子勒住的皮肉正在溃烂流脓，一股淡淡的腥臭抚过鼻尖。她心情沮丧地挣扎了一下，喉咙里又“呜”了一声，依旧无人回应。

她终于有些急了，顾不得疼痛，将整个身子奋力扭动，被反剪的双手突然重重擦过一条坚硬的边沿。她无助地堕落，灰尘即刻涌入鼻腔，她想咳嗽，却怎么也做不到，只是在看似地面的地方来回翻滚，一对被强行绑拢的金莲竭力向外伸张，期望能触到一些东西，抑或一条生路。

一道炽黄的光芒在张艳萍身后燃起，她知道有人在这里点了灯，既喜又怕，欲折转身子将来人看清楚，可很快便打消了念头，只僵在原地不动。因她想到，倘若看清这歹徒的面目，保不齐会被杀人灭口，勿如这样继续装疯卖傻，也许能留条命也未可知。

可那人似乎并不了解张艳萍的苦心，反而将她的身子掰过来，于是两人便不得不正面相对。张艳萍看到的是个罩着黑色斗篷的人，整张脸，整副身体均被那斗篷掩埋起来了。她于是猜想此人可能是镇民一直传说的湖匪，将她绑了去勒索赎金的，想到这一层倒反而安心了些，因知自己一时还不会有生命危险。

可万一不是呢？

这念头几乎要将她折磨成真疯子。

正在挣扎之际，那人已抓住她的头发，将她拉起，她只好直起身子，也借机观察了一下环境，竟是间没有窗户的空间，四四方方，除门边放着一张板凳之外，别无他物。

她当即有些绝望，心想若真要在这里待上几天，怕是比死还要难过。绑她的人却似乎没什么顾虑，只拿一条绳索绕在她脖子上，在后颈处打了一个活结。她复又惶恐起来，拼命摇头，两眼溢满泪水。对方动作干净利落，看起来镇定得很，似乎一切都只是依照计划执行，没半点儿迟疑。她的恐惧此时却已抵达制高点，尤其那条套在颈上的绳索慢慢拉长，被系于一只生锈的墙钉上时，她两只裤管里已淌下腥臊的热流。

对方对张艳萍的失禁视而不见，只顾做自己的事，将门边的凳子拿到屋子中间，然后站上去，把连系着她脖子的绳索与顶部的一根横木绑在一道儿，此人每用力打一个结，她的脖子便被抽紧一次，空气流过愈渐窄小的喉管，变得珍贵无比。

待那人把张艳萍托上那只凳子的时候，她才晓得自己的死法，只要凳子一倒，她的脖子便也应声而断。所以她只得在绝望中保持平衡，将脚下那只攸关生死的凳子踩稳。但她明白，只要这个看不清面目的人轻轻将凳脚一勾，她便要走上奈何桥。因此她双目暴睁，死死盯住对方，接下来的任何一刻，都极有可能是她的末日。

也不知过了多久，对张艳萍来讲，可算是经历几个世纪，凳子没有倒地，她也未曾听见自己脖子断裂的声音。那位神秘客只是拿起灯笼，背转身走出去了，顺带还关上了门。

她旋即又被沉入了“黑海”。

-4-

黄莫如疯狂地往前跑，每跑几步便敲击一下墙面，希望能找到一道暗门，好让他绝处逢生。虽已大致看得清周围形势，可到底是在摸黑，恐惧感从未消失过。脚下踩到的东西发出熟悉的“噗噗”声，地面开始变得干燥，较先前走过的湿地要好一些，他没有放松警惕，只顾奔逃，因怕先前那个握着斧子的杀手会爬起来继续跟随他，并伺机要他的命。他有些记不得自己是如何逃脱对方的斧子的，只知当时周围都是黑雾，唯斧刃边缘是雪亮的，他已无路可退，只得大吼一声，扑过去抱住对方的腰。那人因这突如其来的冲力，仰面倒下，两个人滚在一起，黄莫如用煤油灯狠狠敲击对方，他看不清究竟打在了哪里，只知对着身下奋力扭动的活体进攻……

那个辰光，他已经不害怕了，周身反而散发出杀气。原来人被逼到绝境的时候，确是会不顾一切地自保。尽管他已听到斧头落地的声音，亦丝毫没有放松，唯一的念头便是要让这“怪物”不动，只要它还动着，他就仍未逃出死神的掌心！

耳边尽是玻璃的碎裂声，灯罩碎片嵌进他的手背，但一点都不痛，体内的血液在疾速奔流，哪里还有触动伤口的空当？间中他想捡起一块大些的碎片，以便切断对方的喉咙——倘若这杀手有喉咙的话，可惜手掌只是胡乱划过地面的碎渣，擦出滚烫的汁液。他担心自己会流血而死，于是跑得更快，风刮过他发麻的头皮，手上的伤痕这才隐隐有些痛了，正是这些不愉快的知觉，让他庆幸自己尚在人间，跑得也愈发积极。脑中那位无形的“向导”似乎正在指明方向，那些暗门与偏僻拐角，竟也不那么难辨，每一步都跨得极有效率。

对了，就是这里！

他的脚尖触到一个硬物，于是蹲低摸了一下，是个台阶，意味着眼前有一条可以往上走的路。由此，他才嗅到了一种叫“希望”的东西。

苏巧梅正对着香宝斋送来的菜单大发雷霆，嫌“兰花鲍鱼盅”太过小家子气，非要换“金玉满堂”，高价进购的汾酒也被她数落出几百样不好来，竟要杜亮再去买些茅台，专留给镇长那一桌用。她嘴皮子动得倒也松快，只愁煞了大管家，让香宝斋临时更菜不是难事，可这会子哪里还弄得到极品酒。苦闷之际，玉莲笑嘻嘻走过来，悄悄将杜亮袖子一扯，道：“大小姐让我嘱咐你，莫去理二太太的指示，如今变这样变那样，神仙都伺候不好。所以你且自顾自做你的去，免得耽误了大事。”

“替我谢谢大小姐的好心了。”杜亮苦笑道，“可你我都清楚二太太是什么样的脾性，连指甲缝里的一点儿泥都要挑出来的，何况是这么大的敷衍，少不得还得由着她，否则我差事难保。”

玉莲又道：“大管家多虑，这里缺谁也不能缺你。如今风水轮流转着，也不知下一圈儿转到谁那里，但至少也不该是二太太了。”

杜亮这才转头将玉莲上下打量一番，诧异道：“难不成这番话也是大小姐教你说的？”

玉莲笑回：“怎么会？自然是我想到的，才跟你讲。”

杜亮不由心中感慨，原来这里的下人都心如明镜，只平素都在装傻，唯他心机浅薄，能力都摆在脸上，反而受欺压。当下便萌生去意，但转念一想，还是决意等祭祖之后，如今在这样的紧要关头上走人，有些太不道德。

正想着，却见唐晖远远地冲他摆手，便走过去问怎么了，竟是二太太又翻出新花样，要在宴上摆一道紫檀木雕屏风，说显得阔气。杜亮一听便知道那是二太太打三太太的主意，唯她过门的时候老爷特意送了这样贵重的古董，以建立她在黄家的威信。所以这东西自然是扎了苏巧梅的眼，非得趁这个时候把东西借出来，用过之后何时能还回去，可就难讲了。

“也不知三太太肯不肯。”杜亮勉强挤出这一句来，“再说这东西教谁去借好呢？”

唐晖心直口快，道：“这等美差，自然是杜管家出马，其他人谁去都不好吧？”

杜亮只得硬着头皮，带两个下人去到张艳萍的屋子，在门口叫了半天无人理会，只得走进去，见阿凤正趴在桌子上好梦正酣，台面摊着一大片亮晶晶的口水。他当即有些哭笑不得，心想果真世态炎凉，主子落魄，下人便也跟着颓靡。于是出手在她后脑勺上狠狠拍了一下，她竟只是咂了咂嘴，依旧鼻息缓滞，没有半点儿惊醒的意思。

“阿凤！”杜亮有些恼了，抓住阿凤的肩膀，将她翻转过来，拿起桌上凉了的茶水径直往她脸上泼，顺带还抽了她两嘴巴，她这才迷迷糊糊地睁开眼。

“小蹄子胆子倒也大，主子正病着呢，倒还睡得香了！”

唬得阿凤忙跪下哭道：“平常都是小心伺候着的，万不敢打瞌睡，今儿也不知怎么了，竟睡到现在！”

“三太太呢？”杜亮想着办正事要紧，便也不再计较，只伸头往里屋探去，心里盘算着反正主子也是疯的，纵跟她说了也不会明白，不如直接交代给阿凤，便把屏风抬走了事。

阿凤缩着脖子走进里屋，不消一会儿便出来了，面色苍白地说道：“三……三太太不见了。”

张艳萍的失踪，杜亮首先禀告的是黄天鸣，谁知他听后便只命两三个下人去四下找一圈儿。杜亮原想问要不要从二太太那里拨几个忙祭祖的人出来帮着，见老爷也是淡淡的，当下便应声退出去了。黄慕云知道了，急出一阵剧烈的咳嗽，遂操起藤条没头没脑地抽了阿凤一通，阿凤也不躲，只倒在地上“嘤嘤”地哭，说是浑身无力，起不来了。

“马上去找！哪里都不许漏！”

黄慕云话一出口，杜亮便听出音来，回道：“该找的地方都找过了，包括藏书楼在内，都是空的。”

刚说完，黄慕云已换上皮鞋走出去了，杜亮忙在后头跟着，却被他拿眼睛瞪回去了：“你们哪里是真心要找我娘？不如我自己去，不耽搁各位操办祭祖大事了！”

杜亮只得站住，脸上红一阵儿白一阵儿的，想来想去，还是找到黄梦清，把事情说了。黄梦清却表现得漠不关心，笑道：“她这么弱的身子，还能跑去哪里？定是还在院里转悠呢。等一歇我让玉莲也出去找，你且把慕云叫回来，嘱咐他莫声张。无论如何都不能乱了明天的大事，可明白了？”

一番话，说得杜亮心都寒了，他方才明白昔日老爷捧在手心里的珍宝，如今确已成了锦灰堆，风光怕是回不来了。于是他将心一横，索性也由着黄慕云去，他自己径直去佛堂跟进祭祖的事，将张艳萍抛到了脖子后头。有些事情，既力不从心，不如放弃来得痛快干脆。

可怜张艳萍，如今还在不知哪个暗室内，全身僵直地站在板凳上头，脖子被“夺命索”牢牢套着，略有个风吹草动便要被打入地狱。

夏冰与杜春晓已是彻底的“迷途羔羊”，不知从哪个门进，也没想好出路，炭笔画过的地方不晓得为何，转眼便被泥灰覆盖。所幸准备充足，还不至于走投无路，两个人甚至还有些乐在其中，因都坚信“峰回路转”的道理，以为这样的绝境能助他们发现更大的“宝藏”。杜春晓边走边哼着不知名的小曲儿，夏冰牵着她的一只手，偶尔还拿过她嘴里的香烟抽一口，再塞回她唇间去，动作自然得像是老夫老妻。

“我在想，若再寻不到出口，你就拿牌算一算，指条明路。”他开玩笑道。

她却大笑，然后摊了摊手，将一张战车牌在他眼前晃一晃，说道：“那牌只剩这一张了。”

“其余的呢？”

“都留在那里做记号了。”杜春晓退回十来步路，打开一间暗门，里头却没有另一条岔道，而是一堵砖墙，墙面上贴着一张塔罗牌。

“我随身带的塔罗牌只可算小阿尔克那，因为现在只有二十二张。且因前边咱们每回做的记号都会被人抹掉，所以我便专找那些被封了的暗门，钉上这张牌，再把门关上，如此一来，那想让咱们迷路的朋友便不知道了。”她笑得灿如春花，脸也被火光照得神采飞扬。

夏冰皱眉道：“也没个顺序，有什么用？”

“谁说我就记不得放牌的顺序？”她下巴一抬，显得傲气十足。

他这才松了口气，刚想说句解脱的话，只听她又补充道：“其实我还真不记得了。”生生将他气得险些吐出一口老血。

两人正欲斗嘴叫骂之际，她却满腔忧虑地望着前方黑茫茫一片，喃喃道：“而且我手里的牌，已只剩一张了……”

夏冰此时已忍无可忍，一面往前走，一面转头对杜春晓怒道：“从前不是讲得自己比天王老子还厉害吗？这会子怎么又露了怯？万一咱们真出不去了，弹尽食绝的时候，你可得先死，让我吃你的肉。”

“呸！你身子骨比我弱，自然是你先死，我吃你的肉！”杜春晓当即不服气了，将烟蒂往地上一丢，狠狠在夏冰胳膊上掐了一把。

他痛得整个人跳起来，忙挽起袖子查看。那块皮肉已红得似熟虾壳一般，于是道：“你这疯婆娘何时能正常一些？说笑罢了，还要动手？再这样……”

“啊！果然还是我强过你！”杜春晓未等他讲完，便突然拍手大笑起来。夏冰目瞪口呆地盯住她，暗想她莫不是真的疯了。

只见她手舞足蹈地弯下腰，拾起刚丢在地上的扁扁的烟头，欢呼道：“这记号，可也是我一路留下来的，保管错不了了！”

说毕，两人相对无语了好一阵儿，突然都大笑起来。

夏冰笑完后，回头还要向前，却打了个踉跄，身子往前扑倒，手里的火折子也跟着飞了出去，正擦过杜春晓的右脸颊，她当即感到耳边“轰”的一声，皮肤生出麻辣辣的疼。原想骂夏冰几下出出气，眼前的景象却让她不得不住了口。

因绊倒夏冰的是一个往上的楼梯，这表示，他们终于可以走出地底迷宫，拥抱光明了！

-5-

黄莫如站在光线最强的窗下，看灰尘漫舞，他不晓得算不算侥幸，只知手上阡陌纵横的伤口里还埋着一些玻璃碎屑。这个时候，他本该就此跑出去，联系保警队，将那秘道翻个底朝天，以便挖掘出更多鲜为人知的秘密。可终有个奶声奶气的声音，在他脑中盘旋，要他“可不准对任何人讲”。

于是他决意保持缄默，却又有些不甘心，一些片断已越来越清晰，只是没有一条线能将它们拼凑起来，他只得继续寻找。藏书楼的木梯如垂暮老人，每一级台阶都有虫蛀的细小洞眼，与水波一般的细纹路混在一起，仿佛脆弱至极，教人不忍踩踏。每层都有一圈儿高耸接顶的书架子，被厚薄不一的线装古籍塞得满满当当。书脊与顶板之间结着密密麻麻的蛛网，宛若对似水流年的幽怨倾诉。而他梦游似的步履，令这些古旧的阶梯发出迟钝的呻吟，愈是往上，他情绪便愈是高涨，因知道之前被偷去的记忆正逐渐奉还予他。

藏书楼顶层的凶案气息依旧明显，唯一一座半空的书架后头，红漆剥落的小隔门后头，便是薛醉驰曾经的藏身处。移开那扇门，酸臭味仍未蒸发干净，在那窄小的空间里游荡。他略略屏住呼吸，猫着腰钻进去，发现顶板刚好压在离他头顶两寸的地方，在里头想直起身子已不可能。他不由倒抽一口冷气，感慨是怎样的执念，竟让一个人能窝在这里过地鼠般的生活十多年！令人窒息的空气令他几欲呕吐，只得背朝后退出来，刚退到门边，却撞到一件东西……

不！是一只人手，正搭在他背上！

他当即头皮如炸裂一般惊恐，身上每个毛孔都张开了，后脑刚刚愈合的伤口正锥刺灵魂深处的记忆。没错，原先也有过类似的情景，一只手搭在他的背部，以为是掠过的蚊蝇，刚要回头去掸，已来不及了！重心仿佛突然从他体内抽走，他在楼梯上翻扑，木头粗糙的倒刺划过面颊和手臂，并不觉得痛，只是如着火一般教人焦虑、失去应变的能力！

所幸这一次，他不是站在楼梯上，纵再被暗算一把，至多也不过跌进这臭气熏天的暗室里去。只是，倘若对方手里还握着一柄利斧呢？

秘道内的惊悚经历复又缠住他的呼吸，于是他一动不动，将每条肌肉紧绷，缓缓回过头来，汗珠顺过眉毛滴落在眼眶内，都顾不得去擦一擦，只竭力睁着眼，想死得明白。

“是大少爷呀……”

背后那只手的主人，是夏冰，后头站着浑身烟味的杜春晓。

黄莫如这才恢复了呼吸，大口喘着气站起来，捂住胸口道：“你们来这里做甚？”

“大少爷又在这里做甚？”杜春晓半眯着眼，反问得毫不客气。

“我……”黄莫如刚要回答，却见杜春晓头顶升起一把斧头，刀刃正对她的脑壳正中。

“小心！”他大叫，心里却估摸着已来不及，再过几秒，杜春晓的头颅怕是就要被劈成两半。

孰料她像是背后长眼，也不回头，径直将身子往下一蹲。原本高举斧头的杀手见猎物突然矮下来了，一时不知如何是好，竟将手举在半空怔了一下，这一怔便给了夏冰反扑的机会，他将手里的包狠狠甩在杀手脸上。黄莫如终于看清那杀手，竟是披着件黑斗篷，将身材与面孔都遮蔽起来，似活脱脱从杜春晓的死神牌里走出来的。

杀手被夏冰装火折子的布袋击中面部，斗篷套头的部分便落下来，露出一张陌生的面孔。满头银发，神情扭曲，五官因杀意而变得暴戾，皮肤却光洁苍白，似经久不见阳光。因斗篷落下的一瞬，他整个暴露在光天化日里，竟不由抬臂挡住双眼。夏冰忙上前猛地向他挥了一拳，对方应声倒地，右手却还紧紧握住斧柄。

黄莫如站在一旁，竟完全没有上前帮忙的意思，像被施咒了一般盯住前方。杜春晓急了，在他耳边喝道：“快上前帮忙呀！”

其实她自己都不知要如何帮忙，因夏冰已与那杀手抱作一团，在楼板上翻滚，两人均沾了一身灰尘，杀手的斗篷也已脱落，露出里头穿的短褂长裤。他们奋力扭打，旁人却已分不清谁是谁。夏冰死死擒住对方拿凶器的那只手，另外腾出一只手来掐住他的脖子，那人喉咙里发出嘶哑的号叫，因气管闭塞，很快便面孔绯红，眼里的血丝根根暴涨。

杜春晓也是紧盯地上那两个人，却不知从何插手，只能不断跺脚，这样惊心动魄的场面，她当真一点儿也应付不来，偏偏跺脚那会子，竟将夏冰掉下的眼镜跺了个稀烂，于是便更不知所措。这个辰光，她才真正当自己是个女人，掐住发呆的黄莫如吼道：“赶紧上去帮忙呀！愣你娘呢？”

话音刚落，她已被一条绳索套住，喉咙猛地封闭，空气与她就此隔断。她只能胡乱挥手，在半空乱抓，可惜勒住她的人在后边。

是谁在暗算她？

杜春晓全仰仗肺腔里的最后一口气，竭力想回头看一眼，无奈身体发麻，血液像已凝固，想动弹一下都是妄想。她脑中不由掠过一丝沮丧，头一回觉得做女人吃亏，不似男人这般孔武有力的话，办案遇上危险便只有等死的份儿。意识恍惚之际，她看见黄莫如还站在窗前的那道光线底下，宛如正接受神佛的光芒沐浴，神情之虔诚、呆板，令她即刻下定决心，变鬼之后定要先找这位大少爷，再去寻凶手报仇！

她正绝望地在那里盘算，耳边却传来一声模糊的轰响，脖颈也随之一松，刚踏入鬼门关的半只脚竟又收了回来！听觉与视觉恢复之后，她又转头看地上抱在一起的两个人，想是因先前那声巨响惊动了所有人，夏冰不自觉得松了力，竟被那杀手反扑，将其摁在墙上，利斧再次举起，往夏冰头上砍去……

紧接着，又是“砰”的一声。

杀手正欲杀戮的动作定格了几秒，便软软倒下来，靠在夏冰身上，斧头“哐当”落地，之前所有紧绷的杀机，也似乎在这一刻意外落幕。

夏冰脸色苍白地推开杀手，对方参差不齐的白发刺过他的下巴，令先前强烈的求生愿望变成受惊吓后的余温，他忙推开不知还有没有气息的杀手，抬头望去。

却见黄菲菲站在那里，原先瞄准杀手的猎枪冒出一缕青烟，枪管正随她丰满的胸膛剧烈起伏。

“这……这是李常登……”杜春晓指着地上的尸体说道。

“胡说！这个人根本没有见过！”夏冰忙捂着脖子爬起来。

黄菲菲将枪管往杜春晓身边那具尸体指了一下，努嘴道：“她是说这个人，不是刚才对你行凶的那位。”

果然，李常登睁大双眼倒在杜春晓脚边，左手指上还缠着一根细红绳，轰开的太阳穴里正流出粉红的脑浆，汁液淌过黄莫如脚边，将那只滚落在地的旧黄杨木烟斗染红了大半。

“那这又是谁？”夏冰迅速恢复镇定，将白发杀手的身子翻转过来。他背部中枪，血流得不算很快，但已洇湿了一大块地板。

无人回答，因都说不上来，空气瞬间又凝结成冰。过了好一阵子，只听黄莫如大叫一声：“我想起来了！”他一副头痛欲裂的样子，捧住额上已滋出血水的绷带，嘴唇抖动得极厉害，仿佛在沙漠中行走的旅人看到了水源。

“嗯，其实，我也想起那个人是谁了。”杜春晓指指皮肤与发色一样苍白的杀手，笑了。

张艳萍脚下的板凳似乎有一条腿已偏斜，在过分安静的室内，她能听见木榫松脱的声音。于是悄悄踮起一只脚，稍稍给脖子与绳索之间腾出些空隙，如今她需要大量的空气，原本深深勒进皮肉里的绳子系呼吸的最大障碍，再加上许久不进饮食，脚底终究会有发软的时候。此刻，孤独感比恐惧感还要强烈，因漫无边际的阴暗令她无所适从。她想起嫁进黄家的前一晚，大雨倾盆，娘有些不高兴，拿一只金绿绣线的香包出来，要她挂在窗棂上头，以乞求次日艳阳高照，让她嫁得风光。她将香包挂上，坐在窗前等待雨住。夜深时分，竟见不远处有个人缩成一团，坐在墙根儿下发呆，将油灯移近了瞧，是李常登被雨水糊住的一张脸，也不知有无眼泪，只是皱着眉，嘴里发出含糊不清的声音。

她恨不能记忆就此停住，不再往前而去，由此，过门时苏巧梅的刻薄面孔，分娩时撕心裂肺的疼痛，与孟卓瑶假意客套的难过，便可在生命中分毫不留，只余李常登的温存呵护。较之黄天鸣，他既不英俊，亦不富有，是普通得教人转瞬即忘的男子。可年少时，她每每划着木桶采菱的当口，经过河边的游廊，便总能看见那细长黝黑的青年男子，坐在矮凳上，嘴里含一根细细的篾棒，脚边落满雪白刨花，他总是对她笑一笑，是羞涩里掺了渴望的，却不像街上那些地痞那般嘴巴不干净，就只是远远地凝视，从不回避那层陌生的距离感。他便是那么样摘走了她的心，悄无声息的，甚至上苍连招呼都不打，只是硬行地把她交予他，此后无论她在哪里，那根羁绊都是在的。

如今她吊在这里，耳边犹响起那夜稀稀落落的雨声，天井里的梧桐与藤萝都淋成了浓绿。可惜这里却让她分不清昼夜，只知是命悬一线，后头也必定凶多吉少。有一段时间，她想勿如两脚一蹬，就此了却算了。可蓦地脑中又浮现李常登那双烧灼着她灵魂的双眼，里头包含对幸福的渴望。这虚构的幸福里也有一个她，风姿绰约地站在镇河边，正拿一只银签子，仔仔细细地替他挑挖烟斗缝里的污垢……倘若能在这样的幻境中死去，抑或人生才勉强算得上“圆满”。

正在陶醉处，门却开了，黑斗篷向她移近。

虽然如今她眼是半盲着的，却依稀知道那个人正在仰头看她。她睁了一下眼，昏黄的灯光在墙壁上映出对方巨大的“兽”影。

时辰到了？她暗自发问。

只听得“咔”的一声，脚下遂腾了空，恍惚间，她看见李常登由高处伸出一只手，将她搂住，她感觉自己轻得像片羽毛。

-6-

孟卓瑶是嘴上硬，指天发誓说断不会过问祭祖的事儿，可到底还是坐不住，只说身子不舒服，晚饭要在屋子里吃，便去佛堂看了一圈儿。因请的客人多，每次宴会均要将桌子摆到庭院里去。因而走进庭院，便见密密的几张圆台面，拿布盖着，只等次日揭宝。绕过那里，转去厨房，只见几大盆待杀的花鲢和草鱼都放在外头，砧板也一字排开靠墙根儿放着风干，鸡毛鱼鳞都堆在那角落里头，腥气扑鼻，却有些过年时的欢快氛围。她不禁叹一口气，直觉随年纪增长，早已对那些大大小小的庆典是怕多过了盼，索性全交给苏巧梅也没什么。可转念一想，又有些憋屈，与黄天鸣荣辱与共的年月在那里呢，哪里是说放手就能放手的？于是还是要顾及夫妻情分的。她知他只是一时之气，又拉不下脸来讨好，晚间杜亮送过来的燕翅粥便是一个证明，他们之间的和解，素来都是靠心照不宣，他娶后两房姨太太时，都要经过这样的流程，双方各退一步，便相安无事了。

厨房此刻灯火通明，她在外头转了一圈儿，到底觉得太脏，伸不开脚踏进去，便作罢了，且暗暗惊讶于自己的惰性。若换了前几年，虽面上是苏巧梅操控一切，她却是在后头盯得紧，一分差错都不许出，进出厨房亦是风风火火，哪里还关心鞋面会不会脏。难不成她是真的累了？从白子枫嘴里吐出的“报应”二字如恶灵缠身，一直拨动她的神经，她舌尖至今留有对方涂抹的药膏的苦味，与诅咒一道烙在了记忆里。

正欲回转过来，却见黄慕云匆匆走过，竟也不看她半眼，径直擦肩而过。她知他看似有急事，却偏生叫住他：“怎么如今眼里没人，连我都不知道了？”

黄慕云只得站住，毕恭毕敬地对大娘行了礼。

孟卓瑶问道：“这是怎么了？身上脸上还脏成那样，在泥地里滚过？”

黄慕云回道：“我娘不见了，正到处找，怕她躲在什么假山洞里，所以钻了好几个地方，才弄得这么脏。”

孟卓瑶听了，果然也不在意，只道：“你娘一个病人，走不远的，且去其他房里找一找吧。”

黄慕云听罢，抬腿欲走，却突然回过头来，对孟卓瑶道：“大娘，你可有听见枪声？”

孟卓瑶偏头想了一下，只是摇头，道：“不记得了。你二姐终日要枪玩儿，快把咱们耳朵都震聋了，纵有枪声，也没放在心上。”

“我去她房里看看，没准我娘就是被她吓唬跑的！”

她听了不由得心头一热，觉得这孩子怎么看都要比他哥哥实在一些。她虽也动不动要为难一下张艳萍，对黄慕云却是怎么也讨厌不起来。反倒是黄梦清，背地里对这药罐子弟弟多少会流露一些不屑，只当他是个废人。

可不管怎样，纵是废人，却也是男的。而不能为黄家添一个男丁，恐怕要成她一世的心病，加上女儿又是个淡泊的人，对家业权势之类的东西总漠不关心，令她愈发气结，于是少不得要将怨气发泄到两个小妾身上。然而对黄慕云，她总有一些难以言状的情愫，甚至能从他身上觉出一些与黄梦清类似的东西来，诸如聪慧、淡泊，及对某些人与事的钟情。

“菲菲可不比你大姐，脾气你是晓得的，要注意分寸。”她忍不住嘱咐道。

他愣了一下，想是忆起前些日子她与张艳萍那场惊天动地的厮斗来，“谢”字溜到嘴边，终究却说不出口，便沉下脸转过身去，往黄菲菲的屋子去了。

孟卓瑶百无聊赖，便又去女儿那里串门，却见她正背对着门，倚在凉席上发呆。当下便上去拍了一下肩，对方转过头来，竟是杜春晓。

“你穿着梦清的衣裳做什么？”孟卓瑶被吓了一跳，直勾勾盯着杜春晓问道。

只见黄梦清正端一盘石榴出来，放在席上，杜春晓忙起身拿了果子，认真剥起皮来。黄梦清笑道：“她那身衣裳哪里还能穿？只好在这里洗了澡，换我的衣服。”

杜春晓将鲜红的石榴籽放进嘴里，吐出淡黄的湿核，边吃边道：“大太太，春晓在这里求你一件事儿。”

“你这样子，哪里像在求我？竟是像命令呢。”孟卓瑶掩嘴笑道，她从前有些怕这古里古怪的姑娘，谁知她离开那几天，竟也有些让人牵挂。

“明儿祭祖，我知道佛堂是除了黄家人与几个必要的下人之外，外人是不让进的，可如今这里命案频发，到底也不太平。我想与夏冰做一回保镖，在佛堂里守着，以防有个万一，可好？”杜春晓这番说辞，像是反复打过腹稿的。

孟卓瑶看了看黄梦清，笑而不答，只低头吃了一口茶。

杜春晓忙又道：“除夏冰之外，我还想带一个人进来。”

夏冰踏进风月楼的那一刻，心已提到了嗓子眼儿，于他来讲，那里亦非什么禁地。前年两个嫖客为争一个姑娘打架，竟买通地痞挑了对方的脚筋，李常登当时便带着他过来问过话。印象里，风月楼只是一幢不起眼的两层旧楼，一到夏天，木材水分便被抽干，时常发出轻微的爆裂声。走进去却是另一番奢华天地，顶上挂着图案精美的花灯，连大红桌椅均像是流露着情欲的，脂粉香与酒香混合的气息弥漫整个大厅。因他那次是白日里来的，那些异味也都是冷的，却足以反映前夜这里曾有过的繁重的淫靡。在那里，男人对女人的觊觎都是光明正大的，因这份坦荡，才令这些娼妓给客人敬的每一杯酒，点的每一支烟，浸透了满满的挑逗。

因天色尚早，桃枝还未梳妆，只松散着领口，面容苍白地坐在窗前，手拿剪子修整一盆文竹。夏冰拘谨地站在门边，只等她抬头来招呼他。她眼角余光已在打量他，头颅却始终是低垂的，仿佛一定要等他开口。

“桃枝姑娘，这么急找我来，可是有什么要紧的事？”夏冰直觉她懒散中流露的风情有些气势汹汹，于是故意低头不去看她。

她抬头笑了，那张脂粉不施的脸反而要比艳妆时端庄许多，他从不知她竟是美人胚子，这才有些佩服她的心机，将自己扮漂亮是容易的，可若是存心要与身边的庸脂俗粉归为一类，却要付诸一定的技巧。

“你可记得之前问过我金顶针的事儿？”

“问过，你当时说不曾在翠枝那里见过。”夏冰点头。

桃枝拍了一下手，掩口道：“我如今想起来了，确是见过的。与她一道做针线的时候，她拿出来用，虽是一瞥，到底还是有些奇怪，这样贵重的东西是哪里来的，后来辰光长了，也就忘记了。”

夏冰伸手示意她莫再往下讲，不知为何，他心脏竟有些隐隐作痛，继续追问道：“简政良与你过了几夜？可有对你说什么没？”

“他哪里会对我讲些什么？不过是夸些海口，炫耀自己体力如牛，其实不过也只是个……”她不再讲下去，只拿起帕子掩口窃笑。

夏冰当即也红了脸，轻咳一声，遂换了话题：“明天黄家祭祖，你可知道？”

“谁不知道呢？只可惜我们做这行的，也称不上乞丐，没那条命去他们家门前要米粮。”桃枝半开玩笑地抚了一下文竹绒毛般的叶子。

“那恳请桃枝姑娘明日定要到黄家来一趟。”

桃枝手里的剪子一颤，竟不小心剪下一片碧绿的文竹来，她惊道：“我哪有这个资格，进得了黄家的祠堂？”

“你莫要有什么顾虑，我与春晓已安排好一切，到时你过来便是，不会有人拦你。”

夏冰讲得斩钉截铁，让桃枝一时不知要怎样回应，只愣在那里，半天方回过神来，笑道：“那就有劳小哥儿了，也让我开开眼界。只不知为何，明儿一定要我到场呢？与妹妹的案子可有什么联系？”

“有。”夏冰眼镜片后那一双眼睛显得神采奕奕，“因为我们要在那里揭露这桩连环谋杀案背后的真凶。”

-7-

站在祠堂中央的苏巧梅此时已又惊又怒，已不知要如何解释，只得等着老爷教训。之前路过宴客厅，黄天鸣心血来潮，非要进去看一眼，却见从张艳萍房里搬来的紫檀木屏风上红迹斑驳，内嵌瓷绘上的《仕女图》淌满淋漓鲜血，已不能看。苏巧梅当即气得几近晕厥，下意识地转头瞪一眼孟卓瑶，孟卓瑶哪里肯放过这反应，冷笑道："看我做什么？谁作的孽谁自己清楚。今天什么日子？哪里经得起？"

因四个小的都在，杜亮带几个随仆亦随行伺候着，加上主子们各自的丫鬟，一行人浩浩荡荡，杂得很。当下黄天鸣亦不好发作，只说："赶紧叫人擦干净了！"便径直往祠堂那边去了，众人遂提心吊胆地跟着。才跨进祠堂，大家便又惊叫起来，且不说供奉的祖先牌位倒的倒，碎的碎，均从神龛里掉落在地，原该是放跪垫供拜祭用的地方，竟赫然摆着三具尸体，均用白布遮着，也不知是谁。黄天鸣即刻面色铁青，也不言语，苏巧梅到底忍不住，急得双眼发红，再逼一逼，恐怕便要落泪。

孟卓瑶指着那神龛道："你先前那一眼，分明就是疑我动了手脚，可这里供的是我家的人，难不成我还去翻了祖宗的牌位？"

她这一咄咄逼人，反而引发众人反感，黄梦清怕事情闹大，便悄悄向杜亮使了个眼色。杜亮心领神会，便在后头一个随仆耳边念了一句，那随仆便走出去了。黄梦清遂上前搀住母亲的胳膊，道："还是搞清楚来龙去脉要紧，灵位的事儿不重要，重要的是这里也不知被谁放了三个死人，也怪吓人。"

此时黄慕云已走到尸体跟前，翻起第一具盖上的白布，系李常登！祠堂内不由发出一阵惊呼，黄天鸣原先紧绷的面孔上掠过一丝恐惧，对苏巧梅颤声道：“昨晚有派人守夜了吗？”苏巧梅已说不出话，只能机械式地摇头。黄莫如将一只缠了白纱布的手搭在母亲肩上，似是要给一点儿安慰，然而眼神却是冷的。

黄慕云遂又掀开第二块白布，大家还不知怎么回事，他竟已“哇”的一声号啕起来，双头抱住头死命往贡桌上撞，嘴里只叫“娘”。这才明白那竟是张艳萍的尸体，黄天鸣忙上前查看，张艳萍惨白如纸的脸上，五官像是塌陷了一般，面颊鼓胀变形，头颅偏在一侧，唯嘴角那一道笑纹揪人心肠，似乎正缅怀她生前的俏丽姿容。黄天鸣盯着张艳萍的脸，她还是丫鬟那会子，穿得很素气，只那一对儿酒窝是销魂的，他便醉在她的酒窝里，娶她过门，费尽周折讨好她。她在他身边是温柔的、顺从的，只是那温柔与顺从里，总有一缕捉摸不透的淡愁。他觉得出她不够爱他，不如孟卓瑶那般与他有共患难的真情，甚至还不如苏巧梅对他有所图的那种全身心的巴结，她却总是淡的，虽也争强好胜，却是远离内心真正的喧嚣，神魂都在别处，于是他便爱她更紧。

如今，她是真的神魂俱散，他的悲恸一下堵在胸口，怎么都发不出来。只能强忍眼泪，站起身，回头对苏巧梅说道：“这一看便是有人恶意破坏，怪不得你。只是定要找出是谁做出这些事来。”

“谁做的？！还不是你们做的？”黄慕云怒发冲冠，霍地起身，拿手指住黄天鸣并后边孟卓瑶等几个人。

众人当他是伤心过度，也没有争辩，只怔怔站在那里，拿不出半点儿主意。倒是黄梦清，三两步跨过李常登的尸身，走到黄慕云跟前，抱住他的肩头哭道：“你怨什么我都明白的，只是如今应以大局为重。都是一家人，有什么委屈不好讲的？过去的事已过去了，可要多想着点儿将来。你身子又不好，伤心也得忍一忍，要不然连我们看着也……”

她再也说不下去，只抱着黄慕云落泪，黄天鸣也背对众人，站在角落里忍泪。

“哟！这戏还没开场，怎么就一个个像是要散了的？”

杜春晓从神龛后头钻出来，夏冰与顾阿申也已站在三具尸首的两侧，唯桃枝显得畏畏缩缩，悄悄将身子挪到杜春晓后头。今次她特意将自己往平常里装扮，脂粉不施，一把秀发在头顶松松绾了个髻，蜜藕色旗袍配雪白的帕子，趿一双墨蓝的布鞋，乍一看竟像未出过阁的小家碧玉，一丝淫气都没有。

黄天鸣见有不速之客，怒喝道："这可是你们几个搞的鬼？"

夏冰推了推眼镜架子，指着地上的尸首道："这是我们搞的鬼。"再指指地上散碎的灵牌，"这不是我们搞的鬼。"

黄天鸣刚要回应，杜春晓已双手叉腰，站在祠堂正中，高声道："各位，黄家几个下人的死，及青云镇上最近出的几桩命案，如今也要来个了断了！"

"哈！"孟卓瑶尖笑一声，道，"你一个姑娘家，口气倒也挺大，难不成要靠那几张什么西洋牌来了断吗？"

"正是！"杜春晓高举手中的塔罗牌，笑道，"各位，自黄家大小姐的贴身丫鬟田雪儿被害算起，如今已丧了十四条人命。这是人命啊，可不是儿戏，死去的人，早晚要讨还这个公道。如今人也齐了，我的牌也是齐的，劳烦各位都先抽一张。"

说毕，她便拿着牌走下来，让在场的几个人均抽一张，孰料黄天鸣一把将牌推开，皱眉道："也不看看时候，还在这里玩这些把戏！"

夏冰抢道："不是玩把戏，是破案。"

"破案？"先前因自责而迟迟不敢作声的苏巧梅，因黄天鸣的一句安慰，亦回复神气，插话道，"破案是保警队的事情，要杜姑娘跳出来做甚？"

杜春晓不急不恼，只在张艳萍的尸首前绕了一圈儿，正色道："那十四个冤魂死鬼，恐是如今都聚在这里呢。这角角落落里，都是他们的眼睛，盯着你们，盼着申冤。你们倒好，竟连抽一张牌，算一算凶手都不肯。可是觉得黄家不过死了几个丫头，再不济，至多也只死了一位三姨太，不是什么了不得的人物，死也就死了，埋掉便是。可是这个道理？”

当下说得众人都不吭声了。

她乘胜追击，道：“如今，特意将这三位的尸首抬将上来，无非是想让他们各自都死得明白，你们也听个明白。今后无论黄家还是整个青云镇，都能少出几条人命。所以今儿的牌，是一定要抽的！还请黄老爷带个头儿，给大家做一个榜样。”

讲完，这牌已送到黄天鸣跟前，他背起手挣扎了一歇，还是抽出一张牌来，刚要出示牌面，却被杜春晓止住，笑道：“还未到揭牌的时候，且等一等。”

于是众人如法炮制，各自抽走一张牌，捂在手心里。待他们抽完，她复又回转到尸首旁，让黄慕云与黄梦清也各抽一张。

当牌伸至桃枝跟前时，她略有些吃惊，然而还是没有多问，只抽掉那最后一张牌，压在胸前。

杜春晓见一切已办妥帖，便轻咳一声，开始解牌。她最初揭开的是黄梦清手里那一张星星牌，意为期望过高的爱情。

“这个事情，若照近的讲，定是要从黄家大小姐的贴身丫鬟田雪儿雨夜被害讲起。偏巧她生前到我这里来算过牌，我看她生得美若天仙，心气儿又高，算的又是姻缘，便知是想攀高枝的，牌上解的，与我想的也在一处。只可惜这丫头竟是不折不扣的‘丫头命’，死得极惨烈，被切去了肚子，这一切，可是把某个人留在她身上的种也切掉了。保警队也曾探遍下人和几位太太的口风，像是都晓得与田雪儿私通的男人是谁，只不肯讲。更有趣的是，后来黄家一连又死了两个丫鬟——碧仙和翠枝，均是这里最标致的，且也被切了肚皮，行凶手法一样，必定是同一个人干的。后来，桂姐从黄家二少爷的丫鬟小月那里，找出一只金顶针。”

杜春晓走到小月跟前，揭开她手里的牌——倒吊男，意为陷入迷境。

“好死不死，翠枝的亲姐姐桃枝，亦说曾在妹妹身上见识过金顶针。如此说来，这两位姑娘都认得同一个男人，拿到的‘定情物’且均是一样的。于是咱们便都确定，田雪儿和翠枝，必是与府上两位少爷中的一位有染，而李常登更是心焦，单凭某个人的一面之词，便将大少爷捉去审问，却偏偏放过了真正的凶手……”

她边讲边翻开黄慕云手中的恶魔牌，笑道：“二少爷，那几个丫鬟，可都是您害的。”

黄慕云一脸错愕，眼睫凝结的泪珠已落在面颊上，画出一道湿痕：“杜姑娘，你这是……这话要怎么讲？怎么是我害的？”

杜春晓也不理他，只笑吟吟地走到桃枝那里，揭开她的手中牌——魔术师。

“二少爷，黄家真正荒淫无度的那个人，只有您啊！桃枝和桂姐提到那金顶针的时候，我便有些疑惑。”她边讲边拿出那只顶针，勾在小拇指上，挨到杜亮眼皮底下，道，“叔，你可认得出这只顶针是拿什么材料做的？”

杜亮面无表情地摇摇头，心里只为这侄女的莽撞举动捏了把冷汗。

“铜顶针与金顶针，不是那么容易辨得出来的，纵桂姐交给我看的那一枚是金货，她又何以认出田雪儿生前戴在手上的那一枚也是金的？还有桃枝姑娘，你也可是说谎不打草稿，翠枝用过的顶针，你又怎么光凭几眼便辨出它是金的？所以只有一个解释，桂姐与桃枝，都在替一个人说谎，那个人便是二少爷了。”

桃枝垂着头，满面通红。

“一派胡言！她们为何要替我讲这种谎话？”黄慕云已气得浑身发抖。

“因为桂姐从小看你长大，将你视作半个儿子，自然是会替你掩饰许多事情。那晚桂姐原是想借小月的私房钱失窃之名，从各个屋里查找线索，事后她说是从小月房里找到了金顶针。实际却不是那么回事吧……”不知不觉，杜春晓已走到红珠身边，翻开她的牌——月亮。

“桂姐根本没有在小月的梳妆匣里找到东西，却是在红珠的屋子里找到一只甲套！没错，正是三太太被污蔑与自家大厨通奸的那个‘铁证’。大家可记得，吟香从三太太那里偷出来典当的东西里，有五根甲套，当时我便觉得奇怪，因甲套一般是六根才算齐全，那剩下的一根又去了哪里？桂姐想是也本着这样的疑问，才借着由头去各屋查找一通，在红珠那里翻出这东西之后，她头一个便告知了二少爷。二少爷您自然不肯让她把这东西交出去，因还有更多的用场，于是便向桂姐坦白，当日偷了三太太的东西交于吟香的，正是她的亲儿。当时二少爷编的理由大抵是说喝花酒喝过了头，赊账太多，只好将母亲的东西偷出来，原想交给吟香拿去典当换钱回来，孰料这丫头见钱眼开，竟跑了，他只好将手上剩下的一只甲套偷偷交给红珠去典。这番谎话，实在是不够自圆其说，且当时吟香亦被谋杀。桂姐听了二少爷的说辞，头一个想到的便是那凶案极可能就是二少爷犯下的。为了瞒住保警队，混淆视线，她只得拿出自己私藏的一个金顶针，说是从小月房里搜到的，让保警队将疑点转移到大少爷身上。如今想来，当日我们确是傻了，一个富家公子，要讨好女人，办法多的是，譬如送一只象牙挑头簪子，何必巴巴儿送人家做针线用的顶针？”说毕，杜春晓意味深长地看了黄莫如一眼，对方牙关紧咬，默不作声。

“真是奇了！”黄慕云脸上的泪痕不知何时已风干，换上一抹冷笑，“你如今冤我，我也不怕，只是为何我哥后来就没了疑点？”

“这你可就不知道了。吟香与小月讲过，她因打赌，半夜去睡翠枝呈尸的夹竹桃花丛底下，在那里，遇上二小姐……哦不，应该是男扮女装的大少爷，桂姐也说见过。这一回，两个人倒是讲了实话，只是……”

杜春晓翻开黄莫如缠着纱布的手里那张牌——正义牌。

她高举正义牌，说道：“只是大少爷不是害人，却是想设陷阱，引那凶手出现。因黄家接二连三有丫头被害，他便想出这天真的法子，扮作女人深夜在庭院内游荡，孰料却被桂姐与吟香撞上，因灯下看不真切，只当是二小姐，这才冤到黄菲菲头上去了。”

“我哥从来不是这样热心的人，若是心里没有鬼，又怎么做出这样奇怪的举动来？”黄慕云倒也镇定，只想一里里驳斥杜春晓的指控。

“没错，大少爷不是热心的人。只是大少爷爱上的女人有些微妙，竟是田雪儿的母亲秦晓满。我原也想不透这些，谁知他失忆之后，满口叫的都是‘晓满’，这位可怜的女子手上还有那么贵重的东西，两个人说得难听一些，叫作狼狈为奸，好听一些，却是摩登情侣。为抚平情人的丧女之痛，暗自追凶也是有的。且据小月的话，大少爷在庭院偶遇吟香时，不躲不避，反而理直气壮地要她起身，让他查找线索，这就已说明他心里没鬼。有鬼的，是二少爷你呀！”

-8-

黄慕云似是忘记脚边还有母亲的尸体，竟上前挨近杜春晓的脸，他那张苍白俊俏的面孔已有些发青，口中呼出的气息都是带了刀刃的：“那按杜小姐的意思，我一并杀了黄家四个丫鬟，兼因与她们有私情，还珠胎暗结，于是情急之下，杀人灭口？”

杜春晓笑回：“恰恰相反，二少爷杀掉她们，是因为你没有让她们怀孕，除慧敏之外的三个丫头，肚子里可都没有你的骨肉。”

“哟，这可是越讲越稀奇了，绕了一圈，还是要冤到莫如头上。”苏巧梅有些站不住了，冷不丁讲了一句护犊的话。

“二太太多虑了，这孩子不是二少爷的，也不是大少爷的。”她解释之际，已将苏巧梅手上的牌翻开——力量牌，意为意志坚定，野心勃勃。

“白子枫每隔三个月便给黄家的人做一次体检，谁有了身孕，她是了如指掌的。只是这位大美人儿心比天高，总想去上海滩出人头地。一个女子，有这样的志向，原本也没什么。可怜她举目无亲，身边连个帮她的人都没有。偏巧这时候，二少爷你对她频献殷勤，她于是抓住这个机会，与你暗通款曲……”

“这可就是胡说了，”黄梦清从旁道，“慕云喜欢白小姐是人尽皆知的事，只可惜明月沟渠，人家却怎么都不愿意，对他刻意冷淡，哪里还会私通？”

“对他冷淡是因她知道二少爷两个大秘密。一是他有缺精症，让女人受孕的概率极低；像白子枫这样的女子，自然不会只满足于和富家公子哥有肉体之欢，零敲碎打占些小便宜，她要的可是大钱。要大钱，便要付出大代价，于是她处心积虑想怀上二少爷的孩子，可无论怎么努力均无济于事，便对其生育能力起了疑心，偷偷弄到他的精液，做了个检查。当她发现自己怀孕无望的时候，便当机立断，切断了与他的关系，这便是后来她对他冷酷无情的原因。”

“你这可又是胡说了，我与白小姐之间清白得很！”黄慕云复又蹲下，一脸柔情地望着张艳萍的尸体，他这副纯真的表神，已打动过太多人。

“清白？我早知你们不清白了！”杜春晓毫不留情地反驳道，“可曾记得白子枫的尸体被发现时，你赶来认尸，哪里都不看，竟掰起她的头颅，查看她后颈上的一颗朱砂痣？当时我便觉得奇怪，白小姐在人前从来只穿高领衣服，多数时候还是长发披背，你又从哪里得知她这样隐秘的地方生了一个标记呢？”

黄慕云哑然，只得看着地面。

“二少爷，你莫要激动，白小姐发现你的那第二个秘密，才算得上‘惊天动地’！”杜春晓表情异常严肃，说道，“你不是黄老爷的亲生儿子。”

“这话可不能乱讲！你从何得知这样放屁的事？”还未等黄慕云反应，黄天鸣已暴跳如雷。

杜春晓道：“这桩秘密，在翻查过白小姐诊所的诊疗记录之后，便算不得什么秘密了。按西洋的体检制度，验血型是其中一环。”

此时夏冰已拿出一份牛皮纸扎好的档案，拆开后，抽出其中一张纸，指着上面道：“这份是黄家所有人的血型检验书，上头清楚注明各位的血型，比起古时的‘滴血认亲’来，它才是真正的认亲铁证。黄老爷的血型是B型，三太太则是A型，可二公子的血型却是O型，所以白子枫从几年前头一次在黄家体检时便已得知这个秘密了！”

“这便是二少爷你杀人灭口的原因了。白小姐知道的秘密实在太多了，她捏住了你的七寸，并以此为要挟向你勒索。你一定不晓得，你这一行凶，不但解脱了自己，更解脱了大太太。因府上丫头怀孕的事到底见不得人，她也要白子枫保守秘密，以免家丑外扬，背地里也少不得要打点一些。”杜春晓接话道。

黄慕云此时已恢复平静，却仍未放弃挣扎，问道：“那么既然孩子不是我的，我又为何要杀了她们？”

“因为尊严。”杜春晓已移至黄天鸣面前，用饱含悲怆的眼神望着他，说道，“你得知自己没有生育能力的时候，田雪儿却告知你她怀孕的事，于是你怒不可遏，向她质问，她见瞒不过去，只得向你坦白真相。孩子的父亲是……”

她缓缓揭开黄天鸣的牌——死神，意为阴暗的堕落。

“没错，田雪儿肚里的孩子是黄老爷的，因此你才失手杀了人。也许是为了警告父亲，也许是为了躲过怀疑，杀人之后，你还将她的腹部切去，以掩盖死者怀有身孕的秘密。可此后，你的恨意与杀意已难自控，更巧的是，你母亲，也就是三太太，不知何处听来的谣言，竟误认田雪儿与你哥哥有私情。这件事竟让你开了窍，便将与自己发生过关系的另外两个丫鬟也尽数杀死，并买通慧敏传播谣言，将大少爷与田雪儿的丑闻讲得惟妙惟肖。流言，在这个地方便是利器，被讲得多了，便被当了真。因此三太太才仗着这个把柄，敢与二太太起争执，殊不知已落入了你的圈套。更何况，这些女人，若一直在你眼前出现，便会触动你的痛处，必须让她们消失，你才能安心。杀掉慧敏却仍是为了灭口，只是为了让动机看上去一致，这才将她的腹部也切去了，可怜这丫头尚未通过人事，又怎可能有偷情之嫌？桂姐知道你的事之后，却替你做了掩护，你这才暂且放过了她，待时机成熟，你终究还是要对她下毒手的。”

“老爷，杜小姐讲的可是真的？”孟卓瑶语调已有些哽咽。

杜春晓慢吞吞地翻开孟卓瑶手中的牌——隐士，意为身陷谎言，一直处于被蒙蔽状态。

“是不是真的，你可以直接问问黄老爷。”她蓦地又转过头来，指着地上的李常登，对黄慕云道，“对了，你可知道你的生父是谁？正是这一位。”

黄慕云咬牙不回，黄天鸣更是面色苍白，瞬间像是老了十岁，整个人变得颓丧起来。

“原本也不晓得李常登与三太太之间有什么，只是三太太为诬陷黄莫如，装疯卖傻之余，确是将家养的鸟雀掐死，再堆到黄莫如的门前去。只是我随叔叔去那装鸟笼的仓房里看了一下，装那些未遭毒手的鸟雀的笼子竟有些特别。据说，这些笼子出自宅子的原主人薛醉驰之手，可我看了一下笼子底部，竟都刻着一个小小的‘凳’字。若猜得没错，这些笼子是混在薛醉驰做的笼子里，一并被留下了，唯独三太太因与他有情，所以认得出来。”

说毕，她揭开第三具尸体的蒙布，对着那满头白发的脑袋，说道：“薛老爷，是不是这样？”

众人遂哗然，且窃窃私语起来，唯黄天鸣问道：“薛醉驰不是被艳萍失手杀死了吗？怎么会在这里？”

“不对，当日藏书楼里被三娘错手杀死的不是薛醉驰，是你从前的手下田贵，也就是晓满的丈夫。”回答的竟是黄莫如，他神色坦然，丝毫未因偷情之事败露而窘迫。

“没错。”夏冰也点头道，“田贵自下身瘫痪之后，脾气日渐暴戾，秦氏与他早已无夫妻之情，终日冷战。可后来，她遇上了潜回青云镇伺机报复黄家的薛醉驰，薛醉驰需要藏身之处，而秦氏却想除掉那个半死不活的累赘丈夫，于是二人密谋，将田贵毁容、拔去舌头之后，关在藏书楼内，因田贵行动不便，无法逃脱，就这么样在藏书楼里被囚禁了许多年；而薛醉驰则假装田贵，有人来的时候便躺在床上假扮残疾，反正都是用纱帐掩住的，也看不清他的相貌。李常登曾对我说过，三太太在误杀人之后虽神志不清，可在比画死者身高的时候，却总是将手放在他的肩膀部分，且他还是坐着的，当时便有些奇怪，因死者看起来并不矮。后来才想到了，实是当时田贵下身瘫痪，只能支起上半身爬行，向三太太求救，却因那张惨不忍睹的面孔，被误认作凶神恶煞而遭此劫数。”

“那你又如何得知这二人的身份做了调换？”黄菲菲一脸好奇地问道。

“因为我发现……”黄莫如顿了一下，又极艰难地开了口，“我发现躺在床上的人，头发是全白的。田贵很年轻，不可能有这么老。”

“哼！这位薛老爷，实亦是心狠手辣的主。虽将秦氏从田贵手里救出来，但却问她要回报，条件便是让她去勾引黄家大少爷，伺机要设套害他。孰料秦晓满竟对黄莫如动了真情，非但没有按当初的计划行事，反而怀了孕，意欲出卖他，这才让薛醉驰动了杀机。没想到啊，他原是带着满腔恨意回镇上来对黄家的人报仇，头一个让他手上沾血的，却是无辜的女人。”讲到这里，杜春晓不由偷偷看了一眼黄莫如，那凄怨像是已沁入他骨子里了，整个人看起来都是黯淡的。

“对了，你们怎么也不问问，二少爷是怎么作的案？那些尸体看似没什么移动过的痕迹，那么切去的腹部是怎么处理的？这些可是关键！”夏冰见不得冷场，急急地便要道出核心部分来。

“还有薛醉驰是怎么把田贵囚在藏书楼内这么多年，还能在黄家出入自由？”黄菲菲配合得倒也乖巧。

杜春晓忙上前揭开黄菲菲手里的牌——女祭司，意为多变、忠诚。

“这件事，二小姐你也有不对的地方，竟掩盖了这么大一桩秘密。若非我与夏冰在简政良的屋子里发现那些直通往黄家宅院的秘道，这个谜怕是一世都解不了。”她从怀里掏出一个叠好的纸，一层层摊开，竟是一张用炭笔画注的地图，线条歪歪扭扭，错综如蛛网，“这便是我与夏冰在秘道摸索了好几天才得出的结果。这个地下迷宫，有一条主道，系从藏书楼出发的，黄家几个主子的屋子里也各有一处，余下的便是在井台和桂树底下。这些秘道，在黄家外边统共有二十二个出口，其中的二十个已被堵了，剩下那两个便是简政良与田贵这两处。也许这些通道不是黄家每个人都清楚，譬如终于忙着争宠的两位姨太太当然发现不了，可黄老爷您却是再清楚不过了！”

此时外头已近正午，阳光扫过祠堂的门槛儿，周边鸦雀无声，众人纷纷等着杜春晓的后话。

杜春晓再拿起黄天鸣抽到的死神牌，道：“黄老爷，你欠青云镇二十个养蚕户的血债，是否也该还一还了？”

-9-

“不要讲！”孟卓瑶突然扑上来，跪在杜春晓脚下涕泪滂沱。

“为什么不要讲？”夏冰声调亦很激动，眼镜片上已浮起一层薄雾，“这笔债，早该算一算了！”

说毕，他拿过杜春晓手里的地图，高声道：“三十年前，薛醉驰与黄天鸣二人合作高价收购蚕茧，虽在外宣扬说价格是外省纺织厂出的两倍，实际上他们本钱少得可怜，所以只装模作样收了一两户蚕农的茧子是给现钱的，其余均要赊欠。有些蚕农不肯被赊，仍要将蚕茧卖给纺织厂，这些不听话的蚕农，便被你们请到秘道里来，美其名曰谈判，实际是威逼他们交出蚕茧。在造秘道的时候，你们假意欺骗蚕农，说是为了方便运输，用这样的出口可以节省时间，也免得被外省买办中途拦截抢购，于是将秘道出口造在这些蚕农的烘间里头。可我们却发现，这秘道因有靠近镇河河塘的部分，所以近一半都是湿泥地，根本无法保存茧子！所以，那地下迷宫，既是你们强迫蚕农交易的地方，亦是杀人越货的现场！”

夏冰讲到这里，缓了一口气，将因悲愤搅乱的思绪稍作休整，继续道：“我小的时候，便时常听大人讲什么湖匪的事，说是手段残忍，时常抢劫过路蚕户的运输船，桂姐的丈夫便是这么丧命的。反正镇上一旦有人失踪，大家便纷纷推责到湖匪身上。然而我从小到大，竟一次也未见过湖匪长什么模样，连他们的船都未见过，问周围的人，亦只是听说，不曾亲见。就在我加入保警队之后，原来的‘绣坊西施’齐秋宝来找我，说怀疑丈夫不是失踪，而是被害死了，并给了我一份失踪人口的名单，与她丈夫一样，均是与薛醉驰、黄天鸣有交易的养蚕户。她将这份东西交给我，便是想求我查清丈夫失踪的真实原因，我答应下来了，也时常将了解到的情况与她秘密沟通。齐秋宝死前那一晚，亦是与我说好在镇西的胭脂铺后巷会合，讨论进展，却不巧被桃枝碰上，桃枝将它当成另一桩风流艳事，去告诉了黄家二少爷，这才招来又一场杀身之祸！”

“那又是谁杀了吟香呢？”苏巧梅似是要雪上加霜，竟这样问道。

“依然是二少爷动的手。”夏冰点头道，“两位少爷与两位小姐，从小在这宅子里长大，难免会跑来跑去地玩耍，因此在井台或者树下找到了秘道。所以二少爷在杀人之后，切下死者的腹部，便打开秘道门，将切下的部分藏在里边，随后再借机销毁。唯有慧敏，你原本就是潜入她的睡房，将她活活掐死，再切下腹部带走。你们四个人，可能是年幼时候的约定，要保守秘道的秘密，于是心照不宣，谁也不说这个事儿。但吟香那日睡在种夹竹桃的墙边，不巧遇上了男扮女装的大少爷，想必是大少爷的行径让她起了疑心，便也在庭院内查找起来，结果找到了秘道的某个入口。在秘道中，她遇见了正在处理杀人证物的二少爷。二少爷无法，只得答应她，给她钱，并蛊惑她与之私奔，实则是想将她骗到外头，假装成她是被湖匪所杀。孰料吟香却生了个心眼儿，拿到你交给她的金银首饰后，却还鼓动了一个人与她逃跑，便是以防你杀人灭口。可惜吟香与那小厨子的行踪却暴露了，二少爷便托人传了密信到县城，她这才不得不卷款逃回青云镇，满心欢喜要借这笔钱与心上人私奔，孰料你只一斧便解决了这宗大麻烦。”

“那齐秋宝呢？”苏巧梅不依不饶地追问，她此时是恨不得一下将黄慕云杀倒。

“齐秋宝的死，是因为我。”夏冰露出沉痛的神情，“我查到田贵与简政良是当年帮着薛、黄二人做黑心买卖的，所以田贵后来被砸坏了腿，黄天鸣还是花钱养着他，而简政良每月亦可以从黄家拿一笔钱，过舒服日子。我将这个事儿告诉齐秋宝之后，她可能是想单枪匹马去找简政良报仇，不料反被对方制服，被这个畜生活活勒死。”

“可这与慕云又有什么关系？”黄梦清问道。

“自然是有关系的。可记得这位简爷与二少爷为一个桃枝结下过梁子？简政良因付不出风月楼一个雏妓的开苞费，被逼躲债，他躲的地方自然只有那秘道。却不想通过秘道进入藏书楼的时候，却见到一幕情景。”

“什么情景？”

“兄弟相残的情景。”杜春晓接话道，“简政良在楼中看到二少爷从背后袭击大少爷，大少爷滚下楼梯受了重伤。所以他才借机讹了二少爷一笔，不但还了开苞费，还将剩下的钱埋在天井里头。二少爷哪里肯让别人得意？自然是当机立断，通过秘道来到简政良家中，将他除之后快。”

“至于李常登，虽是死于黄家二小姐的枪下，但也是个可怜人。在查简政良的案子时，与乔副队长一道掘到了二少爷给他的那笔钱，于是见财忘义，将乔副队长杀死，埋在天井内。这些钱，他原是想拿着带黄家三太太私奔的吧，可惜三太太却在这个节骨眼儿上失了踪……”杜春晓停住话头，意味深长地看着黄慕云，道，“你从前用那个甲套挑拨你娘与二太太的关系，就是想让她说出你哥哥与田雪儿私通的传言，好摆脱嫌疑。你娘好似也晓得你的心思，竟用鸟雀来助你一臂之力，可惜收效不佳，她大抵也是被折磨得痛苦不堪，竟上吊寻了死路。”

“你们是在哪里找到她的？”黄慕云已顾不得被揭穿的“画皮”，只垂头看着母亲浮肿的面容。

“在秘道的其中一个房间里。当时我们三个人因受李常登与薛醉驰的追杀……哦，应该讲，薛醉驰的目标是黄家大少爷，我与夏冰充其量不过是个‘陪葬’。纵这样也在藏书楼里折腾了半日，所幸被二小姐救了。通过秘道走回的时候，我们发现了吊在一间密室内的三太太。”

黄慕云涕不成声，只将头埋在张艳萍僵硬的右臂上。

“不过……”杜春晓又道，“我粗粗检查了一下尸体，手腕和面颊上都有一些勒痕，像是死前被捆绑过。三太太若是想自寻死路，那又是谁绑了她呢？再说了，即便她是真的厌世，在自己屋子里上吊不就好了，何必跑到密室里去？更何况，她究竟知不知道有这样的秘道，还得两说。所以二少爷，你可有什么高见？”

黄慕云当即抬起张艳萍的手腕看了一阵儿，复又放下，拾起白布将母亲小心盖好，抬头道：“是，我娘疯了，早晚是个累赘，所以我杀了她。”

这一句，将他先前建立的所有美好幻境，全数打碎，他跪倒在希望的碎片里，仰天大笑。

杜春晓竟上前蹲下，拍拍黄慕云的肩膀，问道：“你是只能你负人，不许人负你，这才下了那么大的决心。我倒想知道，你命里可有宁愿被辜负的人存在？”

黄慕云颓然地回望杜春晓，半晌后道：“有劳你了。”顾阿申与夏冰上前来，将他从地上拖起，便要押送保警队。

“不必客气。”杜春晓对着黄慕云的背影，说道。

破天荒头一回，黄家的祭祖会上出奇冷清，每个人都讲不出话来，只表情僵硬地站在原地。

当晚，黄慕云在保警队的临时牢房内咬舌自尽。翌晨，黄家得知此事的时候，竟无一人哭泣，均是阴沉着一张脸，命杜亮带几个下人将尸体运回。

黄天鸣在黄慕云的尸首前守了半日，喃喃自语道：“完了，真的完了……”

到了夜里，孟卓瑶来找黄天鸣商量出殡的事儿，却见丈夫呆呆坐在床沿儿，原本半白的头发已雪白如霜。她被吓了一跳，忙上前握住他的手，问怎么了。他眼神呆怔地看了一眼原配妻，遂全身剧烈颤动，喷出一口血来。

孟卓瑶明白，此后黄天鸣将病魔缠身，永无宁日。

-10-

黄慕云的头七刚过，黄梦清便催杜春晓搬出去，只说是家里死了人原就不吉利，更何况她揭露了这样的事儿，众人面上虽不说什么，背地里总是恨她的。这个话确是有道理，只是孟卓瑶与苏巧梅如今又陷入另一场暗战，都在拼尽全力服侍黄天鸣，实则是打他那份遗嘱的主意。令苏巧梅气结的是，原本已铁打不动的黄家继承人黄莫如，竟在丧事办完之后，留下一封书信不辞而别，说是这个家藏污纳垢，都是冤鬼与血泪，环境已令他窒息，不如远走高飞，去别的地方闯一番天地。

如此一来，家中便只得一个大小姐可掌大局，此后所有事务都要经她过问安排，黄梦清由此竟一改从前淡泊温和的个性，露出女强人的面目来。只一个黄菲菲，偏不买姐姐的账，事事对着干，众人当她是耍孩子脾气，也不计较。所以如今黄梦清要让杜春晓走，杜春晓自然没有不走的道理，可她偏生厚着脸皮待在那里，终日只知玩牌。黄梦清也不好再赶，只得留着她，直至某日与杜春晓聊天，说自己要相亲招赘。

杜春晓这才笑道："大小姐你如今可真是功德圆满啊。招赘之后，你先前花的那些心思，也算是有了大回报。到时可莫要忘记我这个放你一马的大恩人呢！"

黄梦清脸色一变，问道："这话是怎么说的？你在我这里白吃白住，还拿自己当起恩人来了？莫要以为把我弟弟揪出来便算对黄家有恩，讲实话，除了我娘，大家恨你都还来不及。你看这闹得天翻地覆的。"

"天翻地覆不是正合你意？"杜春晓笑嘻嘻地将塔罗牌拿出，摆了一副小阿尔克那。

"也不知你瞎说些什么，疯疯癫癫的。"黄梦清笑着勾下头，继续查账簿。

杜春晓翻开过去牌——逆位的世界。

"黄慕云虽然心狠，却是有勇无谋的杀手，总要有一个人在背后指使，方成大事啊。"

这一句，逼得黄梦清抬起头来，她先前温柔睿智的表情不见了，代之以得意与狡诈。

"你是从何时知道是我的？"

"从你把我叫进黄家开始。"杜春晓又翻开两张现状牌——逆位的节制与逆位的男祭司。

"怎么就如此之巧，田雪儿来找我算命之后，接连又来了三个短命鬼。黄家有那么多丫鬟，若是你无意中透露给当时的贴身丫鬟，勾起她的兴趣来也是有的，田雪儿若要与其他的丫鬟分享，也断不可能偏偏就只告诉了与黄慕云有瓜葛的那几个，所以我想来想去，觉得必定是你在背后搞鬼。”杜春晓反复将那张男祭司牌按了又按，如在与高手对弈。

“可我要搞这个鬼做甚？”黄梦清将账本合上，只一心一意听她讲解。

“起初，我也不晓得你的用意，但后来明白了。我初进黄家的时候，你说怀疑那些凶案系一个人所为，且在我耳边说了一个人的名字，你可曾记得？”

黄梦清点头道：“记得，我跟你说的名字正是慕云。”

“之后，你又处处表现得像是非常仰慕黄莫如，似对他有了一些微妙的感情，那都是做戏给我看的。因你太了解我的别扭个性，越是人家觉得好的，我越是厌烦，非要找出他一点儿不好来，所以自然头一个去疑黄家大少爷。”

“你确是有这个毛病，不过我还就爱你这个毛病。”黄梦清挑了一下眉，像是在逗杜春晓。

“在黄家搞体检，是你给你娘出的主意吧。”杜春晓见她一派宠辱不惊的模样，便气不打一处来，于是继续追击，“你晓得在每个大户人家都会有些见不得人的秘密，只要抓到一两个，便算挖到了宝，所以才让大太太雇了白子枫。依大太太这样的乡下女子，又没什么眼界，哪里想得出这种东西，必是你吹了风的。当然，做这样的体检，起初你只是对黄慕云好奇，他看起来病怏怏的，却私下与府上好几个丫鬟有染，于是起了疑心，才特意让白子枫给他检查。结果他果然只是装病，这大抵是三太太从小教导的，索性说儿子体弱，担不起责任，倒可避过诸多明枪暗箭，尤其是这儿子还是个野种，于是愈发低调。孰料白子枫这一通体检，将这些秘密都大白天下了。因大太太不懂医理，自然看不出血型的重要性，可你是看得懂的。于是你便拿了这些东西与黄慕云摊牌，提出两人联手，将从前不敢想的地位都夺回来。二少爷的野心，就是这么被你勾起来的。”

黄梦清笑着连声附和道：“他从前确是没什么出息，幸亏遇上了我。”

“黄慕云虽有了野心，却到底还是不敢动作，与白子枫的事更令他心灰意冷。却不料这个时候，你将田雪儿怀孕的事告知了他，他这才恼了，错手杀了那姑娘。人确是黄慕云所杀，切下腹部却是你教出来的，他杀人之后，惊慌失措，便来找你帮忙，你提出要将她的腹部切割掉，以免验尸的时候发现她怀孕的事。你明明晓得，这么做的后果是让田雪儿怀孕的事情愈发明显。此后，你又怂恿二少爷将与他相好的其他两个丫头也害死，他原本便为自己的身世与不育症而愤恨，再加上你的挑唆，居然连续犯下凶案。而这笔账，你早已算过了，最好是能加诸黄莫如身上。如若查案查得仔细，也是黄慕云来赎罪，轮不到你头上。”

“讲得精彩，继续。”黄梦清拍手笑道。

杜春晓却怎么也笑不出来，继续道：“黄慕云的亲生父亲是谁，也是你关心的问题。张艳萍初次将死雀放在各个屋子跟前的时候，你便先我发现了鸟笼的秘密，猜到张艳萍的情夫正是李常登。于是你私下找了李常登，以他亲生子的未来为条件，要他将黄莫如逮捕逼供，可惜大少爷竟长了颗花岗岩脑袋，怎么也不屈服，后来只得放了。黄莫如回来之后，也已想到凶案与自家的秘道有联系，便跟你讨了火折子。因那几日，苏巧梅搬到黄莫如屋子里来，以便照顾他，如此一来便限制了行动，他只得用迷香将母亲迷昏，这才进了秘道。因黄莫如向你借过火折子，你自然知道他要去哪里，于是便让黄慕云黄雀在后，借机袭击黄莫如，制造他失足跌下楼梯摔死的假象。未承想，黄家的人都命大，黄莫如竟没有死，只是失去了记忆。虽然从他身上问不出什么，可二小姐却发现黄莫如脚底黏着的几个蚕茧，她当即想到他应该是进了秘道，这些茧子是在那里头踩到的。于是她想将这个事情向保警队坦白，因你是他们的大姐，可能也是最早发现秘道，并要求他们保守秘密的人，所以二小姐本着尊重，来与你商量，你知道秘道的事绝对不能讲出去，于是少不得百般哄劝，说只要秘道的事一宣扬，黄家的声誉便也完了。二小姐也只得听了你的，三缄其口。”

“你可要喝一口茶？讲了这许多。”黄梦清突然递了茶过来，杜春晓刚要接，却被她按住，笑道，“小心有毒。”

杜春晓拿过茶盏，一饮而尽，说道：“我不如你疑心病那么重，桂姐就是死在你的疑心病上头！自二小姐与你商量说出秘道的事情以后，你总也不放心，于是去到她那里探口风，却闻到熟悉的烟味，你晓得‘黄慧如’牌香烟只有我和桂姐两个人抽，所以生怕是我们其中一个从二小姐那里套出些什么来了。尤其是桂姐，知道的东西最多，虽说帮二少爷打过掩护，可你担心的是桂姐知道其丈夫实是被你爹害死的蚕农之一这件事。我听夏冰讲过，她的丈夫曾躲过简政良的刀斧，逃了出来，无奈最后还是重伤不治，撒手人寰了，所以这桩秘密也暂被埋藏起来。可你就怕她有朝一日得知真相，会把黄家的秘密公之于众，所以你就指使二少爷对她痛下杀手。”

不知为何，杜春晓恍惚看到黄梦清眼中闪过一丝落寞，只听她喃喃道：“我确是疑心病重。”

“还有一枚眼中钉，便是我了，因我也抽这种牌子的烟。其实二小姐私下确是找了我，将秘道的事和盘托出，所以我的烟味留在了她房间内。桂姐死后，我便来问二小姐可有把秘道的事告诉别人，她说没有，只在我离开后，你到她房里来了一趟，还说闻到了异味儿。我一听便知是你在背后做了手脚，干脆将计就计，把自己弄得浑身是泥，找到你说发现了大秘密，你自然想到我与夏冰发现的是秘道。原本你也计划让黄慕云下秘道追杀我灭口，可因我身边还有个夏冰，你怕黄慕云应付不过来，于是派出了另一个帮手——李常登。”

黄梦清只顾低头吃茶，并未反驳。

杜春晓继续道："薛醉驰是你手里的最后一张王牌，他在杀死秦氏之后据说是失了踪。不过我猜他应是躲在藏书楼上，却被你发现，于是你与他做了交易，说会将黄家两兄弟送到秘道内，供他报仇。你的想法是，万一计划失败，便索性借薛醉驰之手将他们铲除。于是薛醉驰便终日在秘道内游荡，偏巧黄莫如当时也在秘道之中，他便一路追杀黄莫如。而此时李常登在秘道里不断消灭我们留下的记号，试图让我们迷路，可我们还是找到了藏书楼的出口，他情急之下，便打算在楼上将我们除掉。所幸二小姐来得及时，救了我们。"

"菲菲就是太热心，才坏了大事啊。"黄梦清一脸无奈，苦笑道。

"其实在这个时候，你还在盘算另一件事。因我们发现了秘道，同时乔副队长的尸体也被掘出来了，这意味着李常登的恶行也即将大白天下，只要他的罪行暴露，很可能会带出秘道的事，只能杀他灭口！于是你便再设一计，将张艳萍掳至秘道内的一个暗间，意欲待李常登潜伏在秘道内杀掉我们之后，便将他也送上西天，制造出他与张艳萍双双殉情的假象，所以你用迷香绑走张艳萍，并将她囚在密室里。可惜计划出了变故，李常登一路追踪我们从秘道进到塔内，竟被黄菲菲打死了，你只得回转去那间秘道里的暗室，将张艳萍杀死。"

"三娘的死别赖我头上，慕云自己都承认了。"

"那是为了保护你。"杜春晓一针见血道，"虎毒不食'母'。二少爷再冷血，也断不会对自己的亲娘下手，所以他在看到张艳萍的尸体时才如此悲痛。你可记得他当时拿手指着你们，其实是在指着你，他知道是你做的，这才自己扛下来了。若真是他犯下的罪行，他又怎可能问我张艳萍的尸体是在哪里发现的，随后又认了罪呢？"

"那就奇了，他这么无情的人，怎会来保我呢？"黄梦清已有些动容，捏在手里的茶盏发出轻微的颤声。

"因为你之前曾告诉过他，你怀孕了。"

杜春晓揭开未来牌——正位的皇后。

“黄慕云让女人怀孕的可能性小，却不是完全没有。因你与他毫无血缘关系，是可以有肌肤之亲的，为了操控他，你还是与他有了关系，且怀了身孕。所以他不肯公然指认你是杀死他亲娘的凶手，还要护着你！他对着张艳萍的尸体悲痛欲绝的时候，你担心他失去理智，把你供出来，于是上去讲了一些极有意思的话，说什么‘你怨什么我都明白的，只是如今应以大局为重’，还有‘都是一家人’‘过去的事已过去了，可要多想着点儿将来’‘你身子又不好’，每一句都是在劝他考虑你肚里的孩子，所以才反复强调什么一家人、什么将来，还有他的身体情况。这正是在刻意提醒他冷静，要念及他好不容易留下的亲骨肉，暗示他为了保住孩子，最好是将所有罪状一并承担下来。可是这个道理？正因为你肚里有了他的种，才成为主宰他命运的‘皇后’！”

黄梦清拿起皇后牌，长叹一声，道：“你是怎么知道我怀孕的事儿？”

“因为你让我来这里做客，不全是为了协助你的计划，还是来照顾你肚子的。按黄家的规矩，你要与家人分开，同客人坐一张桌子，这样，原本在一张桌上吃饭的家人便注意不到你食量的变化，偏我又是出了名的‘大肚弥勒’，所以哪怕饭量急增，也都疑不到你头上来，都以为是我吃的。平素那些点心零嘴也是，若还是你一个人在屋子里，吃的东西却翻了倍，自然会让人起疑，可若是我与你一道吃，便没人以为你胃口大增。唯一知道你情况异常的人，只有我。”杜春晓点了点自己的鼻子。

黄梦清强笑道：“你倒果真是明察秋毫。”

“这不是什么明察秋毫。”杜春晓摇头道，“这是女人天性，对互相吃了多少东西心里都有意无意记着本账，并不是刻意的。还有，我曾一度奇怪自己天天与你在一道儿，你又是怎么与黄慕云幽会的。直到翻了你那只放润肤膏的匣子，才知道，你将迷香也用在我身上了。想和他密谋了，便将迷香放在蚊香罐里点了，待深夜让黄慕云进来用嗅药将你唤醒。可记得我与你讲过，在你这里睡得特别香，只是人变得懒懒的，回到书铺反而要失眠，这恰是迷香留下的后遗症。”

“你可说完了？”黄梦清脸上已结了冰，“其实让你说这一通，也无非是过个瘾，反正也没什么凭据。”

杜春晓却当即反驳：“有证据的，证据便是你肚里的孩子。我之所以在祠堂里没有揭穿你，是想看看黄慕云的态度，若他将弑母的罪行也一并认下，说明是想保着你的，我给他一个机会供出你来，他却没那么做，足见他对你和肚里的孩子都是有情的。你如今要招赘，亦是为了在掩人耳目的情形下让他的骨肉平安出世吧。”

“可惜，这恐怕已是做不到了。”黄梦清冷然道，“要入赘的那户人家，也是挑剔得很，丝毫容不得这样鱼目混珠的事。”

“那你又将如何？”杜春晓心已抽紧，暗自懊悔自己当初的慈悲。

“我要如何，你还不知道吗？”

黄梦清站起来，走到门前，远远看花圃里那一丛枝叶光秃的月季，初秋的凉意已沁入骨髓，带一丝轻盈的寂寞。她虽在妊娠期，却一点儿不见丰腴，体格反而瘦弱下来，侧影已纤薄如纸，腹部因被下摆宽大的褂衫罩住，显得愈发形销骨立，这不是一个心安理得的孕妇该有的姿容。她是那么忧郁而刻毒，似乎离幸福又远了几万步。

杜春晓道：“早知如此，就不该放你这一马，你到底还是为了所谓的大局，要把这块骨肉除掉的。也是我眼拙，竟看不出你的野心来，这次祠堂里的碎牌位，宴厅中被洒了血的屏风，恐是你用来暗算二太太的把戏。唯有做这样下三烂的事，将来才能让你当这个家。”

“你觉得我能力不如那两个弟弟？一直以来，我都是不服的，所以必定要做出一番成就来。”她蓦地回过头来，眼里燃着两团火苗。

杜春晓隐约听见断弦之声，似是某些纯洁的过往，就此碎成了齑粉，她晓得自己确是该离开了。

三天以后，青云镇又多了一桩既香艳且残忍的谈资，说是黄家大小姐私自服药堕胎不慎，失血而亡。

夏冰也在荒唐书铺里唠叨了一大通，杜春晓只是沉默，半日才开口，问道："她那药是哪里来的？又不能公然去药房配。"

"听说是专供妓女流胎用的，也不知跟哪个缺德的窑姐儿买的！"夏冰不住嗟叹。

杜春晓脑中浮现出桃枝清丽哀怨的面孔，眼角一滴愁泪，该是为黄慕云凝的。

尾　声

夏季一过，杜春晓便食指大动，吃了两大碗八宝饭，随后长长地打了一个饱嗝。书铺是一如既往的脏，唯柜台周围勉强还能站得住人，其余的空地都是夏冰的天下，他正拿着拖把打扫，用力之猛，似要将地面剥下一层皮来。

“你说要不要给我工钱？我自打不在保警队做事以后，成天就在这里帮忙，你还不知足，只知道吃！”

他纵然怨声载道，她还是只顾摸摸肚子，坐在那里翻一本杂志。

“替我叫碗面去，羊肉面。”看见她柜台上那两只空碗，他才觉出自己的饿。

杜春晓懒洋洋地抬起头来，说道：“不必打扫了，反正我也要挪地方了……”

“挪地方？要挪去哪里？”夏冰忙扶住眼镜，瞪大眼睛问道。

“去这里，灯红酒绿，歌舞升平，有人肯为此丢弃性命的繁华胜地。”

她用指尖敲着柜台上那本《上海画报》，封面上一位烫卷发、穿胭脂色旗袍的美人儿正对着夏冰甜笑，眼神如此勾魂。